Bis ans Ende ihrer T

JENS ØSTERGAARD

BIS ANS ENDE IHRER TAGE

THRILLER

Aus dem Dänischen von
Nora Pröfrock

Weltbild

Die dänische Originalausgabe erschien 2012 unter dem Titel
Dragen, Sangeren, Helten
bei Jens Østergaard und EC Edition, Dänemark.

Besuchen Sie uns im Internet:
www.weltbild.de

Genehmigte Lizenzausgabe für Verlagsgruppe Weltbild GmbH,
Steinerne Furt, 86167 Augsburg

Diese Ausgabe wurde vermittelt durch Claudia Böhme
Rights & Literaty Agency, Hannover (www.agency-boehme.com)
Übersetzung: Nora Pröfrock
Umschlaggestaltung: Johannes Frick, Neusäß
Umschlagmotiv: www.shutterstock.com
(© Valentin Agapov, © Mikael Damkier)
Gesamtherstellung: GGP Media GmbH, Pößneck
Printed in the EU
ISBN 978-3-86365-397-2

2016 2015 2014 2013
Die letzte Jahreszahl gibt die aktuelle Lizenzausgabe an.

Zur Erinnerung an meinen Vater und –
wie alles andere auch – für Trine, Johan und Karen.

Da ist der Drache. Er sieht ihn durch die Risse im Fels. Sieht, wie sich die Köpfe des Ungeheuers bewegen.

Wenn er die Schultern kreisen lässt, spürt er die Scheide des Schwertes, das er quer über dem Rücken trägt. Es reicht ihm von den Schulterblättern bis zur Hüfte und ist an einem um seinen Oberkörper geschlungenen Gurt befestigt, der von einer Plastikschnalle zusammengehalten wird.

In der rechten Hand hält er seine Lanze.

Er spielt das Video auf seinem Handy ab. Hält den Film genau in dem Moment an, als die pixelige Nahaufnahme wieder zu sehen ist.

Die Augen.

Wegen der schlechten Bildqualität ist es nicht möglich, wirklich in sie hineinzusehen. Stattdessen sieht er sie einfach lange an. Sieht auch den Schmerz, der sich hinter diesem undeutlichen Motiv verbirgt.

Er hat keine Angst. In wenigen Augenblicken wird er den letzten Punkt setzen und eine Erzählung zu Ende bringen, der er Wort für Wort gefolgt ist, seit er sich seiner Mission bewusst wurde. Ein Lied, das ihm einst genommen wurde, nun aber wieder ihm gehört. Rhythmus und Melodie erfüllen ihn mit Ruhe. Die Worte erzählen ihm, dass er nicht scheitern kann. Dazu kann es einfach nicht kommen. Er weiß, dass er eines Tages Tod, die Grausame, treffen wird, doch er weiß auch genau, wie sie aussehen wird, wenn er vor ihr steht. Und er weiß, dass dieser Tag nicht der heutige ist. Nicht in dieser Erzählung. Er kann jetzt nicht einfach scheitern und sterben. Nicht, weil ihn das in seinem Stolz verletzen würde, sondern weil er einer größeren Sache dient. Dem Land. Dem Volk. Der Geschichte.

Genau so muss ein Held denken, oder?

Als er den ersten Schritt in die Höhle tut, dröhnt das Lied in seinem Kopf. Diese Worte sind seine Bestimmung. Sein Schicksal. Er ist der Drachentöter, und das Ungeheuer wird durch seine Hand sterben.

1

Die Beine versagen ihr den Dienst, und sie schlägt dumpf auf dem Küchenboden auf. Wirft einen Blick zurück über die Schulter. Er ist jetzt im Wohnzimmer. Auf dem Weg zu ihr. Der Puls dröhnt ihr wie Paukenschläge in den Ohren und übertönt seine Rufe. Ihr Blickfeld verengt sich, und der blassgrüne Schein der Leuchtstoffröhre über dem Küchentisch wird nach und nach von einer diffusen Dunkelheit verdrängt. Die Welt entgleitet ihr.

Nein, nicht jetzt. Nicht jetzt. Ich darf jetzt nicht ohnmächtig werden.

Sie rollt sich auf den Bauch. Stützt die Hände auf und kämpft sich hoch. Ihre nackten Füße rutschen in einer Blutlache aus. Ihre Kleidung ist mit Blut durchtränkt, aber sie selbst ist nicht verletzt. Noch nicht.

Mit kleinen, hektischen Bewegungen kriecht sie auf allen vieren hinüber zur Tür, die zur Hintertreppe führt. Schaut sich noch einmal um, auch wenn sie genau weiß, dass sie dadurch kostbare Sekunden verliert. Sie greift nach der Türklinke und zieht sich an ihr hoch, bis sie steht. Mit den blutverschmierten Fingern bekommt sie den Schlüssel nicht richtig zu fassen. Sie versucht, ihn im Schloss zu drehen, aber das Metall entgleitet ihr immer wieder. Sie kann den Mann jetzt riechen. Spürt die Wärme seines Körpers. Er steht genau hinter ihr.

Komm schon. Komm schon. Kommschonkommschonkommschon.

Die Tür springt auf. Sie reißt sie ganz auf.

Die Hintertreppe liegt in völliger Dunkelheit. Ihre Hände finden das Geländer. Sie stolpert die Stufen hinunter bis zum ersten Treppenabsatz. *Weiter. Runter. Runter. Runter.* Allmählich gewöhnen sich ihre Augen an die Dunkelheit. Die Konturen der Treppenstufen treten deutlicher hervor. Plötzlich spürt sie eine unwahrscheinliche Kraft in ihren Beinen, und sie beginnt, an ein mögliches Gelingen ihrer Flucht zu glauben.

Mit ihrem ganzen Gewicht wirft sie sich gegen die Tür zum Innenhof. Stößt sie auf und läuft hinaus in den dichten, schweren Regen. Die Nacht ist eiskalt, und sie trägt nur ein T-Shirt und eine Unterhose. Doch sie nimmt die Kälte nicht wahr. Spürt nur, wie ihr das Blut und der Regen aus dem Haar in die Mundwinkel rinnen und ihren Mund mit dem Geschmack von Shampoo und Eisen erfüllen. Ihr Kopf sitzt auf einem Körper, der sich verselbstständigt hat, einem Körper, der sich einfach immer weiterbewegt, weil das Gehirn zu erschöpft und verängstigt ist, um ihm andere Befehle zu erteilen. Noch ein Schritt und noch einer. Zum Spielplatz. Vorbei an Wippe, Schaukel und Klettergerüst. Sie spürt eine Schicht kleiner Steinchen unter den Fußsohlen. Springt über einen niedrigen Zaun. Jetzt sieht sie das Tor, das aus dem Hof nach draußen führt. Es steht offen. Sie kann ihr Glück kaum fassen, als sie hindurchstürzt und auf die Straße gelangt. Sie läuft immer weiter. Um eine Ecke. Und um noch eine.

Erst als sie nicht mehr weiß, wo sie ist, bleibt sie stehen. Sieht sich um. Versucht, den Blick zu fokussieren. Sie steht mitten auf der Straße. Sieht Gaststätten und kleine Läden. Ein Auto fährt hupend an ihr vorbei. Der Luftzug reißt ihren rechten Arm nach hinten, doch das kümmert sie nicht. Sie hat es geschafft, aus der Wohnung zu entkommen. Hat trotz allem, was passiert ist, die Kraft gefunden, ihren Verfolger abzuschütteln. Alles andere spielt keine Rolle.

Dann sinkt sie in sich zusammen und muss sich mit den Händen auf den Oberschenkeln abstützen, um nicht zu Boden zu gehen. Ihr steht ein einziges Wirrwarr von kleinen Punkten vor Augen, die wie in einem Kaleidoskop die Farbe wechseln. Sie atmet hastig und flach.

Irgendwo in der Nähe hört sie ein Auto bremsen. Eine Autotür, die geöffnet wird, und einen Mann, der ihr etwas in einer fremden Sprache zuruft. Er ruft noch einmal, aber jetzt hört sie ihn nur noch wie aus weiter Ferne. Sie beginnt zu zittern. Ihre Beine geben unter ihr nach. Sie schlägt auf dem Asphalt auf, mit dem Gesicht zuerst, und nun ist das Blut in ihrem Mund ihr eigenes.

Langsam entgleitet ihr die Realität. Ihre Gedanken driften ab. Weg von dem Auto. Dem Regen und dem Asphalt. Fort aus dieser kalten Hauptstadt, die so weit von ihrer Heimat entfernt liegt.

Die Dunkelheit ist nun nicht mehr diffus, sondern tief und warm. Sie breitet sich um sie aus und umschließt sie.

Ruhe, denkt sie. *Endlich ein bisschen Ruhe*.

2

Die Streifenwagen stehen dicht gedrängt vor dem rotweiß gestreiften Absperrband mitten auf der Arkonagade im Stadtteil Vesterbro. Blaulicht blinkt lautlos im strömenden Regen und wirft flackernde Schatten auf die Hauswände.

Thomas Nyland spürt das dumpfe Rumpeln unter sich, als er über das Kopfsteinpflaster fährt. Er parkt seinen Dienstwagen abseits der anderen neben dem der Hundeführer und schaut durch das Geflimmer der Regentropfen hinauf zu den Hausdächern. Vor ihm peitschen die Scheibenwischer hin und her, und damit die Frontscheibe von innen nicht beschlägt, arbeitet das Gebläse auf höchster Stufe. Es hat den ganzen Februar über geregnet, und auch jetzt, da der Kalender mittlerweile Anfang März anzeigt, hat sich das Wetter noch nicht gebessert. Der Himmel über Kopenhagen ist schwarz wie das Nichts.

Er zieht den Reißverschluss seines etwas zu dünnen und etwas zu engen Anoraks bis zum Hals hoch und windet sich aus dem Auto. Bei dieser Bewegung kommt er sich jedes Mal vor wie eine Hand, die sich aus einem Gummihandschuh pellt. Er hat breite Schultern, ist kräftig gebaut und hat mächtige Oberarme, was allerdings nicht das Ergebnis vieler Stunden im Fitnesscenter ist. Seine Statur ist vielmehr das Erbe einer Bauernfamilie, die sich über unzählige Generationen hinweg auf den Feldern von Ostjütland abgerackert hat, wo auch er aufgewachsen ist. Und während diese Körperfülle durchaus von Vorteil war, als er damals in seiner Anfangszeit als junger Polizeianwärter diversen Kleinkriminellen auf der Straße einen Schrecken einjagen wollte, und auch heute noch manchmal von Vorteil sein kann, wenn er sich als Leiter ständig wechselnder Ermittlungsgruppen in der Abteilung für Personen gefährdende Kriminalität gegenüber seinen Kollegen durchsetzen muss, so ist sie ein mindestens ebenso großes Hindernis, wenn er in ein Auto hinein- oder wieder hinauswill.

Mit dem üblichen Mangel an Eleganz tritt er zum Abschluss dieses Manövers mit dem linken Fuß in eine tiefe Pfütze. Augenblicklich dringt Wasser durch ein Loch in der Schuhsohle, und seine Socke nimmt es auf wie ein Baby mit außer Kontrolle geratenem Saugreflex.

Er registriert es nicht, weil er im selben Moment auf Adam Zahle aufmerksam wird, der ihn mit ausholenden Armbewegungen zu sich winkt.

»Solltest du nicht ein bisschen mehr anhaben?«, begrüßt ihn der junge Ermittler.

Thomas sieht an sich hinunter: »Ist nicht notwendig. Ich habe noch eine Daunenjacke unter der Haut.«

Diesen Daunenjackenkommentar bringt Thomas beileibe nicht zum ersten Mal, aber Zahle ist trotzdem so höflich, ein kurzes, trockenes Lachen auszustoßen, bevor er fortfährt: »Hast du die Ehre, mit diesem Fall betraut zu sein, oder hältst du nur die Stellung, bis der Chef der Mordkommission da ist?«

»Dies ist mein Fall. Er verfolgt die Sache gewissermaßen von der Seitenlinie aus. Oder wahrscheinlich eher vom Bett aus, wenn man bedenkt, wie spät es ist. Er kommt morgen früh und räumt hier auf.«

»Das ist wirklich eine ganz schöne Sauerei da oben«, sagt der blasse junge Mann. Das feuchte, dunkle Haar klebt ihm in großen Locken auf der Stirn. Er presst die Lippen zusammen, scheint nach geeigneteren Worten zu suchen, wiederholt aber schließlich nur noch einmal: »Ist wirklich eine Sauerei da oben.«

Er deutet auf das mehrstöckige Haus, und gemeinsam gehen sie auf die offene Tür zu. Thomas begrüßt ein paar Kollegen mit einem Kopfnicken.

»Bist du der Einzige aus dem City-Revier?«, fragt Thomas seinen jungen Kollegen, als sie im Treppenhaus sind. Er selbst hat sein Büro im Polizeipräsidium von Kopenhagen, während Zahle im Polizeirevier Vesterbro, dem City-Revier, arbeitet. Bei Morden oder anderen Gewaltverbrechen werden in der Regel ein paar Beamte von der nächstliegenden Wache zum Tatort geschickt, die sich um die Situation kümmern, bis der Chef der Mordkommission oder einer seiner engsten Mitarbeiter da ist. Dann wird eine Gruppe von sechs bis zehn Ermittlern aus der Abteilung für Personen gefährdende Kriminalität mit den schwierigen ersten Phasen der Ermittlungsarbeit betraut.

»Nein, Eggers und Nielsen sind hier auch irgendwo«, sagt Zahle. »Und dann noch sieben, acht Streifenpolizisten. Sie befragen gerade den Anzeigeerstatter und die anderen Nachbarn.«

»Wie ich höre, haben wir es mit einem Mord zu tun«, sagt Thomas.

»Ja, das kann man wohl sagen. Komm, wir müssen ganz hoch in den vierten Stock.«

Thomas tritt seine Schuhe auf der Fußmatte ab, und seine durchnässte Socke gibt ein quatschendes Geräusch von sich.

»Wer hat uns geholt?«, fragt er.

»Um zehn nach drei hat der Nachbar die Einsatzzentrale angerufen. Er hatte ein Krachen gehört, vermutlich als die Tür eingetreten wurde, und dann Rufe aus der Wohnung. Er hat zuerst nicht reagiert, weil er dachte, das wäre nur ein normaler Streit. Aber dann fing eine Frau an, laut zu schreien, und er hat da drinnen irgendwas poltern hören. Danach war alles still.«

»Wie lange hat es gedauert, bis eine Streife hier war?«

Zahle antwortet nicht, sondern bleibt stehen und lehnt sich so unauffällig wie möglich an das Geländer.

»Keine Kondition?«, fragt Thomas.

»Ich gehe jetzt schon zum tausendsten Mal diese Treppe hier hoch. Demnächst hätte ich gern einen Vermerk in meinem Arbeitsvertrag, dass ich nur für Verbrechen im Erdgeschoss infrage komme. Was wolltest du wissen?«

»Wie viel Zeit ist vergangen, bis wir am Tatort waren?«

»Der erste Wagen des City-Reviers war nicht mal vier Minuten nach dem Notruf hier. Wie aus dem Lehrbuch. Aber da war es schon zu spät.«

Sie gehen weiter die Treppe hinauf.

»Ein Streit, sagst du. Ein Mann und eine Frau?«

»Eine Frau und zwei Männer.«

»Und einer der Männer ist tot?«

»Das Opfer heißt Anders Thorgaard. Siebenundzwanzig Jahre alt und Informatikstudent. Er hat die Wohnung gemietet. Dem Nachbarn zufolge hatte Anders gerade eine unbekannte Frau da, als der Täter auftauchte.«

»Und der Nachbar hat keine Ahnung, wer die Frau und der Täter sind?«

»Scheint keine besonders enge Nachbarschaft gewesen zu sein, aber er meint, Anders Thorgaard hätte allein in der Wohnung gelebt. Ihm war nie aufgefallen, dass da noch eine Frau wohnt.«

»Und wo sind die Frau und der andere Mann jetzt?«

»Die beiden Beamten, die zuerst hier waren, haben erzählt, dass zwei blutige Fußspuren die Hintertreppe hinunterführen. Eine barfuß, Größe sechsunddreißig, und die andere Größe siebenundvierzig, ein Paar dreckige Stiefel. Wahrscheinlich Militärstiefel oder so was in der Art. Der Täter scheint das Mädchen die Treppe hinunter verfolgt zu haben, nachdem er Thorgaard umgebracht hatte, und jetzt sind beide verschwunden. Die Hunde sind schon dabei, die Gegend abzusuchen, und ein Personenspürhund ist auch dabei.«

Thomas brummt zustimmend. Personenspürhunde sind speziell ausgebildete Hunde, die bei ihnen nur in besonders ernsten Fällen wie bei Vergewaltigung oder Mord zum Einsatz kommen, unter anderem, um nach DNA-Spuren zu suchen.

Sie betreten den Flur. Es ist dunkel und stickig. Thomas versucht, normal zu atmen, aber der penetrante Geruch von Fett und Eisen legt sich ihm wie ein klebriger Film auf Haut und Mund. Langsam gehen sie weiter hinein. Meiden die Mitte des Ganges, um keine technischen Formspuren zu zerstören, bevor die Kollegen von der Kriminaltechnik Gelegenheit hatten, die Wohnung zu durchforsten. Sie fassen nichts an. Lassen die Finger von den Lichtschaltern und heben nichts vom Boden auf.

Sie kommen ins Wohnzimmer. Eine windschiefe Reispapierlampe hängt von der Decke und verbreitet ein bleichgelbes Licht im Raum. Am Fenster steht ein Esstisch und an der Wand ein Sofa. Auf einem alten Schreibtisch befindet sich ein Laptop, der an zwei große Flachbildschirme angeschlossen ist. Keine Pflanzen auf dem Fensterbrett, keine Kissen auf dem Sofa, kein Kerzenständer auf dem Tisch.

»Hier hat keine Frau gewohnt. Und wenn doch, dann noch nicht sehr lange«, sagt Thomas halb zu sich selbst.

Er deutet mit dem Kopf auf den Computer: »Einer von den IT-Leuten soll sich den mal angucken, sobald sie hier sind. Am besten Hindrik Skulasson, wenn es irgendwie geht.«

Er lässt den Blick über den Fußboden schweifen. Eine breite rote Spur zieht sich vom Schlafzimmer durchs Wohnzimmer und bis in die Küche, wo sich das Blut in einer großen Pfütze gesammelt hat.

»Wann kommen die Kriminaltechniker?«

»Fahren gerade unten vor. Wir hauen lieber ab, bevor sie uns rausschmeißen.«

Thomas dreht sich um.

»Ich will nur noch einen Blick ins Schlafzimmer werfen«, sagt er.

Damit geht er an seinem Kollegen vorbei in das angrenzende Zimmer. Vor den Fenstern hängen dünne weiße Kunststoffrollos, und nur eine einzige Nachttischlampe erleuchtet den Raum. Ihr Strahl ist gegen die Decke gerichtet. Auf einer offenen Reisetasche häufen sich locker hingeworfene Oberteile, Kapuzenpullis und Jeans in Größe XS. Zwischen den Kleidungsstücken liegt billiger Modeschmuck aus Plastik. An allem sind noch die Preisschilder befestigt.

»Sie haben der Frau neue Klamotten gekauft. Und eine Tasche. Ob sie wohl zusammen abhauen wollten?«

Thomas stellt die Frage so leise, dass nur er sie hören kann.

Vor dem Bett liegt die Leiche von Anders Thorgaard. Er liegt mit ausgebreiteten Armen und Beinen auf dem Rücken, so als hätte er gerade einen Schnee-Engel auf dem harten Holzfußboden machen wollen, als er getötet wurde. Eine etwa zwei Meter lange Metallstange wurde ihm offenbar mit großer Kraft in den Brustkasten gerammt.

»Bei dem Licht kann man nicht besonders viel erkennen, aber abgesehen von der Metallstange, hat Friis noch ein paar Wunden am Oberkörper des Opfers gefunden. Abwechselnd tiefe und oberflächliche Schnitte. Er meint, die müssten von einem großen Messer oder einer Machete stammen. Hier war ordentlich was los. Das Opfer hat an der linken Hand zwei Finger verloren, und ein paar von den Wunden sind so tief, dass …«

Adam Zahle wird von einem Anruf unterbrochen. Er kehrt Thomas den Rücken zu und nimmt ihn entgegen.

»Okay«, sagt er in sein Handy. »Wo?«

Thomas tritt einen Schritt vor, um sich die Metallstange näher anzusehen. Das vordere Ende, das im Brustkasten steckt, ist spitz. Wie ein Speer.

Er kniet sich neben die Leiche.

»Hast du das hier gesehen?«, fragt er seinen Kollegen.

Adam Zahle beendet sein Telefongespräch und schaut Thomas an.

»Was hast du gesagt?«

»Ich wollte wissen, ob du das hier gesehen hast.«

Er fischt eine Taschenlampe aus der Innentasche seines Anoraks. Sie ist gerade mal so groß wie ein Kugelschreiber, aber das kühle, blaue Licht ist kräftig. Thomas leuchtet damit eine lange Kerbe im Fußboden neben der Leiche an. Sie ist zwei bis drei Zentimeter tief, etwa zehn Zentimeter lang und einen Zentimeter breit. Die Ränder sind ausgefranst, so als hätte jemand ein Messer in den Boden gestoßen und es hin- und hergedreht, bis das Holz splitterte.

»Was ist das?«, fragt Adam Zahle.

»Keine Ahnung«, antwortet Thomas. »Das muss der Täter gemacht haben. War sicher nicht allzu schwer, weil das Holz vom Blut schon aufgeweicht war, aber es muss eine Weile gedauert haben. Ein paar Minuten vielleicht.

Warum hält er sich mit so was auf, mitten im Morden, noch vor der Jagd auf die Frau?«

Adam Zahle zuckt mit den Schultern. »Pass auf, das war die Zentrale, gerade eben. Sie sind sich ziemlich sicher, dass die verschwundene Frau aufgegriffen wurde. Sie ist im Uniklinikum. Ein Autofahrer hat nicht allzu weit von hier eine junge Frau in T-Shirt und Unterhose mitten auf der Straße gefunden und den Krankenwagen gerufen.«

»Zustand?«

»Sie lebt«, antwortet Zahle. »Mehr können sie im Moment nicht sagen.«

Thomas nickt. Holt einmal tief Luft, reibt sich die Hände und sieht sich in der Wohnung um. Betrachtet den jungen Ermittler vor sich. Bevor Thomas die Stelle in der Abteilung für Personen gefährdende Kriminalität bekam, war er als Leiter der Ermittlungseinheit im City-Revier Zahles Vorgesetzter. Und wie er so dasteht und seinen ehemaligen Mitarbeiter ansieht, überkommt ihn plötzlich ein Anflug von Wehmut. Sie haben gut zusammengearbeitet. Hatten so ein ganz besonderes Verständnis füreinander, das er bei seinen neuen Kollegen noch vermisst.

»Lass uns zusammen ins Uniklinikum fahren«, sagt Thomas in einem seltenen Anfall von Spontaneität. »Du kannst mit den Rettungssanitätern und den Ärzten reden, während ich ein erstes Verhör mit dem Mädchen mache. Okay?«

Zahle nickt und lächelt. »Wenn du's sagst, Boss. Wie in alten Zeiten.«

Weiß gekleidete Kriminaltechniker strömen mit Koffern und Fotoapparaten in die Wohnung. Thomas verfolgt ihre präzisen, vorsichtigen Bewegungen.

»Komm«, hört er Zahle sagen. »Lass uns zusehen, dass wir hier wegkommen.«

3

Als Thomas die Tür zum Krankenzimmer hinter sich zuzieht, ist es vollkommen still.

Er bleibt einen Moment stehen und lehnt sich mit dem Rücken gegen die geschlossene Tür. Das Mädchen sieht nicht zu ihm auf. Sie sitzt einfach regungslos auf dem Bett, die Beine an die Brust gezogen, den Blick auf absolut gar nichts gerichtet. Ihr schwarz gefärbtes Haar hängt herunter und verdeckt den Großteil ihres Gesichts, aber Thomas kann einen Bluterguss auf ihrer Wange erahnen, vermutlich von einem Schlag, und eine Platzwunde an ihrer Oberlippe.

Das Pflegepersonal hat ihr etwas zum Anziehen gegeben. Einen Krankenhausschlafanzug, bestehend aus einer weiten weißen Schlafanzugjacke mit Knöpfen und einer großen weißen Hose. Am Hals, am Kinn und an den Armen hat sie immer noch dunkelrote Blutflecke, die mittlerweile angetrocknet sind. Ihre rissigen Fingernägel sind an beiden Händen schwarz.

Die großen Fensterscheiben hinter dem Bett sind dunkel und nass vom Regen. Tagsüber blickt man von hier oben aus der siebten Etage auf die Dächer der Stadt, nun aber sieht Thomas nur ein verschwommenes Spiegelbild von dem Mädchen, dem Bett und sich selbst.

Er schiebt einen Stuhl neben das Krankenbett und setzt sich hin. Lehnt sich ein wenig zur Seite und versucht, dem Blick des Mädchens zu begegnen. Ohne Erfolg.

»Mein Name ist Thomas Nyland«, beginnt er mit ruhiger und tiefer Stimme. Die Augen des Mädchens reagieren. Nur einen kurzen Moment, aber doch lange genug, dass Thomas es bemerkt. Irgendwo hinter diesem leeren Blick ist also noch Leben. Sie ist nicht katatonisch.

»Wie heißt du?«, fragt er.

Keine Antwort.

»Ich weiß, dass die Polizei einem schon mal Angst einjagen kann. Aber ich bin hier, um dir zu helfen. Ich möchte dir helfen, weil ich glaube, dass du heute Abend überfallen wurdest. Stimmt das?«

Das schwarzhaarige Mädchen wirkt auf dem Krankenbett unendlich klein. Sie muss etwa fünfzehn, sechzehn Jahre alt sein, aber für ihr Alter ist sie nicht besonders groß. Dünn. Die Haut unter den roten Flecken ist nur wenige Nuancen dunkler als das weiße Bettzeug, das einen gelblichen Schimmer hat.

»Willst du mir nicht sagen, wie du heißt?«, fährt Thomas mit gedämpfter Stimme fort.

Das Mädchen zieht die Beine noch etwas enger an sich.

»Ich weiß, du hast heute Abend etwas sehr Schreckliches gesehen, aber wenn ich dir helfen soll, wirst du mir ein paar Dinge erzählen müssen.«

Thomas schlägt das rechte Bein über das linke und lehnt sich so weit vor, wie sein Bauch es zulässt. Der

Blick des Mädchens ist wieder tot wie der einer Puppe und völlig verschleiert.

»Woher kennst du Anders Thorgaard?«, fragt er. Lässt dem Mädchen Zeit zum Antworten, bevor er es noch einmal versucht: »Ist er ein Freund von dir? Oder dein Freund? Dein Bruder?«

Er wendet den Blick nicht von dem Mädchen ab. Versucht es anders: »Ich komme gerade aus der Wohnung. Ich habe gesehen, wie sie eingerichtet ist, und ich glaube nicht, dass du dort gewohnt hast. Stimmt das?«

Und noch einmal: »Wie lange kennst du Anders Thorgaard schon?«

Zwecklos.

»Kennst du den Mann, der dich in der Wohnung überfallen hat?«, fragt er. »Beschreib ihn doch mal. Wie groß ist er? Welche Haarfarbe hat er?«

Er erhebt sich mit einem Schnaufen und geht vor dem Bett auf und ab. Merkt, wie ihm das Mädchen mit dem Blick folgt, sobald sie glaubt, er bekäme es nicht mit.

»Hör zu«, sagt Thomas ruhig. »Ich bin gekommen, weil ich auf der Suche nach einem Mörder bin. Du hast Informationen, die verhindern könnten, dass er noch mehr Menschen tötet, deshalb ist es sehr, sehr wichtig, dass du mir erzählst, was du weißt. Egal wie sehr du dich fürchtest. Wenn du uns sagst, was du weißt, dann können meine Kollegen und ich dich viel leichter beschützen. Verstehst du?«

Das Mädchen schweigt.

»Wie sah der Mann aus, der dich und Anders Thorgaard überfallen hat?«

Thomas gibt es auf und setzt sich wieder. Bleibt eine ganze Weile neben dem Bett sitzen, ohne etwas zu sagen. Schließlich steht er mit einer ruckartigen Bewegung auf, zieht eine Visitenkarte aus seiner Innentasche und hält sie dem Mädchen hin. Sie nimmt sie nicht, daher legt er die Karte einfach neben ihr auf die Matratze und tippt mit seinem dicken Zeigefinger darauf.

»Hier ist meine Nummer, falls du doch noch mit mir reden möchtest. Du kannst mir vertrauen. Ich weiß, das ist vielleicht nicht so leicht, aber ich verspreche dir, du kannst mir vertrauen.«

Er dreht sich um und geht zur Tür. Bleibt stehen, als er vom Bett ein leises Summen hört. Schaut das Mädchen an. Sie sitzt immer noch regungslos da, aber aus ihrem Mund entweicht ein schwacher Luftstrom: »Sssssssssssss…«

Thomas betrachtet sie, ohne etwas zu sagen. Dann geht das Summen, dieses stimmhafte S, in etwas anderes über: »Sssssssmeeeiiij.«

Es ist nur undeutlich gehaucht, und Thomas weiß nicht genau, wie er es verstehen soll. Ist das ein Wort?

Er macht einen Schritt auf sie zu.

»Was sagst du da?«, fragt er.

Sie verstummt wieder.

Einen Augenblick ist er sich unsicher, ob er noch einmal versuchen soll, mit ihr in Kontakt zu kommen, oder ob er einfach gehen soll. Doch dann beschließt er, sie in Ruhe zu lassen, und verlässt das Zimmer.

4

Thomas grüßt den uniformierten Beamten, der neben der Tür sitzt und Wache hält, und sieht sich nach Adam Zahle um. Entdeckt den jungen Mann mit den großen Stirnlocken ein Stück weiter den Gang hinunter, wo er mit abgewandtem Gesicht telefoniert. Thomas wartet, bis er das Handy vom Ohr nimmt.

»Was Neues?«

»Nein«, sagt Zahle geistesabwesend. »Nein, das war nur der aktuelle Stand aus der Wohnung. Nichts Interessantes. Was sagt das Mädchen?«

»Nichts. Ich dringe nicht zu ihr durch. Aber sie hat diesen Blick, du weißt schon …«

»Blick?«

Er seufzt müde: »Sie hat nicht nur heute Abend Prügel bekommen. Das geht schon seit Längerem. Und ihr scheint noch etwas anderes zugestoßen zu sein. Sie ist vergewaltigt worden. Davon gehe ich zu hundert Prozent aus. Wir müssen natürlich das Ergebnis der rechtsmedizinischen Untersuchung abwarten, aber ich bin mir sicher.«

»Von Anders Thorgaard? Oder vom Täter?«

»Keine Ahnung.«

Thomas späht den Gang hinunter.

»Hör mal, ich brauche irgendwas aus dem Getränkeautomaten, wenn ich den Rest der Nacht überstehen will. Möchtest du auch was?«

Zahle kommt mit zu dem Automaten, wo Thomas zwei Plastikbecher mit dünnem, bitterem Kaffee zieht. Thomas reicht seinem Kollegen den einen, während er auf den anderen wartet. Bläst auf sein Getränk, damit es schneller abkühlt, und lässt die Hälfte der dunklen Flüssigkeit in einem Zug im Rachen verschwinden. Er schmatzt mit den Lippen, hält sich aber im nächsten Augenblick die Hand vor den Mund, als ihm auffällt, was für ein lautes Geräusch er soeben hervorgebracht hat.

»Ich habe noch gar nicht gefragt, wie es in den letzten Monaten so bei dir gelaufen ist«, sagt Thomas nach einem Moment des Schweigens. »Scheint ja alles … ja, so wie immer zu sein.«

»Ja, stimmt schon. Und bei dir?«

»Gut. Ganz gut.«

Thomas sucht nach einer passenden Möglichkeit, das Gespräch fortzuführen, aber ihm fällt nichts ein. Small Talk war noch nie seine Stärke, nicht mal mit einem engen Kollegen. Er wippt mit dem Fuß. In seinem Schuh quatscht es immer noch. Einen kurzen Moment überlegt er, ob er auf seine nasse Socke zu sprechen kommen soll, doch das schlägt er sich schnell wieder aus dem Kopf. Anstatt etwas zu sagen, wendet er sich dem Automaten zu und beginnt, die Liste der Heißgetränke zu studieren. Denkt, dass er eigentlich mehr Lust auf einen Becher Kakao gehabt hätte, aber nie genau weiß, wie das von den Leuten um ihn herum aufgefasst wird.

Er nickt. Hauptsächlich, um seinem Körper irgendetwas zu tun zu geben, damit die Pausen zwischen den Worten nicht allzu lang erscheinen.

»Wie läuft's in der neuen Abteilung?«, fragt Zahle, als er seinen Becher leer getrunken hat.

Thomas dreht sich zu ihm um: »Gut. Das ist eigentlich auch nicht viel anders als das, was wir ...«

Plötzlich wandert sein Blick von seinem Kollegen zu einem Punkt ein Stück weiter hinten. Zahle dreht den Kopf, um zu sehen, was Thomas' Interesse geweckt hat: Der uniformierte Beamte vor dem Krankenzimmer des Mädchens ist aufgestanden und hat die Tür geöffnet. Nun hören auch Zahle und Thomas die klagenden Rufe des Mädchens im Zimmer. Der Beamte geht zu ihr hinein und schließt die Tür hinter sich. Ein paar Sekunden später ist ein tiefes, wütendes Geheul von ihm zu hören.

»Ups«, entfährt es Thomas.

Er läuft auf das Krankenzimmer zu. Im nächsten Augenblick stürmt das dünne, bleiche Mädchen mit einer Nierenschale voller Blutspritzer auf den Gang. Sie sieht sich nach beiden Seiten um. Entdeckt Thomas, der auf sie zugerast kommt, und rennt in die andere Richtung. Wirft die Schale von sich. Ihre nackten Füße klatschen auf den Linoleumboden.

Der uniformierte Beamte stürzt aus dem Zimmer und hält sich beide Hände vors Gesicht. Durch seine Finger kann Thomas dickes, verschmiertes Blut unterhalb der Nase erkennen.

»Sie hat mir eins draufgegeben«, ruft der Kollege wütend, sodass Blut und Spucke von seinen Lippen spritzen.

Das Mädchen ist mittlerweile am Ende des Ganges angelangt und biegt um die Ecke. Sie ist schnell. Thomas kommt kaum hinterher, auch wenn er sich die größte Mühe gibt. Als er an der Ecke ist, schlüpft sie gerade zwischen zwei Krankenschwestern hindurch in einen Aufzug, dessen Türen sich langsam schließen.

»Haltet sie auf!«, brüllt er. Doch der Anblick des riesigen Mannes, der über den Gang gepoltert kommt, schlägt die Krankenschwestern umgehend in die Flucht. Thomas erreicht den Aufzug, kurz bevor die Türen endgültig zugehen. Er steckt einen Fuß in den Spalt, sodass sie automatisch wieder aufgleiten. Das Mädchen kauert sich in eine Ecke des Aufzugs und verbirgt ihr Gesicht. Sie schreit.

Erst da wird Thomas klar, dass er einen ziemlich wilden Eindruck machen muss. Er ist ein brüllender Fleischberg, der offenbar eine ebenso Furcht einflößende Wirkung hat wie der Mörder von Anders Thorgaard.

Er bleibt in der Türöffnung stehen und richtet sich auf, während die Türen wieder und wieder versuchen, sich zu schließen.

»Du brauchst keine Angst zu haben«, sagt er. Sein Atem geht schwer, und er muss sich immer wieder unterbrechen, um Luft zu holen. »Ich bin hier, um dir zu helfen. Ich will herausfinden, wer …«

Plötzlich hält er inne, als er merkt, dass genau hinter ihm jemand steht. Er fährt herum und erwartet, in Zahles Gesicht zu blicken, doch stattdessen steht dort ein Fremder. Ein schlanker Mann, der gut einen Kopf größer ist als er selbst. Er hat lange, nasse Haare und einen großen, dichten Vollbart. Sein schwarzer Ledermantel hängt offen an ihm herunter.

Der Schrei des Mädchens verstummt, und sie reißt panisch die Augen auf. Thomas versteht sofort den Zusammenhang. Das ist der Mann, der Anders Thorgaard ermordet hat. Und jetzt ist er hier, um auch das Mädchen zu töten.

Thomas greift nach seiner Dienstwaffe, die er im Halfter unter dem linken Arm trägt. Eine Heckler & Koch USP Compact 9 mm. Doch er hat gerade erst den Schaft berührt, als der Fremde ihm auch schon einen kräftigen Hieb in den Magen versetzt, der ihn nach hinten gegen die Wand des Aufzugs schleudert. Der Mann im Mantel kommt herein, die Türen fallen zu, und der Aufzug setzt sich in Bewegung. Nach unten. Dann nimmt der Fremde die Hände hinter den Kopf und zieht zu Thomas' Erstaunen ein langes, schweres Schwert. Thomas' Gehirn schlägt Alarm, um seinen Körper zum Weglaufen zu bewegen, aber er kann nirgendwohin. Stattdessen wirft er sich mit dem Oberkörper gegen den Mann, bevor dieser die Klinge nach vorn führen kann. Er brüllt zum Angriff und stürzt sich mit der Schulter voran auf seinen Feind. Dem entgleitet das Schwert, und die beiden Männer taumeln zu Boden. Betätigen im Fall aus Versehen die Notbremse. Von der Decke ertönt ein dumpfes Geräusch, und mit einem Ruck bleibt der Aufzug stehen. Das Schwert landet genau zwischen Thomas und dem Schwarzgekleideten. In der nächsten Sekunde liegt Thomas auf ihm und drückt ihn mit seinem ganzen Gewicht zu Boden. Die Hände des Fremden suchen nach dem Heft des Schwertes, bekommen es aber nicht zu fassen. Ruckartig stößt er mit dem Kopf zu, sodass seine Stirn mit voller Wucht gegen Thomas' Wange prallt. Nur einen kurzen Moment lockert sich Thomas' Griff, aber das genügt dem Mann, um sich loszureißen. Noch immer auf dem Boden liegend, bekommt er das Schwert zu packen. Er dreht sich um, kommt auf die Knie und stößt mit der Klinge zu. Als sie Thomas ins Fleisch fährt, fühlt es sich für ihn nicht schlimmer an als ein Schlag in den Magen. Er zieht den Oberkörper zurück und befreit sich von dem Schwert. In seinem Kopf surrt es. Seine Arme und Beine werden schwer, und er verliert das Gleichgewicht. Fällt auf die Knie.

Der Schwarzgekleidete kommt auf die Beine. Er setzt den Aufzug wieder in Bewegung, bevor er erneut das Schwert über Thomas erhebt. Thomas schaut auf. Die Klinge rast genau auf ihn zu. Da gleiten die Türen des Aufzugs plötzlich auf, und Adam Zahle kommt zum Vorschein. Er hat seine Pistole auf den Fremden gerichtet. Die Klinge des Schwertes ändert ihren Kurs, und anstatt Thomas' Kopf entzweizuspalten, fährt sie in einem großen Bogen durch die Luft und trifft den jungen Ermittler vor dem Aufzug. Die Pistole fällt zu Boden, bevor Zahle auch nur einen einzigen Schuss abfeuern konnte. Er sinkt nieder und schlägt mit dem Gesicht auf dem Fußboden auf, ohne sich mit den Händen abzustützen. Die Muskeln in seinen Beinen zucken in heftigen Spasmen.

Das Mädchen stößt wieder einen Schrei aus. Ein schrilles, verzweifeltes Wimmern. Auf Händen und Füßen bewegt sie sich rückwärts. Krabbelt über Thomas hinweg, aber kommt nicht an dem schwarz gekleideten Mann vorbei. Er fasst sie an den Haaren und zieht daran, sodass sie den Halt verliert. Zerrt sie hinter sich her aus dem Aufzug. Thomas erhebt sich mühsam auf alle viere. Wirft sich nach vorn und umklammert ein Bein des Fremden. Verblüfft lässt dieser das Mädchen los. Er tritt nach Thomas und trifft ihn an der Stirn. Der Dreck unter den Stiefeln knirscht auf Thomas' Haut. Er sieht, wie das Mädchen hinter dem Fremden auf die Beine kommt. Sie rennt auf den Ausgang zu. Dann trifft ihn ein weiterer Fußtritt wie eine Explosion aus weißem Licht. Dieses Mal gegen die Nase. Er hört sich selbst aufstöhnen, als seine Arme unter ihm nachgeben und er kraftlos zu Boden sinkt.

Der Fremde läuft dem Mädchen hinterher.

Immer noch auf dem Boden liegend, benutzt Thomas seine Arme, um sich durch eine körperwarme Pfütze Blut zu Zahle hinüberzuziehen. Mit den Händen bekommt er das Hemd seines Kollegen zu fassen und krampft sich darin fest.

Dann kommen von allen Seiten Menschen herbei. Eine Frau in einem weißen Kittel hockt sich neben Zahle. Gedämpft und konzentriert spricht sie zu ihm. Thomas spürt eine Hand auf der Schulter und schaut nach oben.

»Können Sie mich hören?«, fragt ein verschwommenes Gesicht.

Thomas nickt.

»Zahle …«, bringt er stammelnd hervor.

»Wir kümmern uns um ihn«, sagt das Gesicht. Es sind nur drei dunkle Löcher, ein Dreieck auf einem weißen Hintergrund. Wie ein Kind, das Löcher in ein Laken geschnitten und sich als Gespenst verkleidet hat. »Bleiben Sie ganz ruhig liegen. Wir kümmern uns um Sie beide.«

Die Frau wendet sich an ihre Kollegen. Thomas hört sie hektisch und schnell reden, aber ihre Worte sind dumpf und undeutlich. In seinem Kopf surrt es immer noch, und seine Arme sind mittlerweile so schwer, dass er sie nicht mehr bewegen kann. Ein Gefühl von Leere breitet sich wie ein Sog in seinem ganzen Körper aus, und als es seinen Kopf erreicht, wird er davon ins Nichts gesogen.

5

Sie muss sich konzentrieren, damit ihre Füße nicht übereinander stolpern, als sie durchs Foyer, durch die Schiebetüren und hinaus auf den Parkplatz läuft. Sie biegt nach rechts ab. Läuft zwischen den geparkten Autos her. Biegt noch einmal ab. Rennt immer weiter, auch wenn sie eigentlich nicht mehr kann. Auch wenn ihre Muskeln schwach sind und sie keine Kraft mehr hat.

Sie ist es gewohnt, allein zurechtzukommen. Nie hat sich jemand anders um sie gekümmert, und dies ist bei Weitem nicht das erste Mal, dass sie vor einem Mann flüchtet. Es ist alles wie immer. Und trotzdem ist nichts so wie sonst.

Auf dem Bett im Krankenhaus war das Gefühl allmählich in ihre Füße zurückgekehrt. Jetzt kribbeln sie und tun weh. Widersetzen sich, wenn sie versucht, sie zu bewegen.

Sie spürt einen Stich in der Seite und bleibt stehen. Beugt sich leicht vor und schnappt einen Moment nach Luft. Erst ein paar Sekunden später wird ihr bewusst, dass ihr Kopf immer noch zwischen den Autos hervorragt. Sie ist sicher schon von Weitem für ihn zu sehen.

Sie geht in die Hocke und versucht, sich mit der Hand die Seitenstiche wegzumassieren. Ihre Zunge fährt automatisch über die abgebrochenen Vorderzähne. Die zurückgebliebenen Stümpfe sind scharf wie Messer. In gewisser Weise ist es ihr nur recht, nun derart gezeichnet zu sein nach allem, was sie durchgemacht hat. Nach all den Strapazen während der letzten … ja, der letzten was? Tage? Wochen? Monate? Sie hat keine Ahnung. Sie weiß nur, dass die blauen Flecken verschwinden werden. Der brennende Schmerz zwischen den Beinen wird nachlassen. Aber die abgebrochenen Zähne wachsen nicht wieder nach. Dieses Loch im Lächeln kann sie behalten, so lange sie will.

Ist er immer noch da? Und was ist mit dem Polizisten, der mir hinterhergelaufen ist?

Sie lauscht, aber der Wind weht so stark, dass das Geräusch seiner Schritte darin untergehen würde, selbst wenn er nur wenige Meter entfernt wäre. Sie reckt den Hals und schaut über die Motorhaube des Autos direkt vor ihr. Es ist niemand zu sehen.

Jetzt, denkt sie. *Wenn ich jetzt loslaufe, kann ich entkommen, bevor er mich entdeckt.*

Sie steht auf und rennt weiter. Lässt die geparkten Autos hinter sich und steuert auf eine große Straße auf der anderen Seite des Parkplatzes zu.

Plötzlich hört sie den Motor eines Autos aufheulen, das irgendwo hinter ihr Gas gibt. Sie dreht sich um, als der Fahrer gerade das Fernlicht einschaltet. Geblendet bleibt sie stehen. Erst viel zu spät erkennt sie, dass das Auto genau auf sie zukommt.

Zwei Wochen später

6

Natalja Rudowa lehnt sich gegen die Eingangstür und holt tief Luft. Ein schwacher, aber anhaltender Ton erfüllt ihr Ohr. *Das ist der Nachhall der letzten Sätze, die in diesem Haus gefallen sind*, denkt sie. Des Stöhnens, das ihr Vater ausgestoßen haben muss, als er starb. Wie das klingt, kann sie sich lediglich vorstellen, aber in ihrem Kopf ist es nur allzu präsent. Die hohe Decke in der Eingangshalle ihres Elternhauses scheint den Ton noch zu verstärken. Er entweicht aus ihrem Inneren und schwingt zwischen den Wänden des Raumes hin und her. Lauter und immer lauter.

Er ist tot, singt der teuflische Ton. *Dein Vater ist tot.*

Sie streift sich die schwarzen Lederstiefeletten ab, bevor sie durch die Eingangshalle, vorbei an der breiten Treppe und in die Bibliothek geht, wo die dunkle, geschnitzte Holzvertäfelung und ein großer Kristallllüster den eigentlich hohen Raum mit den schweren Ledermöbeln kleiner wirken lässt. Sowohl hier als auch im Arbeitszimmer nebenan sind die Wände voller Regale, und der Anblick der vielen Bücher verschlägt Natalja jedes Mal aufs Neue den Atem.

Sie geht weiter ins Arbeitszimmer und lässt sich in den alten Bürosessel ihres Vaters fallen. Öffnet die obersten

Knöpfe des schwarzen Kleides, das eng am Hals anliegt, aber es fällt ihr trotzdem nicht leichter zu atmen. Sie ist stundenlang ohne ein bestimmtes Ziel herumgelaufen und schließlich hier angelangt. In einem nun unbewohnten Haus in Charlottenlund, wo die Möbel ohne ihren Besitzer als natürlichen Fixpunkt orientierungslos umherzudriften scheinen. Sie treiben auf einem unendlichen, schwarzen Meer, genau wie Natalja selbst.

Sie steht auf. Geht zum Schreibtisch und lässt die Finger über die alte Royal-Schreibmaschine gleiten, auf der ihr Vater seine Bücher und Artikel für wissenschaftliche Zeitschriften geschrieben hat. Hier, an diesem Tisch saß er, als sie vor genau fünfzehn Tagen kam, um ihn zu besuchen. An dem Tag, bevor er getötet wurde.

Wie immer arbeitete er im Schein der kleinen Schreibtischlampe mit dem flaschengrünen Schirm. Tief über die Schreibmaschine gebeugt. Die Vorhänge zugezogen. Beim Klang von Nataljas Schritten auf dem Parkettboden endete der Tanz seiner Finger auf den Tasten.

»Meine liebe Natalja«, sagte er und drehte seinen Stuhl, um sie anzusehen.

Sie beugte sich zu ihm hinunter, umarmte ihn und gab ihm einen Kuss auf die Wange.

»Papa«, sagte sie. »Schön, dich zu sehen.«

»Das Vergnügen ist ganz auf meiner Seite.«

»Woran schreibst du?«

»Ach, nichts Besonderes. Nur ein Essay für eine amerikanische Zeitschrift, die angeblich alle lesen, aber in Wirklichkeit nie jemand aufschlägt. Nichts Wichtiges also. Gut, dass du kommst. Ich brauche mal eine Pause von diesem ganzen Durcheinander.«

Er tippte sich an die Stirn. »Also … von dem Durcheinander hier oben. Möchtest du eine Tasse Tee?«

Sie nickte. Auf einem Serviertischchen neben dem Schreibtisch stand der Samowar, ein hübsch verzierter silberner Wasserbehälter mit einem Metallrohr in der Mitte, das mit heißer Kohle gefüllt wurde. Oben auf dem Wasserkessel stand eine Kanne mit stark konzentriertem schwarzem Tee. Nataljas Vater gab etwas von dem Konzentrat in zwei Tässchen und verdünnte es anschließend mit heißem Wasser, das er aus einem kleinen Hahn an der Seite des Samowars zapfte.

»Wie stark hättest du deinen Tee heute gern?«, fragte er sie, während er sich über den Hahn beugte.

»Nicht so stark wie du deinen.«

Natalja weiß, dass ihr Vater ihr zuliebe an dieser Tradition festgehalten hat. Als ihre Mutter starb, war das seine Art, Nataljas Erinnerung wachzuhalten. Er machte nicht nur Tee, wie ihre Mutter es immer getan hatte, sondern brachte sich auch bei, wie man Rote-Bete-Suppe zubereitete, genau nach ihrem Rezept. Er erlernte sogar die drei verschiedenen Arten, Natalja die Haare zu flechten, die seine Frau einst beherrschte.

Neben dem Schreibtisch steht sein alter Phonograph, ein Apparat, der an einen Plattenspieler erinnert, auf dem aber Wachswalzen anstelle von Schallplatten abgespielt werden. Gegen Ende des neunzehnten Jahrhunderts wurden solche Wachswalzen unter anderem dazu verwendet, Fragmente der alten russischen Heldensagen aufzunehmen, auf die sowohl ihr Vater als auch sie selbst sich spezialisiert hatten. Die sogenannten Bylinen, mit deren Studium sie beide den Großteil ihres Lebens verbracht hatten.

Natalja hört, wie die Eingangstür geöffnet wird. Schritte in der Eingangshalle und ein Rascheln in der Küche. Kurz darauf erscheint Viktor in der Tür. Er lehnt sich mit einer Hand an den Türrahmen.

»Ja, jetzt ist er also beerdigt«, sagt er mit gedämpfter Stimme.

»Mm-hm«, murmelt sie.

Er kommt zu ihr ins Zimmer.

»Ich habe mir gedacht, dass ich dich hier finde«, sagt er und räuspert sich. »Sie haben nach dir gefragt auf der Beerdigung.«

»Wer?«

»Alle. Ich wusste nicht, was ich sagen soll. Also habe ich einfach gesagt, du seist krank geworden. Das ist ja vielleicht auch gar nicht so falsch? Du siehst blass aus. So als hättest du schon seit … seit Wochen nicht mehr geschlafen.«

Natalja würde Viktor gern sagen, dass er recht hat. Dass sie kaum ein Auge zugetan hat, seit sie ihren Vater gefunden hat. Aber dann sieht er sie wieder nur mit diesem unerträglichen Großer-Bruder-Blick an. Besorgt. Beschützend. Vorwurfsvoll. Alles auf einmal. So als läge die ganze Last auf seinen Schultern. Sogar die ihrer Trauer.

»Verdammt noch mal, Nat«, stöhnt Viktor. Er nennt

sie immer Nat. Ihre Mutter und der übrige russische Teil der Familie haben ihr Kosenamen wie Nasja, Tasja oder Talja gegeben, aber Viktor hat immer darauf bestanden, eine eigene, persönliche Abkürzung für ihren Namen zu haben. Als wären sie enger miteinander verbunden, wenn nur er sie so nennt. »Ich weiß nicht, was ich tun soll. Soll ich dich in den Arm nehmen? Eine Tasse Tee machen? Oder soll ich einfach die Klappe halten?«

»Du brauchst überhaupt nichts zu tun.«

Er breitet die Arme aus: »Lass mich wenigstens etwas kochen. Dann können wir beim Essen ein bisschen reden, okay? Ich bin nach der Trauerfeier noch beim Supermarkt vorbeigefahren und habe ein paar Kleinigkeiten besorgt. Steht alles in der Küche.«

Sie nickt.

»Als wir klein waren, hast du immer so gern meine Omeletts gegessen«, sagt er. »Weißt du das noch?«

Seine Stimme rutscht eine halbe Oktave höher. Sie klingt viel heller, so als würde er mit einem Kind reden.

Nein, es ist nicht fair, so zu denken. Er tut nur sein Bestes. Während ich mich zu Hause in meiner Wohnung im Bett verkrochen habe, hat er mit dem Pfarrer geredet. Er war es, der den Nachruf geschrieben hat. Und er war es auch, der ein passendes Lokal für die Trauerfeier gefunden und entschieden hat, dass es zum Kaffee selbst gemachtes Gebäck und eine Torte geben sollte.

Sie folgt ihm in die Küche, wo er bereits eine Packung Eier aus der Einkaufstüte hervorgeholt hat. Er schlägt sie nacheinander auf und riecht daran, bevor er den Inhalt in die Schüssel gleiten lässt.

»Kannst du mir vielleicht eine Handvoll Kräuter aus dem Garten holen?«

Sie geht durch die Küchentür hinaus in den kleinen Garten, der mit Steinen und Platten auf verschiedenen Ebenen angelegt ist. Überall sind kleine Hochbeete mit grünen Pflanzen, Blumen und Küchenkräutern verteilt. Sie verschränkt die Arme, um nicht zu frieren. Ein feiner Nieselregen legt sich ihr auf Gesicht und Haar.

Als sie wieder in die Küche kommt, hat Viktor Tomaten und Pilze klein geschnitten und ist gerade dabei, ein paar Scheiben Schinken in der Pfanne anzubraten. Er nimmt die gepflückten Kräuter entgegen, spült sie unter dem Wasserhahn ab und hackt sie grob.

»Wann hast du zuletzt etwas gegessen?«, fragt er.

Sie zuckt mit den Schultern. Nicht, weil sie nicht antworten will, sondern weil sie es selbst nicht mehr weiß.

Sie hat Kopfschmerzen.

»Wusstest du, dass man im slawischen Volksglauben zwischen zwei Arten von Tod unterschied?«, fragt sie und massiert sich die Schläfen.

»Nein«, sagt er verwirrt. »Du weißt doch, dass ich von so was keine Ahnung habe.«

»Es gab den guten und den schlechten«, fährt Natalja fort. »Der gute Tod kam mit dem Alter. Man starb im Bett, umgeben von seinen Angehörigen. Diese Gruppe von Verstorbenen nannte man ›Roditeli‹. Nach dem Tod stiegen sie direkt zu ihrem Schöpfer auf, um für ihre Taten Rechenschaft abzulegen. Aber es gab auch die zu früh Verstorbenen. Menschen, die ermordet wurden oder durch einen Unfall umkamen. Von ihnen glaubte man, sie seien dazu verdammt, als Wiedergänger auf der Erde zu wandeln, bis zu dem Zeitpunkt, der für ihren natürlichen Tod vorgesehen war. ›Zalozhnye‹, hießen sie. Die Verdeckten. Sie wurden nicht in geweihter Erde begraben, sondern einfach in ein Loch geworfen oder mit Zweigen und Steinen zugedeckt.«

Viktor schweigt. Er ist sich unsicher, ob er Nataljas Worte als Einladung zu einem Gespräch verstehen soll oder ob sie nur mit sich selbst redet.

»Ich hatte schon immer am meisten Angst davor, auf irgendeine lächerliche Art und Weise zu sterben«, sagt er schließlich. »Du weißt schon, man liest so was manchmal in der Zeitung. Mann flüchtet nackt aus dem Haus seiner Geliebten, weil ihr Ehemann kommt, läuft auf die Straße und wird vom Krankenwagen überfahren. Oder man rutscht auf einer Bananenschale aus und fällt auf irgendwelche Bahngleise. ›Mann von brünstigem Esel totgetreten‹. Derartige Geschichten können um die ganze Welt gehen. Diese Menschen sind genauso tot wie solche, die auf irgendeine furchtbare Weise ums Leben gekommen sind, doch behält man sie nicht mit Trauer in Erinnerung, sondern Millionen Fremde auf der ganzen Welt machen sich über sie lustig.«

»Du möchtest also lieber auf tragische Weise umkommen?«

»Zumindest sollten mehr Leute weinen als lachen,

wenn ich sterbe. Etwas anderes wäre nicht gut fürs Selbstvertrauen.«

»Ich glaube, um dein Selbstvertrauen brauchst du dir keine Sorgen mehr zu machen, wenn du tot bist.«

»Vielleicht nicht«, sagt Viktor. »Aber trotzdem würde ich es am liebsten vermeiden, nackt zu sterben.«

»Dann solltest du vielleicht nicht gerade an einem FKK-Strand ertrinken«, entgegnet Natalja.

Er lächelt: »Ich werde mir Mühe geben, Nat. Holst du zwei Teller? Das Essen ist fast fertig.«

Sie setzen sich an den Kaffeetisch vor der Tür zum Garten und können nach draußen auf die Platten schauen, die vom Nieselregen besprenkelt sind. Als Natalja den ersten Bissen hinunterschluckt, wird ihr klar, wie hungrig sie eigentlich ist. Fast ohne zu kauen, verschlingt sie das halbe Omelett. Anschließend lehnt sie sich mit den Händen auf dem Bauch zurück. Sie schließt die Augen.

»Dann habe ich es also nicht verlernt, was?«, sagt Viktor.

Natalja spürt, dass sie rot wird. Als wäre sie bei etwas ertappt worden, was sie nicht hätte tun dürfen.

»Meine Omeletts schmecken offenbar immer noch«, fährt er fort.

»Ja, das war lecker«, sagt sie, ohne ihn anzusehen.

Er stochert ein wenig in dem Rest auf seinem Teller herum. »Wir müssen uns überlegen, was mit Papas Sachen passieren soll. Ich habe schon Kontakt mit einem Makler aufgenommen, der das Haus für uns verkaufen möchte. Er meint, er kann einen richtig guten Preis dafür rausschlagen. Wie es scheint, hat er eine ganze Reihe von Käufern an der Hand, die an genau so einem Haus Interesse hätten. Kann natürlich sein, dass das nur so ein Maklergerede ist, aber er macht einen ehrlichen Eindruck.«

»Das Haus verkaufen?«

»Ja, irgendwie müssen wir es ja loswerden. Aber zuerst müssen wir es leer räumen. Du möchtest sicher die Bücher haben, oder? Das war ja mehr so was zwischen dir und Papa. Was ihr gemeinsam hattet. Louise und ich hätten vielleicht gern den Esstisch und die Stühle aus dem Wohnzimmer. Und bestimmt noch ein paar andere Sachen. Wir haben uns ja gerade erst ein Haus gekauft. Du solltest mal vorbeikommen und es dir ansehen.«

Sie nickt geistesabwesend. Er benutzt Wörter wie »war« und »hattet«, als würde es ihm überhaupt nichts ausmachen. *Fällt es ihm wirklich so leicht?*

»Ja, mache ich.«

»Was jetzt? Uns besuchen kommen oder die Bücher nehmen?«

»Beides.«

»Gut. Ich …«, setzt er an.

Sie unterbricht ihn: »Hast du mit der Polizei gesprochen?«

Sie reibt sich die Stirn. Ihr Kopf ist wärmer als normal. Oder vielleicht sind auch nur ihre Fingerspitzen kalt.

»Ja«, sagt er.

»Gibt es etwas Neues?«

Er schüttelt den Kopf. »Ich versuche, Druck zu machen, aber sie können ja auch nicht schneller arbeiten, als sie es sowieso schon tun.«

»Nein, wahrscheinlich nicht.«

Jetzt kommt die Übelkeit. Sie hätte das Omelett nicht so schnell essen sollen. Im Grunde hätte sie es überhaupt nicht essen sollen. Punkt.

Viktor sieht sie eindringlich an. »Ich vermisse dich, Nat. Seit Papas Geburtstag haben wir nicht mehr miteinander geredet. Das ist jetzt schon mehrere Monate her.«

»Wir haben nicht mehr richtig miteinander geredet, seit du zu Hause ausgezogen bist«, entgegnet sie. Steht schnell auf und geht in die Eingangshalle, um sich die Stiefeletten anzuziehen. Den Mantel und das Halstuch.

Viktor kommt ihr nach.

»Gehst du?«, fragt er mit großen Augen.

»Ja. Ich habe noch ein paar Sachen zu erledigen.«

Sie hat schon die Türklinke hinuntergedrückt. Die Tür ist halb geöffnet.

»Pass auf dich auf. Okay?«, sagt er.

Sie nickt. Muss an eine Szene aus dem Film *Trainspotting* denken, in der die Hauptfigur, gespielt von Ewan McGregor, nach einer Überdosis in ein tiefes Loch im Fußboden sinkt. In den folgenden Szenen sieht man die Welt aus seiner Perspektive, und dabei sind am Bildrand immer die Kanten des Fußbodens zu sehen, in dem er versunken ist. So als wäre die Welt die ganze Zeit eine Armlänge weit weg. Oder als würde er aus der Tiefe eines Grabes nach oben schauen.

Zalozhnye, denkt sie noch einmal. Die Verdeckten. Die Wiedergänger. In dieser Welt gefangen, aber außerstande, mit ihr in Kontakt zu treten.

Genauso geht es ihr im Moment. Ganz genauso.

»Du auch auf dich«, sagt sie zu ihrem Bruder.

Dann verschwindet sie.

7

Als Natalja mehrere rastlose Stunden später ins Bett kriecht, leidet sie unter Schüttelfrost. Die ganze Nacht über wacht sie in kurzen Abständen immer wieder auf, weil sie so sehr schwitzt, dass ihr Laken und Bettzeug am Körper kleben.

Aus der Wohnung unter ihr dröhnt der konstante Bass irgendeiner Technonummer herauf. Der Rhythmus trifft in kleinen, hektischen Stößen auf ihr Trommelfell, die ganze Zeit einen Tick schneller als ihr eigener Herzschlag. Sie atmet tief durch und versucht, die Anspannung abzuschütteln, aber der Bass stresst sie wie ein hyperaktiver Fitnesstrainer, dessen Rufe durch eine Watteschicht zu ihr durchdringen.

Als sie am nächsten Morgen aufwacht, brennt ihr Hals und ist trocken, aber sie hat keine Schmerzen mehr im Körper, und der fiebrige Geschmack im Mund ist auch verschwunden. Sie steigt aus dem Doppelbett und zieht die Vorhänge auf. Das helle Frühjahrslicht fällt grell und warm durch die Fenster. Nackt geht sie über die rauen grauen Fliesen in die Küche und trinkt ein Glas Wasser. Lässt die Wärme der Fußbodenheizung durch ihre Füße nach oben strömen, bevor sie weiter in ihre Bibliothek geht, eine Miniaturausgabe der Bibliothek ihres

Vaters. Selbst gebaute Regale, die sich an drei Wänden des Raumes vom Boden bis zur Decke erstrecken und in denen Bylinen-Anthologien, Geschichtsbücher vor allem über Europa und Asien, Abhandlungen über die Verwendung von Märchen und Volksglauben durch das Stalin-Regime und Bücher mit Mythen und Märchen aus aller Welt Seite an Seite stehen. Die Regale sind fast ausschließlich den verschiedensten Veröffentlichungen zu ihrem Forschungsgebiet vorbehalten. In der Mitte des Raumes steht ein Palisanderschreibtisch, den Natalja von ihrer Mutter geerbt hat.

Hinter der Bibliothek befindet sich ein spärlich eingerichtetes Wohnzimmer. In einer Ecke stehen ein Lesesessel, eine Stehlampe und ein Tischchen, auf dem gerade genug Platz für ein paar Bücher und eine Tasse Kaffee ist. Auf einem Sideboard liegt ein MP3-Player, der an einen Lautsprecher angeschlossen ist. Sie schaltet das Gerät ein und sucht die Musik des ukrainischen Komponisten, Pianisten und Dirigenten Mikola Lisenko heraus. Findet seine Elegie für Klavier und drückt auf Play. Isst ihre Haferflocken mit Milch zum Klang der perfekt dosierten Wehmut und Melancholie dieses Stücks. Genau wie ihr Vater durch kleine Rituale im Alltag die Erinnerung an seine Frau wachhielt, versucht auch Natalja, durch die ukrainische Musik der Romantik eine Verbindung zu ihrer Mutter herzustellen. Zugleich findet sie in der Musik eine feste Struktur, an der sie ihre wirren Gedanken ausrichten kann. Sie muss ihnen einen einheitlichen Rhythmus geben, damit sie sich nicht überschlagen oder sich gegenseitig übertönen.

Im Badezimmer spült sie sich den nächtlichen Schweiß vom Körper. Fängt unvermittelt an zu weinen. Eine undeutliche Erinnerung schließt sich wie ein Sack um ihren Kopf und schnürt ihr wieder den Atem ab. Sie dreht das Wasser ab, trocknet sich das Gesicht und setzt sich nackt auf den warmen Fußboden, das Handtuch über den Beinen.

8

Als sie angezogen ist, nimmt sie die S-Bahn von Nordhavn nach Charlottenlund und geht zu Fuß weiter zu dem Haus, das ihre Eltern kurz nach ihrer Hochzeit im Jahr 1977 gekauft haben. Eine große Villa in britischem Stil, dicht bewachsen mit wildem Wein, der zwischen den dunklen Fensterrahmen die gelben Mauern hinaufrankt. Ihr Vater konnte sich von dem Haus nicht trennen, weder nach dem Tod ihrer Mutter noch nachdem er aus beruflichen Gründen zuerst mit seinen Kindern nach England und danach allein in die USA gezogen war. Während dieser Jahre stand die Villa leer. Die verkleinerte Familie verbrachte dort immer nur einen Monat im Sommer, wenn sie auf Heimatbesuch in Dänemark war. Erst 2006 kehrte Nataljas Vater zurück und setzte das Haus wieder instand.

Sie schließt die Tür auf. In der Eingangshalle ist es kühl und dunkel wie in einem Mausoleum. Sie geht in die Bibliothek. Zieht willkürlich ein Buch aus dem Regal. Blättert darin. Es ist eine umfangreiche Sammlung russischer Märchen von W. R. S. Ralston, und als sie das Inhaltsverzeichnis überfliegt, muss sie daran denken, dass sie früher, als sie noch klein war, viele der Märchen von ihrem Vater erzählt bekommen hat. *Der Blin-*

de und der Krüppel, Die schöne Prinzessin Helena und *Koschtschej der Unsterbliche.*

Vor allem Letzteres hat sie als Kind immer fasziniert. Koschtschej gehört zu den unheimlichsten Figuren, die ihr jemals begegnet sind. Er ist ein Zauberer, der seine Seele außerhalb seines Körpers aufbewahrt, und zwar in einem Entenei, das sich in einer Ente befindet, welche wiederum in einem Hasen steckt, der in einer Kiste sitzt, die unter einer Eiche auf einer Insel mitten im Meer vergraben liegt. »Um ihn zu töten«, erzählte ihr Vater, »muss man das Ei finden und zerbrechen.« Er zeigte ihr ein Bild, auf dem Koschtschej als nackter, sehniger, dürrer Mann mit einem Schwert in der Hand dargestellt war und auf einem Pferd über die kaukasischen Berge ritt.

»Aber es ist nicht sicher, dass er genau so aussieht, wenn man ihm begegnet«, erzählte ihr Vater. »Er besitzt die Fähigkeit, sich beliebig zu verwandeln, und kann als dichter Nebel, als Wirbelsturm oder als heftiges Unwetter in Erscheinung treten.«

In den Märchen ist oft die Rede davon, dass die Wolken sich zusammenziehen, wenn Koschtschej sich nähert. Dass es plötzlich blitzt und donnert. Er ist überaus mächtig und beherrscht die Kräfte der Natur, steht für ihre destruktivsten Seiten. Für die wilde Natur, die die Bauern in alten Zeiten fürchteten, weil sie die Ernte zerstören konnte. Seine Haut ähnelt mehr einer Schlangenhaut als der eines Menschen, und er bekämpft seine Feinde, indem er sie umschlingt und mit seinen langen Nägeln aufschlitzt. An der Innenseite seiner Arme hat er

Giftdrüsen, an denen er leckt, bevor er seinem Gegner die Zähne ins Fleisch stößt.

Natalja stellt das Buch zurück und lässt auf der Suche nach weiteren Erinnerungen den Blick über die anderen Buchrücken im Regal wandern. Englische Bücher stehen Seite an Seite mit russischen. Sie weiß, dass ihr Vater ein ganz eigenes Ordnungssystem für seine Bibliothek hatte, aber sie hat nie so recht herausgefunden, wie er bei den vielen Titeln den Überblick behielt.

Als sie gerade ein anderes Buch aus dem Regal nehmen will, lässt sie plötzlich ein dumpfer Schlag innehalten. Sie steht ganz still und lauscht. Das Geräusch kehrt in regelmäßigen Abständen wieder, und da wird ihr klar, dass es eins dieser Geräusche ist, die zum Haus gehören und die jetzt, da sie allein hier ist, deutlicher zu hören sind. Sie ist in diesen Räumen aufgewachsen und kennt jede quietschende Tür, jede pfeifende Wasserleitung und jedes undichte Fenster, deren gemeinsamer Missklang den mühsamen Atem dieses alten Hauses darstellt. Das rhythmische Schlagen kommt von der Balkontür im Schlafzimmer ihres Vaters in der oberen Etage. Wenn man sie nicht anhebt und vorsichtig zuzieht, schließt sie nicht richtig und kann stundenlang so klappern.

Sie geht die Treppe hinauf in die zweite Etage, wo links das Schlafzimmer ihres Vaters liegt und rechts ihr altes Zimmer neben dem ihres Bruders. Sie drückt die Schlafzimmertür auf und schaut hinein. Das Zimmer steht in starkem Kontrast zu den dunklen, kompakten Räumen im Erdgeschoss. Hier sind die Wände weiß, an der Wand steht ein schmales Doppelbett mit einer hellen Tagesdecke über der Matratze. Am Kopfende befindet sich ein kleiner Nachttisch und darauf ein Digitalwecker. Neben dem Wecker liegt ein dickes Buch mit Ledereinband und einem Lesezeichen, das zwischen den letzten Seiten steckt. An der gegenüberliegenden Wand steht ein dunkler, alter Schrank. Die eine Schranktür ist offen. An den Wänden und auf dem alten Möbel sind immer noch Reste des roten Pulvers zu sehen, wo die Polizei nach Fingerabdrücken gesucht hat. Das Blut auf dem Boden wurde entfernt. Bestimmt musste Viktor es wegscheuern.

Sie spürt, dass ihr Herz schneller schlägt, als sie das Zimmer betritt. Hier hat der Einbrecher ihren Vater getötet. Die Polizei hat Viktor erklärt, dass der Fremde vermutlich durch ein Kellerfenster eingebrochen und zuerst durch das ganze Erdgeschoss gegangen ist, bevor er hochkam. Er muss ihren Vater angegriffen haben, als dieser zu Bett gehen wollte, denn die Leiche lag noch angezogen auf dem Fußboden mitten im Zimmer. Die Mordwaffe wurde gleich neben ihm gefunden. Eine kleine Bronzestatuette in Gestalt der russischen Märchenhexe Baba Jaga. Ein Geschenk, das ihr Vater einmal von einem russischen Bekannten bekommen hatte.

Sie zieht die Balkontür richtig zu und schließt sie. Geht hinüber zum Schrank. Sie weiß, dass ihr Vater ein paar seiner liebsten Besitztümer hinter diesen Türen aufbewahrte. Der Einbrecher muss den Schrank gerade geöffnet haben, als ihr Vater ins Schlafzimmer kam und ihn überraschte. Wahrscheinlich hatte der verblüffte Eindringling nach der erstbesten Schlagwaffe gegriffen, bevor er schließlich flüchtete, ohne etwas mitzunehmen. Viktor zufolge fehlt zumindest nichts im Haus.

Natalja schaut in den Schrank. Dort liegen die wenigen existierenden Fotos, auf denen sie mit ihrer Mutter zu sehen ist, andere Kinderfotos von Natalja und Viktor, ein altes Schmuckkästchen, ein ukrainisches Amulett mit einem Bild von der Jungfrau Maria, die das Jesuskind auf dem Schoß hält, und ein paar alte, vergilbte Papiere.

Natalja stellt sich auf die Zehenspitzen, um einen Blick in das oberste Fach zu werfen. Dort steht ein brauner, zylindrischer Pappbehälter. Sie holt ihn hervor und hat den Eindruck, dass er leichter ist, als er eigentlich sein sollte. Sie nimmt den Deckel ab. Der Behälter ist leer. Außen auf der kleinen Pappröhre sind drei Buchstaben mit verblichener Tinte geschrieben: А Ф П. Schriftzeichen aus dem kyrillischen Alphabet, die den lateinischen Buchstaben A F P entsprechen. Darunter steht die Jahreszahl 1894.

Natalja weiß, dass dieser Behälter einmal eine der Wachswalzen enthielt, die ihr Vater während seiner Forschungsreisen durch die Sowjetunion gesammelt hat. Eine Walze, wie sie mit dem Phonographen unten im Arbeitszimmer abgespielt werden kann. Die Tatsache, dass die Röhre nun leer ist, könnte bedeuten, dass vielleicht doch etwas aus dem Haus gestohlen wurde. Möglicherweise befand sich die Walze gerade im Phonographen, als der Einbrecher kam.

Nein, das ergibt überhaupt keinen Sinn. Das Haus ist voller Gemälde und alter Schmuckstücke, die ein Einbrecher viel leichter zu Geld machen könnte. Warum sollte jemand eine Wachswalze stehlen und alles andere stehen und liegen lassen?

Sie dreht und wendet die leere Papphröhre in ihren Händen. Hat keine Ahnung, was genau mit der Wachswalze aufgenommen wurde, außer dass es sich dabei um einen Auszug aus einer slawischen Heldensage gehandelt haben muss. Einer Byline. Im Laufe der zehn Jahre, während derer Natalja das Forschungsgebiet ihres Vaters teilte, hat sie ihm geholfen, alte Tonaufnahmen dieser Erzählungen in Versform zu finden, die lange als verloren galten.

Im Gegensatz zu den Volksmärchen gehen sie auf wirkliche historische Personen und Begebenheiten zurück. Echte Kriege und echte Heerführer. Die Handlungsverläufe jedoch sind genau wie im Märchen frei erfunden und symbolisch stark aufgeladen. Sie spielen alle um 1000 nach Christus, als Kiew Dreh- und Angelpunkt des Großreichs Kiewskaja Rus war, das sich von der Ostsee im Norden bis zum Schwarzen Meer im Süden und von den Karpaten im Westen bis zur Wolga im Osten erstreckte. Im Jahr 988 führte Prinz Wladimir I. das Christentum in der Kiewskaja Rus ein, doch der traditionelle Volksglaube blieb weiterhin bestehen und existierte Seite an Seite mit dem neuen christlichen Glauben. Die Menschen beteten, sprachen aber auch heidnische Beschwörungen, wenn sie meinten, dadurch etwas erreichen zu können. Sie glaubten an Gott, aber auch an

Wald- und Wasserdämonen, und sie trugen Schädel und Schlangenhäute und gleichzeitig das christliche Kreuz und Bilder von der Jungfrau Maria.

Die epischen Gedichte entstanden zum größten Teil in der Zeit zwischen dem zehnten und vierzehnten Jahrhundert und handeln von den Konflikten der russischen Christen mit den angrenzenden Reichen und heidnischen Nomadenvölkern in den östlich gelegenen Steppen, aber sie greifen auf Symbole aus dem Volksglauben zurück. So kann der Feind beispielsweise als Drache dargestellt sein, der Felder in Brand setzt und Männer und Frauen entführt. Viele Jahrhunderte lang glaubte man, diese Gedichte seien längst vergessen, doch 1860 entdeckte der Volksmärchensammler P. N. Rybnikov, der sich in Petrozavodsk am See Onega im Nordwesten Russlands im Exil befand, dass die Gesangs- und Erzähltradition unter den Bauern dieser Gegend noch durchaus lebendig war. Im Mai 1860 wurde er mitten auf dem Onega von einem Sturm überrascht und musste auf einer Insel in einer sogenannten Fatera Zuflucht suchen, einem kleinen Häuschen, in dem Reisende bei schlechtem Wetter die Nacht verbringen konnten.

An diesem stürmischen Abend waren dort viele Menschen zusammengepfercht, und Rybnikov hatte keine Lust, in der stinkenden und dreckigen Hütte zu übernachten, sondern legte sich stattdessen auf einem Sack ans Lagerfeuer, wo er Teewasser kochte und schließlich einschlief. Als er später am Abend erwachte, hatten sich ein paar Bauern aus der Gegend zu ihm gesellt. Aufmerksam lauschten sie einem alten Mann mit dichtem weißem Bart und, wie Rybnikov später schrieb, freundlichem Gesicht, der ein lebhaftes, heiteres Lied vortrug. Der Alte schaute in die Runde und unterbrach hin und wieder sein Lied mit einem Lachen. Als er fertig war, begann er ein neues Lied. Rybnikov sprang auf, griff zu seinem Stift und bat den Mann, noch einmal zu wiederholen, was er soeben gesungen hatte. Er schrieb das Lied Wort für Wort nieder und begann so an diesem Abend, was zum Grundstein aller späteren Forschung über die epischen Gedichte werden sollte. Andere Sammler folgten seinem Beispiel, sodass Hunderte bis dahin vergessener Bylinen gefunden und aufgeschrieben wurden.

Aber Stift und Papier reichten nicht, um den besonderen Charakter dieser Erzählungen zu bewahren, denn die Versepen entstammten einer mündlichen Tradition. Es waren Lieder mit Melodie und Rhythmus. Deshalb war es nur natürlich, dass man sie aufnahm, sobald die technischen Möglichkeiten es zuließen. Das einzige Problem war, dass mit einer Wachswalze je nach Größe gerade einmal zwei- bis vierminütige Tonaufnahmen gemacht werden konnten, und da Bylinen lange und komplexe Erzählungen sind, die sich über halbe oder auch ganze Stunden hinziehen können, war es anfangs nicht möglich, mehr als kurze Ausschnitte davon aufzunehmen. Trotzdem kommt diesen Tonaufnahmen eine wesentliche Bedeutung für das Verständnis der mündlichen Erzähltradition in den slawischen Gebieten zu. Eine Geschichte hat jeweils ein Grundgerüst, doch davon abgesehen, befindet sie sich in stetigem Wandel und wirkt am lebhaftesten, wenn sie einem Publikum vorgesungen wird. Alle Sänger, die diese Geschichten vortragen, haben ihre eigene Art, sie zu erzählen. Jeder von ihnen erfindet kleine zusätzliche Einzelheiten. Jeder hat seine eigene Melodie. Ein guter Sänger achtet auf die Reaktionen seines Publikums und schmückt Elemente der Geschichte aus, die besonders gut ankommen. Fügt Vers um Vers mit Beschreibungen, Wiederholungen oder sprachlichen Bildern hinzu, die eine bestimmte Szene herausarbeiten. Diese Besonderheiten und Nuancen ließen sich mithilfe der Wachswalzen besser einfangen als durch das bloße Mitschreiben der Worte.

Natalja setzt sich auf das Bett ihres Vaters. A F P müssen die Initialen des Sängers sein, dessen Stimme mit der Wachswalze aufgenommen wurde. Unmittelbar fällt ihr jedoch kein Sänger ein, dessen Name dazu passen würde.

Ein Gefühl, so leer wie die Pappröhre, wächst in ihr heran: Hatte ihr Vater diese Walze vor ihr versteckt? Hatte er auf dem Gebiet, auf dem sie glaubte, alles mit ihm zu teilen, Geheimnisse vor ihr? Dem Gebiet, auf dem sie um den Respekt ihres Vaters gekämpft hatte, auf dem sie mehr Kollegin sein wollte als Tochter?

9

Natalja fängt an, das Haus systematisch nach der verschwundenen Wachswalze zu durchsuchen. Sie weiß, dass ihr Vater vergesslich sein konnte und dass die Walze deshalb nicht unbedingt in der Tasche eines Einbrechers gelandet sein muss, sondern überall sonst sein kann. Daher sieht sie alle Schreibtischschubladen im Arbeitszimmer durch und nimmt in der Bibliothek die Bücher aus den Regalen, um zu sehen, ob sich die Walze irgendwo dahinter verbirgt. Sie schaut in sämtliche Schränke und zwischen die Stapel von Dokumenten, die im ganzen Haus verteilt liegen, weil sie denkt, dass ihr Vater die Walze möglicherweise in einem Moment der Geistesabwesenheit als Briefbeschwerer oder Buchstütze benutzt haben könnte. Nichts. Schließlich geht sie nach oben ins Schlafzimmer und öffnet noch einmal den Schrank. Ihr Blick fällt auf das kleine Schmuckkästchen im Fach unter der leeren Pappröhre. Sie holt es hervor und setzt sich damit aufs Bett. Muss unwillkürlich lächeln. Sie weiß noch, wie sie als Kind mit diesen Schmuckstücken gespielt hat. Wie sie zehn oder fünfzehn Ringe auf einmal an jeder Hand und lange Perlenketten um den Hals trug, wenn sie feine Dame sein wollte. Sie liegen nach wie vor in der kleinen Schatulle und sind ganz ineinander verschlungen. Sie stupst das ein oder andere Stück mit dem Zeigefinger an. Die meisten Ringe sind schlichte Silber- oder Goldringe mit kleinen Amethysten, Saphiren und Smaragden. Ganz unten im Kästchen liegt ein beinerner Anhänger, der an einer Lederschnur befestigt ist. Der Inhalt ist mehrere Tausend Kronen wert, aber im Gegensatz zu der Pappröhre mit der Aufschrift A F P scheint der Schmuck in den Augen des Einbrechers uninteressant gewesen zu sein.

Tief in ihrem Unterbewusstsein formt sich ein Gedanke, den sie nur ungern hervorkommen lassen will. Eine schuldbewusste Freude darüber, dass ihre Suche erfolglos geblieben ist. Bis jetzt war der Mord an ihrem Vater sinnlos. Begangen von einem gewöhnlichen Einbrecher, der vom Hausbesitzer im Schlafzimmer überrascht wurde. Aber wenn der Inhalt der Pappröhre wirklich gestohlen wurde, muss der Dieb von der Forschung ihres Vaters gewusst haben. Von ihrem eigenen Fachgebiet. Dem Dieb muss bekannt gewesen sein, wofür die Buchstaben A F P stehen.

Sie verschließt das Schmuckkästchen und stellt es beiseite. Geht hinunter ins Arbeitszimmer. Durchs Fenster sieht Natalja das Auto ihres Bruders seitlich vor dem Haus halten. Er hat einen Freund mitgebracht. Einen großen, dünnen Typen, dessen Namen sie vergessen hat. An das Auto ist ein Anhänger gekuppelt. Viktor geht als Erster durch den Vorgarten zur Haustür, sein Freund schlurft mit den Händen in den Hosentaschen und einer Kippe im Mund hinterher. Kurz vor der Tür drückt er die Zigarette an seinem Stiefel aus. Schnippt den Stummel weg, sodass er auf dem Rasen landet. Ihr Bruder sieht es nicht, und Natalja hat jetzt keine Lust, sich darüber aufzuregen.

Viktor bleibt in der geöffneten Tür stehen, als er seine Schwester erblickt.

»Du bist hier?«, fragt er.

»Ich sehe mir gerade die Bücher an«, sagt sie.

»Dann möchtest du sie also haben? Hast dich gestern nicht besonders interessiert angehört. Ich hole den Esstisch, wie abgemacht. Und die Stühle.«

»Für dein neues Wohnzimmer«, ergänzt Natalja.

»Ja. Jannik hilft mir beim Tragen. Ist es okay, wenn ich die Lampe auch mitnehme? Die könnten wir gut gebrauchen, und wenn ich mich recht erinnere, hast du in deiner Wohnung sowieso keinen Platz, um sie aufzuhängen.«

»Nimm dir, was du haben willst«, sagt sie und kehrt ihm den Rücken zu.

Er verschwindet im Wohnzimmer, und sie hört, wie die beiden Männer den Tisch verrücken. Die Tischbeine verursachen ein unangenehmes Geräusch, als sie über den Parkettboden schrammen.

Natalja geht wieder nach oben. Ins Schlafzimmer. Schließt die Tür hinter sich, setzt sich aufs Bett und vergräbt das Gesicht in den Händen. Beugt sich vor und spürt, wie ihr das Blut in den Kopf schießt. Ihr Vater soll ihr offenbar Stück für Stück genommen werden. Sie hat große Lust, ihren Bruder rauszuwerfen. Nein zu sagen, zu schreien, dass nicht mal ein verbogener Teelöffel mitgenommen werden darf und dass ihr Elternhaus nicht verkauft wird. Es soll für immer so stehen bleiben, genau, wie es jetzt ist. Denn was bleibt ihr noch, wenn es diesen Ort nicht mehr gibt? Wie soll sie ihren Vater in Erinnerung behalten, wenn sie nicht durch die Räume gehen kann, die einmal ihm gehörten?

Sie atmet tief durch, um nicht wieder anzufangen zu weinen. Lehnt sich zurück. Das Bett rutscht ein Stück von der Wand. Nicht viel. Einen Zentimeter vielleicht. Sie hört etwas zu Boden fallen. Etwas, was in der Ritze zwischen Bett und Wand gesteckt hat. Sie richtet sich auf. Sieht die Ecke eines Blattes Papier aus der Ritze ragen und zieht es heraus. Eine maschinengeschriebene Seite, die auf der alten Royal ihres Vaters getippt wurde. Das S liegt jeweils eine Idee höher als die übrigen Buchstaben, so wie immer in seinen Texten.

Sie geht auf dem Boden auf alle viere und schaut unter das Bett. Dort liegen mehrere Bögen Papier. Ihr Vater hat gern im Bett gelesen. Wenn ihn ein bestimmtes Thema sehr beschäftigte oder er an einer Arbeit saß, die er nicht weglegen konnte, dann nahm er sich immer etwas mit ins Bett. Dasselbe muss er auch mit diesen Seiten getan haben, und dann müssen sie in die Bettritze gerutscht sein.

Die Seiten sind nummeriert, insgesamt siebenundvierzig. Sie überfliegt sie und stellt schnell fest, dass dies das unvollendete Manuskript eines Buches ist, an dem ihr Vater offenbar gearbeitet hat. Eines Buches über einen russischen Sänger namens Andrej Fjodorowitsch Petrow – A F P.

»Als im Anschluss an Rybnikovs Offenbarung im Jahr 1860 weitere Bylinen gesammelt wurden, sah man sich mit einer solchen Unmenge von Material konfrontiert, dass man Schwierigkeiten hatte, den Überblick zu behalten und zu entscheiden, was davon einen Wert für die Nachwelt hatte. Daher entwickelte Anna Astakhowa, eine der bedeutendsten Volkskundlerinnen dieser Zeit, zu Beginn des zwanzigsten Jahrhunderts eine Methode zur Unterteilung der verschiedenen Sänger in drei Gruppen:

1. *Die Vermittler, die die Geschichten genauso wiedergaben, wie sie ihnen selbst erzählt worden waren.*
2. *Die Schöpferischen, die den Geschichten zwar eine eigene Form gaben, gleichzeitig aber eine gewisse Treue dem Originaltext gegenüber wahrten.*
3. *Die Improvisatoren, die den ursprünglichen Text bei jedem Vortrag stark veränderten.*

Vor allem die zweite Gruppe war aus naheliegenden Gründen für die Sammler von Interesse, weil sie anhand ihrer sowohl die Grundform der Erzählungen untersuchen konnten, die Ur-Erzählung, die der ihnen vorgetragenen Version jeweils zugrunde lag, als auch die Weiterentwicklung der Geschichten im Laufe der Zeit. Zu dieser besonderen Gruppe gehörte auch A. F. Petrow, und wie sich an der Einordnung ablesen lässt, die die Sammler vornahmen, verfügte er nicht nur über einen herausragenden Sinn für Musik, sondern beherrschte auch wie kein anderer die verschiedenen sprachlichen Mittel.«

Natalja nimmt das Manuskript mit hinunter. Viktor und sein Freund sind gerade dabei, den letzten Esszimmerstuhl auf dem Anhänger festzubinden. Der Freund nickt ihr zu, bevor er sich ins Auto setzt, während Viktor noch einmal durch den Vorgarten kommt.

»Wir fahren jetzt«, sagt er. »Willst du mitkommen? Du könntest mit uns essen.«

Natalja starrt auf ihre Füße.

»Nein danke. Ich habe noch ein paar Dinge zu erledigen.«

Viktor streckt den Arm nach ihr aus. Legt ihr die Hand auf den Oberarm.

»Ruf einfach an, wenn du es dir noch anders überlegst«, sagt er, bevor er zum Auto geht und sich neben seinen Freund setzt.

Natalja sieht ihnen nach, als sie wegfahren. Dann geht sie in das Arbeitszimmer ihres Vaters und lässt sich schwer in seinen Bürosessel fallen. Legt das unvollendete Manuskript auf den Schreibtisch neben die alte Royal. Vielleicht sollte sie die Schreibmaschine mitnehmen, bevor ihr Bruder das ganze Haus leer räumt?

Er bebt. Seine Hände zittern so stark, dass er sie nicht stillhalten kann.

Das Ganze hätte schon vor Tagen beendet sein sollen. In dem Handlungsverlauf, dem er bis jetzt Wort für Wort gefolgt ist, hätte schon längst der letzte Punkt gesetzt sein müssen. Er hat dem Wortlaut der Erzählung die größte Treue erwiesen, aber was hat ihm seine Loyalität eingebracht?

Der Andere wollte sie nicht entgegennehmen. Der Andere. So wird er ihn von nun an nennen müssen, da er nicht auf den Namen hören wollte, den er der Erzählung nach hat. Er hat sich geweigert, sie zu sich zu nehmen, obwohl er gar keine Wahl hatte. Obwohl er die Erzählung kannte und wusste, was zu tun war, um die Geschichte zu ihrem unabwendbaren Abschluss zu bringen. Er hat sich geweigert. Hat eine kleine Wunde im Fleisch der Erzählung hinterlassen. Eine Wunde, die immer weiter aufreißt, bis nichts mehr übrig ist, was die Worte zusammenhält …

Er dreht den Kopf und schaut durch den Türspalt ins Schlafzimmer. Dort liegt sie auf dem Bett. Er hat sie eingeschlossen, natürlich. Solange die Erzählung ihm nicht zeigt, wie es weitergehen soll, bleibt ihm nichts anderes übrig. Aber im Moment schläft sie, und er hat sich erlaubt, die Tür einen Spalt weit zu öffnen, um sie zu betrachten. Sie wälzt sich unruhig im Schlaf hin und her. Wimmert und weint, ohne aufzuwachen.

Sie hätte längst von ihren Qualen erlöst sein sollen. Sie sollte wissen, dass ihr niemand mehr etwas anhaben kann. Der Drache ist tot. Er hat ihn mit denselben Händen getötet, über die er nun die Kontrolle verloren hat.

Er nimmt sein Handy vom Tisch und sieht sich das Video noch einmal an. Diese Augen. Hat er sich in ihrem Blick getäuscht? Er hat sich eingebildet, ihn durch und durch zu kennen. Ihn gründlich erforscht zu haben. Doch nun kommen Zweifel in ihm auf. Warum hält die Erzählung ihn hin? Warum lässt sie ihn so lange warten, bevor sie ihm einen neuen Weg offenbart?

Die Augen sind schuld. Diese Augen.

Völlig unerwartet packt ihn die Wut. Mit einer unwahrscheinlichen Kraft jagt sie ihm durch den Körper und lässt ihn abrupt hochfahren. Ein Brüllen begleitet den plötzlichen Gefühlsausbruch. Wieder und wieder trifft das Handy auf die Tischkante, bis Display und Plastikhülle zerbrechen und die Teile wie Granatsplitter in alle Himmelsrichtungen fliegen. Was am Ende davon übrig ist, schleudert er zu Boden und zertritt es mit dem Absatz. Er hat keine Verwendung mehr für dieses elende Stück Plastik.

Die Verse der Erzählung sind verworren. Das Lied voller falscher Töne. Es hätte längst vorbei sein müssen. Er sollte jetzt zu Hause sein und die Prinzessin … sie sollte … sie sollte frei sein. Aber stattdessen liegt sie einfach da und schreit in ihren Albträumen in der Dunkelheit.

10

Thomas träumt nicht davon. Er sieht keine Bilder, wenn er schläft. Hört keine Geräusche. Für ihn ist die Nacht leer. Ohne Inhalt, aber trotzdem auch ohne Ruhe.

Seit er aus dem Krankenhaus entlassen wurde, beginnt jeder Morgen mit demselben Gefühl. Sobald er die Augen aufschlägt, überkommt es ihn. Er hebt den Kopf vom Kissen, und obwohl seine Haut und der Kissenbezug trocken sind, fühlt es sich so an, als würde etwas von seiner Wange tropfen. So als hätte er wieder mit dem Kopf in einer Pfütze von Zahles Blut gelegen.

Er setzt sich mühsam auf, spürt einen bohrenden Schmerz, der von der Wunde unterhalb der Rippen ausgeht, und bleibt eine Weile auf der Bettkante sitzen. Sammelt sich einen Moment, um sich mit seinem hundertzwanzig Kilo schweren Körper zu erheben.

In der Regel ist es der Anblick seines Plattenspielers, eines Technics SL-1210 Mk 2 von 1978, der ihn zum Aufstehen motiviert. Er sucht eine Schallplatte aus einer der vielen Kisten heraus, die auf dem Boden genau unter dem Plattenspieler stehen. Berührt nur den Rand der Platte mit seinen Fingern. Legt sie auf. Holt eine kleine Bürste hervor und lässt sie sanft über die Oberfläche gleiten, während die Schallplatte sich dreht. Erst dann beugt er sich vor, kneift das rechte Auge halb zusammen und setzt den Tonabnehmer, der zwischen seinen großen Fingern mikroskopisch klein wirkt, mit einer leichten Bewegung in die Rille.

Ein paar Gitarrentöne werden von einer sanften Männerstimme abgelöst. Einem Tenor, der schon bald von drei weiteren Samtstimmen begleitet wird. Die Mills Brothers. Er hatte schon immer eine Schwäche für die Vokalensembles der Dreißiger- und Vierzigerjahre und für die Mills Brothers ganz besonders, die zweifellos beste Vokalgruppe aller Zeiten. Mehr als fünfzig Millionen verkaufte Platten weltweit. Einzigartige Harmonien. Und sie konnten mit ihren Stimmen so perfekt Instrumente imitieren, dass man keinen Unterschied hörte. Diese Aufnahme stammt aus England. Von '42 oder '43, wenn er sich recht erinnert. Damals bestand die Gruppe schon nicht mehr in ihrer ursprünglichen Besetzung. Anstelle von John Mills Junior, der an einer Lungenentzündung gestorben war, hatten sie nun den Vater dabei, und Gene Smith vertrat Harry Mills, der zum Militärdienst eingezogen worden war. Puristen würden behaupten, alle Aufnahmen nach 1936, als John Mills Junior starb, seien lediglich schwache Echos des einst besten Vokalensembles der Welt, aber Thomas ist nicht so fanatisch. In seinen Ohren klingen diese Aufnahmen immer noch großartig. Die Harmonien sind nach wie vor lupenrein.

Er geht weiter ins Badezimmer. Wie in den meisten Wohnungen in Nørrebro hat dieser Raum gerade mal die Größe eines senkrecht stehenden Sargs. Thomas kann nicht auf der Toilette sitzen, ohne mit den Knien ans Waschbecken zu stoßen, und er kann nicht duschen, ohne dabei alles unter Wasser zu setzen. Er hat einen Vorhang innen vor der Tür angebracht, damit sie wenigstens durch die Nässe keinen Schaden nimmt. Jetzt zieht er ihn zu und dreht das kalte Wasser auf. Beugt sich vor und wäscht sich vorsichtig das Gesicht, ohne dass dabei Spritzer auf den Verband an seinem Bauch kommen. Allmählich verschwindet das Gefühl von dickflüssigem Blut auf seiner Haut, als spülte das Wasser es den Abfluss hinunter. Dann duscht er seine Arme und Beine ab.

Er rubbelt sich mit einem Handtuch trocken, faltet es einmal zusammen und hängt es zurück über die Stange. Macht sich eine Tasse heißen Kakao, indem er siedendes Wasser aus dem Wasserkocher mit dem billigsten und künstlichsten Kakaopulver aus dem Supermarkt mischt. In der Tasse schäumt es wie in einem Hexenkessel, und ihn schaudert bei dem Gedanken daran, was für Chemikalien das Pulver wohl enthalten muss, damit es sich bei Kontakt mit ganz normalem Leitungswasser so verhält.

Sobald er die sämige, süße Flüssigkeit getrunken hat, spült er seine Schmerztabletten mit einer Flasche Mineralwasser hinunter.

Dann nimmt er sich frische Sachen aus dem Schrank: eine Unterhose, ein Unterhemd, eine schwarze Hose mit Bügelfalte. Ein hellblaues Hemd. Frisch gebügelt. Es sitzt am Bauch zu eng, sodass der Stoff unangenehm über dem Verband spannt, aber Thomas besitzt keine größeren Hemden und ist trotz allem zu eitel, um sich neue Sachen mit einem weiteren X vor dem L zu kaufen, auch wenn das in Wirklichkeit schon seit ein paar Jahren notwendig wäre.

Er schaltet den Plattenspieler aus, schiebt die Schallplatte vorsichtig zurück in die Hülle und wirft einen Blick in den Spiegel im Flur, bevor er die Wohnung verlässt. Fährt sich mit den Fingern durch das helle Haar. Bis auf die Beule von dem Verband, der durch sein Hemd schimmert, sieht er aus wie immer. Er versucht ein kleines Lächeln. Das sieht künstlich aus.

Seufz.

Er wird sich zusammenreißen müssen. Diesen Besuch schiebt er schon viel zu lange vor sich her.

11

In der Auffahrt zu der alten Backsteinvilla in Valby liegt ein umgestürztes Dreirad. Ein Spielzeughandy in transparentem Grün und Orange liegt daneben auf dem Pflaster.

Thomas bleibt einen Moment auf dem Bürgersteig vor der Auffahrt stehen und nimmt all seinen Mut zusammen, bevor er auf die Haustür zugeht. Drückt schnell auf die Klingel, damit er es sich nicht noch einmal anders überlegen kann. Erprobt seine Mimik, während er darauf wartet, dass die Tür aufgeht. Was für ein Gesicht soll er machen? Was soll er sagen? Er hat keine Ahnung. Er kennt das Gefühl, mit der Schirmmütze in der Hand auf einer fremden Türschwelle zu stehen und die Nachricht vom Tod eines engen Angehörigen zu überbringen, aber das hier ist etwas völlig anderes.

Er hält die Luft an, als eine junge, blonde Frau die Tür öffnet.

»Thomas«, sagt sie. Auf ihren Lippen zeigt sich ein zaghaftes Lächeln, das allmählich breiter wird.

»Maja, ich …«

Er muss unwillkürlich zu Boden schauen. Mit gesenktem Blick bleibt er stehen, bis sie ihn hereinbittet. Er lässt seine Schuhe im Flur und folgt der Frau in die

Wohnküche. Sieht sich um. Das letzte Mal, als er hier war, saß Zahle ihm gegenüber. Sie haben gefeiert, dass Thomas in der Hierarchie aufgestiegen war. Maja und Zahle waren gerade mit der Renovierung der Küche fertig geworden. Wollten sich als Nächstes an die Zimmer in der zweiten Etage machen. Wie weit war er damit wohl noch gekommen?

Maja holt zwei Tassen und eine Thermoskanne Kaffee.

»Der Kaffee ist von heute Morgen, aber ich glaube, er ist noch okay«, sagt sie.

»Er ist bestimmt gut.«

Er nimmt die Kanne entgegen und schenkt ihnen beiden ein. Zahle wurde beerdigt, als Thomas noch im Krankenhaus lag, aber seine Kollegen haben ihm erzählt, dass Maja gefasst aussah, als sie am Sarg stand, das eine Kind auf dem Arm, während sich das andere an ihr Bein klammerte. Gefasst. So wirkt sie auch jetzt, aber Thomas ist sich unsicher, wie lange das anhalten wird.

»Wie geht es dir?«, bringt er schließlich hervor.

»Meine Mutter ist mit bei uns eingezogen. Sie kümmert sich um die Kinder. Zieht sie an. Bringt sie zum Kindergarten. Kauft ein. Ich … bin einfach nur hier. Aber das ist auch schon mehr als genug im Moment. Und die Kinder, sie … Gestern wurden hier ein paar Blumen für mich abgegeben, und während ich die Lieferung quittierte, kam Ida in den Flur und rief dem Boten zu: ›Weißt du was? Weißt du was? Mein Papa ist einfach gestorben.‹«

Er trinkt etwas Kaffee, um zu verbergen, dass er einen Kloß im Hals hat und ihn hinunterschlucken muss.

»Wie lange kannst du dir freinehmen?«, fragt er.

»Solange es nötig ist. Sie haben sehr viel Verständnis.« Maja lacht kurz und trocken.

»Das ist gut«, sagt er und weiß nicht genau, warum sie lacht. Und ob er mitlachen soll oder lieber nicht. »Hör mal, es tut mir leid, dass ich nicht schon früher gekommen bin. Und andererseits wiederum bin ich mir gar nicht sicher, ob es überhaupt richtig war zu kommen. Verstehst du?«

Sie antwortet nicht. Sagt stattdessen: »Wie läuft es mit dem Fall? Hat sich noch was ergeben? Ich habe gestern mit Martin Dahl gesprochen, aber er konnte mir nichts Neues sagen. Ich verstehe nicht, dass seit letzter Woche überhaupt nichts passiert ist. Es ist, als stünde einfach alles still.«

»Ich weiß leider auch nichts«, sagt Thomas. »Ich habe mit dem Fall nichts zu tun. War auch nicht mehr auf der Arbeit seit … ja, seit das hier angefangen hat. Oder aufgehört, muss man vielleicht sagen.«

»Ja, stimmt. Du hast ja auch …«

Sie führt den Satz nicht zu Ende, sondern deutet stattdessen auf seinen Bauch. »Sie sagen, die Klinge sei einfach mitten hindurchgegangen, ohne irgendwas Wichtiges zu verletzen.«

»Nur Fleisch und Fett. Ich hatte Glück.«

Dann sieht sie ihm in die Augen: »Warum hat er nicht geschossen?«

Die Worte kommen so unvermittelt und klar, dass Thomas völlig unvorbereitet ist.

Sie fährt fort: »Ich habe erfahren, dass Adam seine

Pistole gezogen und genau auf den Täter gezielt hat. Warum hat er ihn nicht erschossen?«

»Ich …«, sagt Thomas unsicher. Zieht das Wort mehr in die Länge, als er sollte. Warum kann er nicht genauso klar und deutlich antworten, wie die Frage gestellt wurde?

»Ich weiß es nicht. Vielleicht hat ihn der Anblick des Schwertes überrascht. Und es ging auch alles so schnell«, sagt er endlich. »Ich hätte Zahle nicht ins Krankenhaus mitnehmen sollen. Es war überhaupt nicht seine Aufgabe, mir zu helfen, aber ich habe ihm eben vertraut. Ich wollte, dass er die Rettungssanitäter und Ärzte verhört, weil ich mir sicher war, dass er die Informationen bekommen würde, die ich haben wollte. Ich hatte gehofft, dass ich ihn vielleicht in meine Abteilung rüberkriegen und wieder mit ihm zusammenarbeiten könnte. Ich wollte meinem Chef zeigen, dass er gut in meine Gruppe passt.«

Er sucht ein paar Mal Blickkontakt mit Maja, aber ohne Erfolg.

»Er war gut«, fügt er hinzu. »Der Beste.«

Die letzte Bemerkung ist eine Übertreibung, und er weiß nicht, warum er das gesagt hat. Vielleicht einfach nur, um irgendetwas zu sagen, was Maja ein wenig tröstet.

Als ob meine Worte irgendwem helfen könnten.

»Okay«, flüstert sie.

Thomas schweigt.

12

Er nimmt die S-Bahn nach Nørreport, geht die Frederiksborggade hinunter und weiter auf die Nørrebrogade. Vergisst einen Moment, dass er eine große Narbe am Bauch hat, und läuft rasch zwischen den Autos her, um zu einem Bäcker auf der anderen Straßenseite zu gelangen. Es tut höllisch weh, viel mehr als zu dem Zeitpunkt, als das Schwert in ihn hineinfuhr, aber er schluckt den Schmerz hinunter. Versucht, sich nichts anmerken zu lassen, als er zwei belegte Brötchen kauft. Auf dem Weg aus dem Laden überlegt er es sich noch einmal anders und lässt sich zusätzlich zwei Plunderteilchen mit Himbeermarmelade geben, bevor er hinausgeht und auf den Assistenzfriedhof zusteuert.

Sein Mitarbeiter aus der Abteilung für Personen gefährdende Kriminalität, der Ermittler Martin Dahl, wartet bereits an dem ersten der grünen Tore im Kapelvej auf ihn, die durch die hohe, gelbe Mauer auf den Friedhof führen. Thomas nickt ihm zu und wirft ihm die Tüte mit den Plunderteilchen in die Arme.

»Danke«, sagt Dahl und schaut hinein. »Du erinnerst dich an meine Vorliebe für Zucker und gehärtetes Fett, wie ich sehe.«

»Natürlich«, murmelt Thomas.

»Wie läuft's?«

»Ruhig. Sehr ruhig.«

»Und die Wunde?«

Thomas schaut an sich hinunter: »Ist immer noch da.«

Sie setzen sich auf eine Bank in der Sonne. Betrachten eine Weile Leute, die mit Kopfhörern vorübergehen. Ein paar Mütter schieben ihre Kinderwagen die breite Mittelallee des Friedhofs hinunter. Thomas greift in die andere Tüte. Beißt in ein zähes weißes Brötchen mit einer dicken Schicht Butter. Die schmierige Masse aus Brötchenteig und Fett bleibt ihm am Gaumen kleben und schmeckt einfach nur salzig.

»Wie läuft's im Präsidium?«, fragt er, als er den ersten Bissen hinuntergeschluckt hat.

Dahl schnaubt: »Schlecht, um es mal direkt zu sagen. Wir haben ganz Vesterbro verhört, ohne Ergebnis. Zuhälter, Straßenmädchen, Escort-Mädchen, Kunden, Callgirls, die Fahrer der Mädels, die Türsteher in den Stripklubs, Tänzerinnen, potenzielle Zeugen in den Häusern um die Arkonagade, einfach jeden, aber entweder hat niemand das Mädchen und den Täter je gesehen, oder sie halten einfach die Klappe.«

»Dann glaubt ihr also, dass das Mädchen in der Wohnung eine Prostituierte war?«

»Davon gehen wir aus. Ein paar von den Straßenmädchen, die wir verhört haben, haben Anders Thorgaard wiedererkannt. Während der ganzen Zeit, die er in Vesterbro gewohnt hat, war er so was wie ein Stammkunde. Wir haben die Theorie, dass er auch ein Kunde des schwarzhaarigen Mädchens war, sich in sie verliebt hat und mit ihr abhauen wollte. Sie ist vorübergehend bei ihm eingezogen, und er hat ihr neue Klamotten und Schmuck gekauft. Deshalb haben wir auch die ganzen Preisschilder gefunden, als wir das erste Mal oben in der Wohnung waren. Das heißt, eigentlich hast du sie ja gefunden.«

Thomas nickt.

»Aber ihr Zuhälter war bestimmt nicht so begeistert von ihren Plänen«, fährt Dahl fort. »Deshalb ist er in die Wohnung gekommen, bevor sie durchbrennen konnten, hat Anders Thorgaard niedergeschlagen und ihm eine Metallstange in die Brust gerammt.«

Dahl schaut Thomas an, als wollte er ihm vom Gesicht ablesen, was der abgeklärte Ermittler von der Theorie hält. Thomas schweigt.

»Die IT-Sicherheit hat Thorgaards Computer untersucht«, erzählt Dahl weiter. »Thorgaard hat sich ziemlich viel Mühe gegeben, seine Festplatte komplett leer zu räumen, und hat unter anderem irgend so ein Programm aus dem Netz benutzt, das angeblich selbst den letzten Rest jeder noch so kleinen Datei entfernen kann.«

»Dann wusste er also, dass jemand hinter ihm her war? Der Zuhälter des Mädchens oder irgendwer anders, der auf die Idee kommen konnte, seinen Computer zu durchsuchen, um herauszufinden, wohin sie sich aus dem Staub machen wollten?«

»Scheint so, ja. Aber trotz seiner Bemühungen ist es Hindrik Skulasson gelungen, die Daten wiederherzustellen, und sie bestätigen zum Teil unsere Theorie.

Thorgaard hat unter anderem die Webseiten verschiedener Escort-Agenturen besucht.«

Thomas kennt sich mit Computern nicht aus, aber er hat schon oft genug mit dem Isländer Hindrik Skulasson zusammengearbeitet, um zu wissen, dass es im Grunde unmöglich ist, die Inhalte einer Festplatte so gründlich zu löschen, dass sie nicht wiederherstellbar sind.

»Und bei den Agenturen ist das Mädchen aus der Wohnung unbekannt?«, fragt er.

»Ja«, sagt Dahl. »Sie konnten bestätigen, dass verschiedene Mädchen zu Thorgaards Wohnung gefahren wurden, aber mit dem Bild von dem Mädchen, das wir suchen, konnte da niemand was anfangen. Wir glauben, er hat sie einfach auf der Straße aufgelesen.«

»Hmm«, brummt Thomas. »Was ist mit seinem E-Mail-Postfach?«

»Uninteressant. Das Mädchen wird in keiner seiner E-Mails auch nur mit einem Wort erwähnt. Oder irgendwas anderes, was zu seiner Ermordung geführt haben könnte, denn danach haben wir natürlich auch gesucht. Aber er hat in jeder Hinsicht ein ziemlich langweiliges Leben geführt. Keine Schulden, keine Drogen und keine krummen Dinger, soweit wir wissen.«

»Was ist mit der Waffe, mit der er umgebracht wurde?«

»Die muss der Täter mitgebracht haben. Thorgaards Familie sagt, dass er weder ein Schwert noch eine spitze Metallstange besaß. Wir können uns die Sache nur so erklären, dass der Täter die Stange selbst bearbeitet und als eine Art Lanze oder Speer benutzt hat.«

»Ein Zuhälter, der nebenher als Schmied arbeitet?«

»Warum nicht?«

»Tja«, murmelt Thomas. »Ich gehe mal davon aus, dass eine Anfrage bei Interpol bezüglich des Mädchens auch nichts ergeben hat?«

»Bis jetzt noch nicht. Sie wird anscheinend von niemandem vermisst. Genauso wenig wie der Täter. Wir haben uns auch bei Thorgaards Familie und in seinem relativ überschaubaren Bekanntenkreis umgehört. Keiner wusste was von dem Mädchen. Aber ist vielleicht auch kein Wunder, dass er nichts von ihr erzählt hat, oder? Ich meine, man ruft ja wohl kaum seine Eltern an, um ihnen zu sagen, dass man vorhat, mit einer Prostituierten durchzubrennen, oder? Vor allem, wenn man noch dazu vor einem Schwerter schwingenden Zuhälter flüchtet.«

»Gibt es irgendwen, der ihm besonders nahestand? Jemanden, dem er sich anvertraut haben könnte?«

»In den letzten sechs Monaten muss er ein enges Verhältnis zu seinem Großvater, dem Vater seiner Mutter, entwickelt haben. Der Alte hat vor ungefähr einem Jahr einen vierfachen Bypass bekommen, und Thorgaards Mutter meint, dass ihrem Sohn das ganz schön zu denken gegeben hat. Du weißt schon, so nach dem Motto, dass Großeltern nun mal nicht ewig leben und so weiter. Aber was weiß ich? Vielleicht wollte er sich auch nur was vom Erbe sichern und hat ihn deshalb hin und wieder mal besucht. Auf jeden Fall wusste der Großvater auch nichts über das Mädchen.«

Thomas versucht, die Bauchmuskeln nicht anzuspannen, als er aufsteht. Die Tüte mit dem verbliebenen Plunderteilchen lässt er auf der Bank liegen.

»Nimm's mit«, sagt er zu Dahl.

»Bist du sicher? Du bestehst ja bald nur noch aus Haut und Knochen.«

Thomas legt sich vorsichtig eine Hand auf den Bauch. »Ich glaube, davon kann ich noch eine Weile zehren, bevor es kritisch wird. Außerdem habe ich Angst, dass die Naht sich löst und die Stelle aufreißt, wenn ich zu viel esse. Und du hast dir das Teilchen auch verdient, also nimm es ruhig. Zu Hause darfst du ja nicht.«

Er ist schon ein paar Meter entfernt, als Dahl ihm hinterherruft: »Ich hoffe, du kommst bald zurück.«

Thomas dreht sich noch einmal um und winkt ihm zu.

Er überquert die Nørrebrogade und macht sich zu Fuß auf den Weg zurück zu seiner Wohnung. Ist sich plötzlich nicht mehr sicher, warum er Martin Dahl gebeten hat, ihn über den Fall auf dem Laufenden zu halten. Wozu soll das gut sein? Er kann sowieso nichts tun, also warum soll er zu Hause herumsitzen und die Frustration seiner Kollegen über einen Fall teilen, der vermutlich zu keinem befriedigenden Abschluss kommen wird? Kein einziger Anhaltspunkt. Keine einzige brauchbare Spur, der man folgen könnte.

Mit der Prostitution sind sie auf dem Holzweg, da ist Thomas sich ganz sicher. Und nach zwei Wochen auf der Straße haben seine Kollegen immer noch keinen Zeugen. Und dann ist da noch dieser Computer mit den zwei riesigen Flachbildschirmen. Er stand ganz zentral in der Wohnung. Anders Thorgaard war Informatikstudent, der Computer muss also in seinem Leben einen mindestens genauso großen und zentralen Platz eingenommen haben. Es kann einfach nicht sein, dass darauf keine wichtigen Spuren zu finden sind. Warum sollte Anders Thorgaard sich vor seiner Flucht mit dem Mädchen solche Mühe gegeben haben, seine Daten zu löschen, wenn das Verdächtigste, was sich dort verbarg, ein paar Klicks auf die Seiten irgendwelcher Escort-Agenturen waren? Da muss noch etwas anderes sein, was bis jetzt einfach noch niemandem aufgefallen ist. Oder aber …

Er holt sein Handy hervor und ruft Martin Dahl an.

»Ich bin's noch mal«, sagt er. »Du hast doch gesagt, Anders Thorgaard hätte im letzten halben Jahr seinen Großvater öfter besucht, oder?«

»Äh, ja«, antwortet Dahl zögernd. »Ich will gar nicht erst wissen, warum du fragst.«

»Ich bin mir nicht sicher. Ist nur so eine Idee. Oder nenn es ein Bauchgefühl. Du weißt ja, mein Bauch ist so dick, dass ich ihm nicht widersprechen will. Vor allem nicht jetzt, da ich ihn fast verloren hätte.«

Dahl stöhnt. »Sehr witzig. Verdammt noch mal, Nyland. Ich wusste, ich hätte mich nicht darauf einlassen sollen, dir diese Informationen zu geben. Du willst die Adresse des Alten, oder?«

»Ja. Und immer mit der Ruhe. Das ist wirklich nur so eine Idee, der ich nachgehen will.«

»Hör zu, Thomas. Ich kann verstehen, dass es dir schwerfällt, die Finger von dem Fall zu lassen, aber wir haben schon mit Anders Thorgaards Großvater gesprochen. Wie ich bereits sagte, hatte er nichts zu erzählen.«

»Genau. Dann kann es ja wohl auch nicht schaden,

wenn ich mich ein bisschen mit ihm unterhalte, oder? Ich verspreche, dass ich dir sofort Bescheid gebe, wenn ich irgendwas Interessantes herausfinde. Dann kannst du es über die offiziellen Kanäle weiterverfolgen. Niemand braucht zu erfahren, dass ich überhaupt was damit zu tun hatte. Abgemacht?«

Sein Kollege stöhnt wieder, dieses Mal ein wenig lauter. »Versprich mir, dass du dich schön zurückhältst und nicht die ganze Arbeit zunichtemachst, die wir schon getan haben.«

»Großes Pfadfinderehrenwort.«

»Du warst doch gar nicht bei den Pfadfindern.«

»Du weißt schon, was ich meine. Und jetzt gib mir die Adresse.«

13

»Das verstehe ich nicht«, kommt es von Thorgaards Großvater, als er ein Tablett mit zwei Tassen und einer Glaskanne mit Kaffee aus der Küche hereinträgt. Er ist etwas unsicher auf den Beinen, sodass Tassen und Kanne leicht gegeneinander klirren. »Ich habe doch jetzt schon ein paar Mal mit der Polizei gesprochen.«

Thomas schaut auf das Tablett und spürt, wie sein Magen beleidigt knurrt. Zu viel Kaffee in zu kurzer Zeit. Für seinen verletzten Bauch ist das gar nicht gut.

»Es tut mir leid«, sagt er. »Aber ich versichere Ihnen, es wird nicht lange dauern. Ich habe nur ein paar anschließende Fragen.«

Er inspiziert die Einrichtung der Wohnung. Eine Sitzecke aus schweren Ledermöbeln, ein Büfett aus Teakholz, in dem sich mit Sicherheit das feine Porzellan und das Silber befinden, ein alter Lehnstuhl vor einem Fernseher, von jahrelangem Tabakrauch vergilbte Tapeten und Gardinen, Fotos von Kindern und Enkeln, die wohlgeordnet in Bilderrahmen an der Wand hängen. Und hinten in der Ecke ein älterer grauer Computer mit einem tiefen 14-Zoll-Bildschirm und sowohl CD-ROM- als auch Diskettenlaufwerk. Davor steht ein Stuhl mit einem kleinen, bestickten Kissen.

»Trinken Sie den Kaffee mit Milch oder Zucker?«, fragt der Alte.

»Nein danke, weder noch.«

Sie nehmen auf den weichen Ledersofas an einem breiten Kacheltisch Platz.

»Ich will es kurz machen«, sagt Thomas. »Sehe ich es richtig, dass Ihr Enkel Sie oft besucht hat, Herr …«

»Ach, sagen Sie einfach Alfons«, antwortet der Großvater. »Ich hatte vierzig Jahre lang eine Autowerkstatt draußen in Nordvest. Es ist Jahrzehnte her, dass mich jemand mit meinem Nachnamen angesprochen hat. Dabei komme ich mir nur komisch vor.«

»In Ordnung«, lächelt Thomas.

»Aber Sie haben recht. Er war öfter zu Besuch, als man von einem Enkel erwarten kann. Als ich noch gearbeitet habe, ist er ab und zu mal in der Werkstatt vorbeigekommen. Aber nachdem ich letztes Jahr im Krankenhaus war und am Herzen operiert wurde, war er regelmäßig hier. Es war wohl für uns alle ein Schock, dass ich plötzlich eingeliefert werden musste. Auch für Anders.«

Thomas nickt.

»Was haben Sie gemacht, wenn er zu Besuch war?«

»Alles Mögliche. Geredet und Mauscheln gespielt.«

Thomas sieht den alten Mann fragend an.

»Mauscheln ist ein Kartenspiel, das ich ihm beigebracht habe«, erklärt er. »Früher war ich ziemlich gut darin. Im Krieg konnte man sich damit in den Wirtshäusern ein bisschen Kleingeld oder ein paar Packungen Zigaretten verdienen. Meine Frau und ich sind so zu unserem feinen Porzellan gekommen. Ich weiß sehr wohl, dass man heute mit Mauscheln nichts mehr anfangen kann, aber wenn wir schon so was wie ein Talent in der Familie haben, dann wäre es doch schade gewesen, es einfach verloren gehen zu lassen. Wir haben auch ferngesehen, und er hat ein paar Kleinigkeiten für mich eingekauft, aber gekocht hat er nie. Das konnte er nicht. Man hört ja immer wieder im Fernsehen, dass die jungen Männer heutzutage so gern kochen. Aber das stimmt wohl nur, wenn sie ein Mädchen beeindrucken wollen.«

»Und das hatte er nicht? Also, ein Mädchen?«

Der Alte sinkt auf dem Sofa in sich zusammen. Seine Miene verfinstert sich. »Er soll ja angeblich eins in seiner Wohnung gehabt haben, als … es passiert ist. Aber zu mir hat er nie etwas von einer Freundin gesagt.«

»Und glauben Sie, er hätte Ihnen davon erzählt, wenn er ein Mädchen kennengelernt hätte?«

»Genau weiß ich das natürlich nicht. Aber ja, wir haben jede Woche miteinander geredet. Wenn es eine gegeben hätte, die ihm was bedeutet hat, dann hätte er vielleicht mal was gesagt. Aber Ihre Kollegen sagen, das Mädchen in seiner Wohnung wäre eine … eine Hure gewesen. Lassen Sie es uns ruhig sagen, wie es ist. Also war sie wohl kaum seine Freundin.«

»Er hätte keine Prostituierte zur Freundin haben können?«

»Nein, das hätte er weiß Gott nicht«, krächzt der Alte.

Thomas lässt das Thema fallen. Es gibt keinen Grund, an einer Theorie festzuhalten, die seine Kollegen bereits hinreichend verfolgt haben, und den alten Mann damit unnötig aufzuregen.

»Was haben Sie sonst noch so gemacht, wenn er zu Besuch war?«, fragt er stattdessen.

»Ja, was haben wir sonst so gemacht …?«

Der Alte wendet den Blick nach oben und zur Seite, so als würde er auf die Weise versuchen, in der Zeit ein Stück zurückzuschauen. »Das ist gar nicht so leicht zu sagen, wenn Sie mich so danach fragen. Ich glaube, wir haben uns hauptsächlich unterhalten. Über alles Mögliche. Ach ja, und um meinen Computer hat er sich auch gekümmert. Ist ja klar, er wusste alles über Computer, und ich weiß so gut wie nichts. Aber man will ja schließlich auf dem Laufenden bleiben, nicht wahr?«

Bingo, denkt Thomas und hofft, dass ihm der Triumph nicht allzu deutlich anzusehen ist.

»Ich kann E-Mails verschicken und mir das Fernsehprogramm raussuchen und solche Sachen«, fährt der Alte fort. »Er hat es mir so eingerichtet, dass die Seiten sofort da sind, wenn ich ins Internet gehe.«

»Wie viel Zeit hat er denn an Ihrem Computer so verbracht, wenn er hier war?«

»Das war unterschiedlich. Normalerweise nicht so viel, aber er hat immer kurz einen Blick draufgeworfen. Er hat gesagt, er würde mir ein paar Programme installieren. Um den Computer vor Viren zu schützen und so.«

Thomas beugt sich vor, aber auf dem weichen, niedrigen Sofa ist das nicht so leicht. Sein Bauch wird zwischen Oberschenkeln und Brust eingeklemmt, und es sticht in der Wunde. »Dürfte ich Ihren Computer vielleicht für eine technische Untersuchung mitnehmen? Es wird überhaupt nichts damit passieren. Wir müssen uns nur ein paar Dinge anschauen, und Sie bekommen ihn morgen wieder zurück.«

»Warum?«

»Wie gesagt, für eine technische Untersuchung.«

»Tja, von mir aus. Aber ehrlich gesagt verstehe ich nicht, wozu das gut sein soll.«

»Wir gehen im Moment allen Möglichkeiten nach«, sagt Thomas nahezu reflexartig. Er wünschte, er hätte eine bessere Antwort parat, aber im Moment muss sich Alfons nun mal mit dem Standardspruch zufriedengeben.

Er hält den schweren, alten Rechner mit beiden Armen umklammert, als er vorsichtig die Treppe ins Erdgeschoss hinuntersteigt. Da er nicht sieht, wohin er tritt, bewegt er sich langsam und schwerfällig. Unten angekommen, stellt er den Computer auf den Bürgersteig, beugt sich vornüber und stützt sich mit den Händen auf den Knien ab. Der Schmerz in seinem Bauch lässt sein Herz heftig hämmern, und ihm wird schwindelig. Erst nach ein paar tiefen Atemzügen kann er sich wieder aufrichten und Hindrik Skulasson von der IT-Sicherheit anrufen.

»Thomas?«, hört er den Isländer am anderen Ende sagen. »Ich dachte, du arbeitest im Moment nicht.«

»Mache ich auch nicht. Ich brauche nur einen kleinen Gefallen. Habe hier einen Computer, den du dir mal ansehen musst. Aber es sollte diskret passieren.«

»Wie diskret?«

»So diskret, dass es in den nächsten paar Tagen erst mal nicht auffällt.«

»Okay. Du kannst heute Abend vorbeikommen. Ich arbeite sowieso etwas länger. Aber kreuz hier nicht vor acht Uhr auf. Ich will nicht, dass du irgendwem von den Kollegen über den Weg läufst.«

14

Der Isländer schließt auf und lässt Thomas in das Gebäude in der Absalonsgade in Vesterbro, wo das Zentrum für IT-Sicherheit untergebracht ist.

»Der da soll also auseinandergenommen werden?«, fragt Hindrik und deutet mit dem Kopf auf den Computer in Thomas' Armen. Hindrik Skulasson hat dieselbe Gewichtsklasse wie Thomas, ist aber trotzdem das diametrale Gegenteil von ihm. Er sieht aus wie eine Figur aus einem Lucky-Luke-Comic: Durch regelmäßiges Training im Fitnesscenter sprengt sein Oberkörper sämtliche Proportionen. Die Oberarme sind so gewaltig wie Räucherschinken, die Beine dagegen dünn wie Zahnstocher. Er ist vollkommen kahl und trägt eine runde Hornbrille. Seine gereizten Augen sind gerötet.

»Ja, genau«, sagt Thomas.

»Und wonach suchst du?«

»Weiß ich nicht.«

»Das macht es nicht gerade leichter.«

»Ja, ich weiß«, stöhnt Thomas angestrengt. »Aber egal, wonach wir suchen, ich bin mir ziemlich sicher, dass du es sofort erkennst, wenn du es vor dir hast.«

Ohne dass er sich darüber im Klaren wäre, ist Hindrik der eigentliche Grund, warum Thomas bei Anders'

Großvater war und dessen Computer mitgenommen hat. Im Laufe der letzten fünf Jahre hat der Isländer Thomas geholfen, die Machenschaften einer Gruppe von Menschenhändlern im Internet komplett aufzudecken, Rockmusikern ihre heimlichen Konten in fernen Ländern nachzuweisen und Daten auf Festplatten wiederherzustellen, die von steuerhinterziehenden Reichen formatiert, ins Wasser geworfen oder zerschmettert worden waren. Skulasson hat Hunderte von beschlagnahmten Computern geknackt und durchforstet.

»Niemand weiß mehr über einen Mann als sein Computer«, pflegt er zu sagen. »Deine Freunde, deine Frau, deine Eltern und dein Psychologe behaupten vielleicht, sie würden dich durch und durch kennen, aber deine innersten Gedanken, deine innersten Triebe und Gelüste vertraust du nur den Tasten deines Computers an. Wann hast du das letzte Mal beim Mittagessen die Gabel auf den Teller sinken lassen, deiner Frau tief in die Augen geblickt und gesagt: ›Schatz, ich habe mir heute vorgestellt, wie es wohl wäre, der Mittelpunkt eines intergalaktischen Rudelbumsens zu sein. Und was hast du heute so gemacht?‹ Das tätest du eher nicht, oder? Aber dein Computer sieht dich nicht komisch an, und er verlässt dich auch nicht, wenn du die Worte ›Sex‹ und ›Astronauten‹ hintereinander eingibst. Nur um zu sehen, was dann kommt. Ob es da draußen vielleicht noch andere gibt, die so ähnliche Gedanken haben wie du.«

Thomas ist überzeugt davon, dass sich hinter dem Mord an Anders Thorgaard eine andere Geschichte verbirgt als die von einem jungen Mann, der sich in eine Prostituierte verliebt und dafür mit seinem Leben büßt. Und wenn Thorgaards eigener Computer diese Geschichte nicht hergibt, kann das nur eins bedeuten: Er hat einen anderen Computer benutzt, um … ja, um genau das zu tun, worum es hier in Wirklichkeit geht. So etwas hat Thomas schon unzählige Male gesehen. Weit weg von sowohl Firma als auch Zuhause haben Geschäftsführer in gemieteten Wohnungen heimlich Computer stehen, an denen sie ihre alternative Buchhaltung führen oder E-Mails schreiben, die sie sonst ihre Stelle gekostet hätten. Wenn es um sie herum brenzlig wird, löschen sie vorsorglich alle Inhalte von ihren Computern im Büro und zu Hause, um die Polizei auf eine falsche Fährte zu locken und sie glauben zu machen, dass auf den Festplatten etwas zu finden wäre, obwohl das Gold ganz woanders versteckt liegt. Thomas glaubt, dass Anders Thorgaard genauso gedacht hat. Er war in irgendetwas Illegales oder Gefährliches verwickelt und hat versucht, es zu verbergen, indem er nicht seinen eigenen Computer, sondern den seines Großvaters benutzt hat. Jetzt kann Thomas nur hoffen, dass Anders vor seinem Tod nicht mehr dazu gekommen war, die Spuren auf dem Computer zu beseitigen.

Sie nähern sich Hindrik Skulassons Schreibtisch, wo fünf Bildschirme in einem Halbkreis vor dem Bürostuhl platziert sind. Auf einem davon erkennt Thomas ein ganz normales Betriebssystem, während drei andere voller Zahlencodes und Tabellen sind, deren Sinn sich ihm nicht erschließt. Auf dem letzten Bildschirm läuft ein isländisches Fußballspiel.

Trotz der eher bescheidenen Außentemperaturen ist es hier drinnen drückend warm. Aus Dutzenden von Computern strömt schon den ganzen Tag über heiße Luft in einen Raum, der auf so viele elektronische Geräte nicht ausgelegt ist. Ein paar Angestellte der Abteilung züchten in stillem Protest gegen das schlechte Raumklima mittlerweile bereits Tomaten im Büro.

»Das ist noch gar nichts. Im Sommer wird es erst so richtig heiß hier drinnen«, sagt Hindrik Skulasson, als Thomas auf die Tomatenpflanzen zu sprechen kommt. »Es gibt schon seit Jahren Pläne, uns woanders einzuquartieren, und nächstes Jahr soll jetzt angeblich endlich was passieren. Der Plan ist anscheinend, uns zusammen mit den Kriminaltechnikern in ein paar neuen Gebäuden in Glostrup unterzubringen. Aber das will ich erst mal sehen, bevor ich es glaube.«

Der Isländer zeigt auf den Fußboden. »Stell den Rechner einfach da hin. Und die Regeln kennst du ja: Wenn ich arbeite, wird mir nicht über die Schulter geguckt. Du musst draußen warten. Unten auf der Straße, oder wo du halt warten willst. Ich rufe dich an, wenn ich was gefunden habe. Okay?«

»Okay.«

»Noch eine Sache, bevor du gehst …«

»Ja?«

»Du hast nicht zufällig einen Zugangscode für den Computer? Dann muss ich mich nicht erst damit aufhalten, ihn zu knacken.«

Thomas hat den Isländer bereits in Aktion gesehen und weiß, dass er mit dem richtigen Programm selbst die kompliziertesten Passwörter in weniger als zehn Sekunden entschlüsseln kann. Noch vor ein paar Jahren hat man Thomas erzählt, dass eine willkürliche Kombination aus Zahlen, Sonderzeichen, großen und kleinen Buchstaben anstelle eines Namens oder irgendeines anderen Wortes mit sinnvoller Bedeutung eine wirksame Abwehrmaßnahme gegen professionelle Hacker darstelle. Doch Skulassons Demonstration hat ihm klargemacht, dass das nicht mehr stimmen kann.

Thomas gibt ihm den Code, den er sich von Thorgaards Großvater hat aufschreiben lassen, bevor er dessen Wohnung verließ: »Anders1. Um den herauszufinden, hättest du wahrscheinlich nicht sehr lange gebraucht.«

»Nein. Aber trotzdem danke«, sagt der Isländer. »Ich rufe dich dann an.«

»Ich habe zu danken. Und noch was: Der Benutzer des Computers war sich sicher, dass wir ihm nicht auf die Schliche kommen. Falls er also irgendwas Suspektes damit angestellt hat, war er bestimmt nicht allzu gründlich, was die Spurenbeseitigung angeht.«

»Schade. Ich hatte mich schon auf eine richtige Herausforderung gefreut«, seufzt der Isländer und reibt sich die geröteten Augen hinter der Brille.

Thomas vertreibt sich die Wartezeit in einem vietnamesischen Restaurant in der Vesterbrogade, nicht weit vom Polizeipräsidium entfernt. Isst Muscheln in Kokosmilch mit Zitronengras, Chili und vietnamesischer Minze. Er trinkt seit mehr als zehn Jahren keinen Alkohol mehr, weil er schlicht und ergreifend keine Lust hat, die Kontrolle über seinen hundertzwanzig Kilo schweren Körper zu verlieren, und bestellt sich deshalb ein zuckersüßes nichtalkoholisches Getränk aus Sirup, Litschis und Mineralwasser.

Das Restaurant ist übervoll mit Menschen. Thomas hat sich einen hohen Tisch in einer Ecke in der Nähe der Bar gesucht. Der perfekte Platz, um in der Menge unterzugehen. Soweit es seine Körpergröße eben zulässt. Als er mit dem Essen fertig ist, hat Hindrik immer noch nicht angerufen, deshalb beschließt er, sich einen weiteren Drink von der Karte auszusuchen. Das Handy hat er vor sich auf dem Tisch liegen, während er trinkt. Er hat den Strohhalm aus dem Glas gefischt, um keinen allzu dämlichen Eindruck zu machen, falls irgendwer zu ihm rüberschauen sollte.

Als er etwa die Hälfte des Cocktails ausgetrunken hat, vibriert sein Handy auf der Tischplatte, und das Display leuchtet auf. Er erkennt Hindriks Nummer.

»Was gibt's?«, sagt Thomas, sobald er den Anruf entgegengenommen hat.

»Die gute Nachricht lautet, dass ich gefunden habe, wonach du suchst.«

»Und die schlechte?«

Thomas spürt, wie sich ihm der Magen zusammenzieht.

»Die Sache hier kann ich auf keinen Fall mehr diskret behandeln.«

15

Hindrik Skulasson hat den konfiszierten Computer an einen der großen Flachbildschirme auf dem Schreibtisch angeschlossen und klickt sich nun mithilfe eines großen Trackpads mitten auf dem Tisch durch verschiedene Ordner und Dateien.

»Du hattest recht«, sagt er zu Thomas mit einem Hauch von Irritation in der Stimme. »Im Großen und Ganzen hat er gar nicht erst versucht, seine Bewegungen auf diesem Computer zu vertuschen. Ich kann sehen, dass die Liste der besuchten Webseiten gelöscht wurde, und Cookies, temporäre Internetdateien, hinterlegte Passwörter und so was alles wurden entfernt. Das ist das typische Verhalten eines Mannes, der sich den Computer mit seiner Frau teilt und ihr verheimlichen will, dass er nach großbusigen Blondinen googelt, während sie schläft. Das heißt, aufgerufene Webseiten springen dem nächsten Benutzer des Computers zwar nicht direkt ins Auge, aber im Grunde ist das ungefähr so effektiv, wie den Fußboden mit Seifenwasser zu putzen, um Blutflecken zu entfernen. Wenn man es nicht gerade mit kompletten Anfängern zu tun hat, ist so was vollkommen wirkungslos.«

Thomas zieht sich vom Nachbartisch einen Stuhl heran und setzt sich aus alter Gewohnheit zuerst rittlings darauf, sodass sein Bauch die Rückenlehne berührt. Doch als das zu unangenehm wird, muss er den Stuhl umdrehen.

»Was hast du gefunden?«, fragt er.

»Eine ungewöhnliche Mischung aus extrem langweiligen und extrem abstoßenden Inhalten«, sagt Skulasson, ohne den Blick vom Bildschirm abzuwenden. »Die meistbesuchte Webseite ist ein Fernseh-Guide. Der Browser ist so eingestellt, dass die Seite sofort da ist, wenn der Benutzer ins Netz geht. Soweit ich sehe, wurde von diesem Computer aus nie nach Pornos gesucht. Abgesehen von einem bestimmten Film auf einer bestimmten Seite.«

Ein Video erscheint auf dem Bildschirm. Das Bild ist pixelig und dunkel. Thomas lehnt sich ein Stück vor, um besser sehen zu können. Der Stuhl knarrt unter ihm. Erst nachdem er das Bild eine Weile betrachtet hat, erkennt er, dass es eine Nase zeigt. In den ersten Sekunden füllt sie den ganzen Bildschirm. Dann zieht sie sich zurück, und man sieht, dass sie zum Gesicht eines jungen Mannes gehört.

Er muss etwa Anfang zwanzig sein, hat kurzes, blondes Haar und klare, blaue Augen. Mit einem charmanten, jungenhaften Lächeln schaut er in die Linse. Formt die Hand zu einer Pistole, die eine fiktive Kugel in Richtung Zuschauer schießt.

»Sie läuft«, sagt er zu den anderen. »Die Kamera läuft.«

Jetzt ist fast sein ganzer Körper zu sehen. Er ist nackt. Muskulös. Seine Schamhaare sind abrasiert. Um ihn herum stehen zwei weitere Jungs im selben Alter. Der eine ist pummelig, hat kräftigen, schwarzen Haarwuchs auf der Brust und einen kleinen, schlaffen Penis. Eine Stacheldraht-Tätowierung windet sich um seinen Oberarm. Der andere ist Anders Thorgaard. Er steht ganz hinten im Bild an einem Bett und massiert sich hektisch das Glied.

»Das geht so was von klar«, grinst der muskulöse Mann und zeigt mit dem Daumen nach oben, während er noch einmal zur Kamera hinüberschaut.

»Wer will zuerst?«, fragt er.

Die anderen zögern und kichern. Der Mann mit der Tätowierung auf dem Arm gibt Anders Thorgaard einen Schubs, sodass dieser fast umfällt.

»Na? Bist du so weit?«, sagt er herausfordernd.

Thorgaard antwortet nicht. Reibt sich einfach weiter den Penis.

»Dann darf Carsten eben als Erster ran«, entscheidet der Muskulöse. Er dreht sich zur Kamera, breitet die Arme aus und sagt mit lauter, theatralischer Stimme: »Meine Damen und Herren. Es geht los.«

Das schwarzhaarige Mädchen aus der Wohnung liegt nackt auf einem Doppelbett. Durch ein Fenster an der Decke fällt Tageslicht, das sich wie ein Rahmen um sie legt. Sie hat die Arme über dem Kopf, und es sieht so aus, als wären ihre Hände am Bett festgebunden. Sie ist vollkommen still und bewegt sich nicht, als der Pummlige ans Fußende des Bettes tritt, sich die Hände reibt und sie mit konzentrierter Miene betrachtet. So als wollte er eine Rechenaufgabe lösen oder eine komplizierte Sonate auf einem Flügel spielen.

»Mach schon«, sagt der Muskulöse ungeduldig. »Hier wollen noch andere.«

Thomas dreht sich der Magen um.

»Ach halt die Klappe, da sind Löcher genug für uns alle«, grinst der Pummelige. Das Mädchen wimmert und versucht, sich von ihm wegzubewegen, aber er hält ihre Beine fest und zwingt sie auseinander.

»Das ist ein hitziges kleines Biest«, sagt er beeindruckt.

Thomas schaut weg. Den Anblick toter Menschen ist er gewohnt. Er hat Leichen gesehen, die in einem warmen Sommermonat wochenlang herumlagen, bevor sie entdeckt wurden. Aber das hier ist viel schlimmer.

In dem Video ertönt ein lautes Klatschen, das das Mikrofon der Kamera übersteuern lässt, und kurz darauf ist ein Aufschrei des Mädchens zu hören.

»So!«, ruft der Pummelige und fragt dann in die Runde: »Will noch jemand?«

»Ich, ich, ich«, sagt der Muskulöse mit der Stimme eines quengelnden Kindes.

Als Thomas wieder aufschaut, sieht er, wie sich der junge Mann schwer auf den Brustkorb des Mädchens setzt, den Arm hebt und ihr mit der Faust ins Gesicht schlägt.

»Ich glaube, sie steht drauf«, sagt er.

»Halt das an«, brummt Thomas und legt Skulasson eine Hand auf die Schulter.

»Warte«, sagt der Isländer. »Ist sowieso gleich vorbei.«

Es vergehen noch fünfzehn bis zwanzig unerträglich lange Sekunden, bis das Video zu Ende ist. Das Letzte, was man hört, ist die Stimme des Muskulösen: »Jetzt komm schon, Anders, verdammt noch mal. Du verpasst ja den ganzen Spaß.«

16

Als der Film endlich anhält, hat Thomas Kopfschmerzen. Sie haben sich langsam vom Nacken her bis zur Stirn ausgebreitet, während er vor dem Computer saß. Er weiß nicht, ob das an der unsäglichen Hitze im Raum oder an den Bildern liegt, die sich soeben vor seinen Augen abgespielt haben.

»Das ist nur der erste Teil eines längeren Films. Er dauert insgesamt knapp dreißig Minuten, ist aber in vier kürzere Teile zerstückelt. Wahrscheinlich, um das Hochladen zu erleichtern.«

»Und der Rest des Films?«

»Ist auch hier. Willst du ihn sehen?«

Thomas winkt ab. »Nein danke, das war mehr als genug. Wurden die Videos von diesem Rechner aus hochgeladen?«

»Nein. Der Benutzer des Computers hat sie sich nur auf einer Webseite angesehen.«

»Kannst du erkennen, wann sie ins Netz gestellt wurden?«

»Alle vier Teile wurden am selben Tag vor genau einem Monat hochgeladen. Und es gibt noch mehr …«

»Noch mehr Videos?«

Skulasson schüttelt den Kopf. »Nein. Aber zusätzlich

hat er sich von diesem Computer aus in ein neu eingerichtetes Hotmail-Konto eingeloggt und drei E-Mails an eine andere Adresse verschickt, in denen er den Empfänger inständig bittet, einen Film aus dem Netz zu nehmen.«

Mit ein paar Klicks holt der Isländer die drei E-Mails auf den Bildschirm. Keine davon wurde anscheinend beantwortet.

»Ob es sich dabei wohl um den Film handeln könnte, den du gerade gesehen hast?«, fragt Skulasson rhetorisch.

»Kannst du den Empfänger der E-Mails finden?«, fragt Thomas.

»Das habe ich bereits getan. Der Film wurde von demselben Computer aus hochgeladen, an den auch die drei E-Mails geschickt wurden. Ich habe die Adresse hier.«

»Eine elektronische Adresse oder eine richtige?«

»Eine waschechte, physische Adresse in einem richtigen Haus in der grausamen, wirklichen Welt«, sagt Skulasson. Er hält einen Zettel hoch, doch genau in dem Moment, als Thomas zugreifen will, zieht Hindrik den Zettel zurück. »Wie gesagt, Thomas: Ich kann diese Sache jetzt nicht mehr diskret behandeln. Wenn das hier kein Schauspiel ist, dann zeigen diese Videos die Vergewaltigung eines Mädchens. Und eine ziemlich brutale noch dazu. Sie hat Anspruch auf ein ordnungsgemäßes Ermittlungsverfahren. Und das ist wohl nicht gerade das, was du hier betreibst, nehme ich an?«

Thomas lässt seinen erwartungsvoll ausgestreckten Arm sinken.

»Okay«, sagt er. »Okay, ich erzähle es dir. Das Mädchen in dem Video ist dasselbe, das aus dem Uniklinikum verschwunden ist, als Zahle getötet wurde. Ich würde den Mann, der sie und Zahle angegriffen hat, gern finden, bevor unsere Kollegen es tun.«

»Warum? Was hast du vor?«

»Das weiß ich nicht. Ich wäre einfach gern der Erste, der ihn in die Finger kriegt. Das verstehst du doch?«

Er schaut auf den Bildschirm, der nun wieder die Nase des muskulösen jungen Mannes in Großaufnahme zeigt. Allmählich ergibt das Ganze einen Sinn. Die drei jungen Männer halten das Mädchen gefangen, aber Anders Thorgaard bekommt kalte Füße und überredet das Mädchen, mit ihm abzuhauen. Die beiden anderen Jungs folgen ihnen in die Wohnung und bringen Anders um. Das Mädchen kann fliehen, doch im Uniklinikum spüren sie sie wieder auf. Aber andererseits: Der Mann, von dem sie im Krankenhaus angegriffen wurden, hatte keinerlei Ähnlichkeit mit irgendwem in dem Video. Um herauszufinden, was passiert ist, braucht Thomas den Zettel mit der Adresse.

Noch einmal streckt er die Hand aus. »Komm schon, Hindrik. Gib mir einen kleinen Vorsprung, bevor du die anderen anrufst. Ein paar Stunden. Oder eine Stunde. Nur so viel, dass ich hinfahren und mir einen Überblick verschaffen kann, bevor die Kavallerie antrabt.«

Skulasson gibt ihm den Zettel. »Du bekommst dreißig Minuten. Aber dann rufe ich bei deiner Abteilung an und erkläre ihnen die Sache.«

17

Thomas steigt aus dem Taxi und schlägt die Tür hinter sich zu. Wirft einen Blick auf Skulassons Zettel und dann auf das Haus vor ihm. Ein schmales, niedriges Stadthaus im Prostevej im Kopenhagener Stadtteil Nordvest. Es steht ein Stück von der Straße entfernt hinter einem rot gestrichenen Lattenzaun. Auf der anderen Straßenseite wurde ein Gebäude abgerissen, und das leere Grundstück ist von einer Metallabsperrung umgeben. Ein Container davor ist randvoll mit Ziegeln, altem Eisen und Müll.

Das Taxi rollt vom Bordstein und verschwindet hinter der nächsten Ecke, während Thomas die Straße überquert und das Tor zum Vorgarten des Hauses öffnet. Mitten auf dem Rasen steht ein Kugelgrill. Er hat ein Rad verloren und ist zur Seite geneigt. Das Gras darunter ist so lang, dass es von Wind und Regen niedergedrückt wurde. Die Fenster des Hauses sind dunkel. Thomas entdeckt einen schmalen Pfad aus schiefen Steinplatten, die sich unter dem Gras verbergen, und geht Platte für Platte auf das Haus zu. Tritt dicht an eins der beiden Fenster im Erdgeschoss heran und schaut hinein. Ein paar grünliche Schmeißfliegen surren von innen gegen die Fensterscheibe. Thomas kennt sich mit

Insekten nicht besonders gut aus, aber diese Art begegnet ihm nicht zum ersten Mal. Sie ist ein Vorbote von mehrere Wochen alten Leichen.

Lucilia Sericata.

Er geht zur Tür und klopft vorsichtig an. Kramt in seiner Anoraktasche und holt zuerst ein Paar Gummihandschuhe hervor, die er mühevoll über seine viel zu dicken und langen Finger streift. Dann zieht er den Bund mit den Dietrichen aus der Tasche.

Ein übler Geruch schlägt ihm entgegen, als er die Tür öffnet. So als hätte das Haus wochenlang die Luft angehalten und stoße nun seinen ganzen schlechten Atem auf einmal wieder aus. Staub wirbelt durch den schmalen Flur. Thomas geht ins Wohnzimmer und sieht, dass die Fensterbänke, der Esstisch und die Sitzflächen der Stühle dünn mit einer fettigen Substanz überzogen sind. Er blinzelt ein paar Mal. Wie oft hatte er mittlerweile schon diesen schweren, alles andere verdrängenden Gestank in der Nase, der mehr als hinreichend bestätigt, was die Fliegen im Fenster bereits angekündigt haben: Im Haus befindet sich mindestens eine Leiche, und zwar schon eine ganze Weile.

Er holt seine kleine Taschenlampe hervor und wirft damit einen kühlen, blauen Kreis an die Wand. Das blasse Licht der Lampe schwenkt über die Möbel im Wohnzimmer. In einem Karton auf dem Sofa liegt eine halbe Pizza, auf der der Schimmel nur so blüht. Eine Dose Bier ist umgefallen und hat ihren Inhalt auf den Teppichboden ergossen. Thomas führt den Lichtkegel weiter nach oben und entdeckt neben den Hängeleuchten über dem Sofatisch einen großen, dunklen Fleck an der Zimmerdecke: Blut, das durch den Fußboden im ersten Stock gesickert ist.

Ihm schmerzen die Knie, als er die steile Treppe zur oberen Etage hinaufsteigt. Eine Konsequenz der vielen Kilos, die er mit sich herumschleppt. Von Zeit zu Zeit denkt er darüber nach, wie viele Jahre ihn seine Knie wohl noch aufrecht halten, bevor sie kapitulieren und er unters Messer muss, um sie sich machen zu lassen.

Hauptsache, sie halten noch so lange, bis ich wieder aus dem Haus hier raus bin, denkt er bei sich.

Das Licht der Taschenlampe hüpft hektisch über Wände und Decke, als er sich die Treppe hinaufbewegt.

In der Tür zu einem der beiden Zimmer im ersten Stock findet er die Leiche eines kräftigen jungen Mannes in Jeans und T-Shirt. Er muss noch ein Stück weitergerollt sein, nachdem er zu Boden gestürzt war, denn das weite T-Shirt hat sich um ihn herumgewickelt wie ein ausgewrungener Waschlappen. Thomas kniet sich neben die Leiche und leuchtet dem Toten ins Gesicht. In Augen, Nase und Mund wimmelt es von dicken, bleichen Maden. Die Fliegen legen ihre Eier immer in die natürlichen Körperöffnungen. Das Gesicht ist blutig und bereits im Stadium der Verwesung, aber er erkennt die Gesichtszüge, auch wenn sie verzerrt sind. Es ist der pummelige Mann aus dem Video. Thomas rutscht ein wenig zurück und betrachtet den Toten von oben bis unten. Er hat ein Loch in der Brust und mehrere kleine Stichwunden, genau wie Anders Thorgaard. Vermutlich sind diese Wunden der Grund dafür, dass die Leiche sich nicht aufgebläht hat. So konnten die Gase, die bei der Zersetzung der inneren Organe entstehen, entweichen. Auch in die offenen Wunden haben die Fliegen ihre Eier gelegt, und Ameisen und andere Insekten, die sich von den Eiern ernähren, wurden durch den leichten Zugang zur Nahrung angezogen.

Genau neben der Leiche befindet sich eine lange, tiefe Kerbe im Fußboden, genau wie in Anders Thorgaards Schlafzimmer. Thomas fährt mit den Fingern darüber, bevor er aufsteht, einen Schritt über die Leiche macht und ins Zimmer hineingeht. Er erkennt das große Bett mit dem Dachfenster darüber. Dort war das Mädchen im Video gefesselt. Am Kopfende liegt ein blutbeflecktes Kissen, und auch das zerknitterte Laken ist voller Flecken in den verschiedensten Nuancen von Hellbraun bis Schwarz. Neben dem Bett sitzt die Leiche des muskulösen Mannes mit dem jungenhaften Lächeln. Die Mordmethode scheint dieselbe gewesen zu sein: unzählige Stich- und Schnittwunden und ein großes Loch in der Brust. Eine Kerbe im Fußboden neben ihm.

Wie es aussieht, muss Thomas seine Theorie zum Mord an Anders Thorgaard neu überdenken. Den Fliegen in der Wohnung nach zu urteilen, sind sowohl der Pummelige als auch der Muskulöse seit etwa zwei Wochen tot. Es könnte sehr gut hinkommen, dass sie zur selben Zeit wie Anders Thorgaard umgebracht wurden oder vielleicht sogar schon vorher. Der Täter hat seinen Speer ja in Thorgaards Brust stecken lassen, und falls er nicht eine andere, ähnliche Metallstange benutzt hat, um die beiden Männer hier zu töten, ist es durchaus denkbar, dass sie zuerst dran glauben mussten.

Thomas betrachtet die Leiche des Muskulösen. Richtet den Lichtkegel genau auf sein zerfallenes Gesicht. Auch hier kreucht und fleucht es.

Dann entdeckt er, dass die rechte Hand der Leiche zu einer Faust geballt ist. Er tritt näher heran und löst den Griff ein wenig. Gerade genug, um zu sehen, was die Hand umklammert.

Eine Schachfigur.

Er runzelt die Stirn. Das ist das Letzte, was er in diesem Haus erwartet hätte. Ein weißer Springer, der aussieht, als wäre er aus Knochen geschnitzt. Im Kopf des Pferdes befindet sich ein kleines Loch, durch das die Figur auf eine Lederschnur gefädelt ist. An den Schnurenden, die zwischen den Fingern des Muskulösen hervorkommen, sieht Thomas zwei kleine Ösen aus Silber, die ineinander verschränkt werden können und so als Verschluss dienen. Die eine Öse ist verbogen.

Die Schachfigur ist ein Kettenanhänger, denkt er. *Der Täter muss sie getragen haben. Der junge Kerl hat sie zu fassen bekommen und seinem Mörder vom Hals gerissen, bevor er getötet wurde.*

Er lässt die Figur für seine Kollegen liegen, die mittlerweile auf dem Weg hierher sein müssen. Dann geht er zurück in den Flur und weiter in das andere Zimmer auf der gegenüberliegenden Seite. Hier stehen zwei Einzelbetten rechts und links an der Wand. Auf einem schmalen Schreibtisch vor dem Fenster dazwischen befindet sich ein Laptop. Das muss das Gerät sein, das Hindrik

Skulasson ausfindig machen konnte. Der Bildschirm ist schwarz, aber die drei kleinen grünen Dioden vorn am Laptop leuchten. Thomas folgt dem Kabel bis zu einer Steckdose. Der Computer hat also Strom. Er scheint immer noch eingeschaltet zu sein.

Thomas drückt mit dem Finger auf ein paar Tasten. Es vergehen einige Sekunden, aber schließlich tut sich etwas auf dem schwarzen Bildschirm, und der Desktop des Computers erscheint. Er war nicht heruntergefahren, deshalb ist die Passwortsperre nicht aktiviert.

Thomas schaut sich über die Schulter um. In einem fremden Computer herumzuschnüffeln bringt ihn mehr in Verlegenheit, als eine Haustür aufzubrechen. Die Operation mit dem Dietrich war für ihn ein Heimspiel. Doch hier befindet er sich auf fremdem Gebiet.

Auf der Suche nach irgendetwas Interessantem öffnet er ein paar Ordner, die sich auf dem Desktop befinden, aber das geht nur sehr langsam, und er hat nicht besonders viel Zeit, um etwas von Bedeutung aufzuspüren, bevor seine Kollegen auftauchen. Deshalb startet er stattdessen einen Browser, will es Hindrik Skulasson gleichtun und herausfinden, welche Internetseiten die Bewohner des Hauses zuletzt aufgerufen haben. Seine Methode ist allerdings eher simpel: Er beginnt links oben auf der Tastatur und drückt auf den Buchstaben Q. Wenn man an seinem eigenen Rechner zu Hause den ersten Buchstaben eingibt, schlägt der Browser immer automatisch die vollständigen Adressen aller Webseiten mit diesem Anfangsbuchstaben vor, die innerhalb der letzten zwanzig Tage besucht wurden. Vielleicht funktioniert das hier genauso. Aber bei Q taucht nichts auf. Nächster Buchstabe: W. Auch kein Resultat. Bei E erscheint eine lange Liste verschiedener Internetadressen von ebay.com bis ekstrabladet.dk. Der Buchstabe R zaubert in einer langen und sehr durchmischten Liste die ersten richtig interessanten Adressen hervor: russianbrides.ru, russiangirls.com, russianlove.com und russianwomen.ru.

Diese Jungs haben sich nicht die Mühe gemacht, ihre Spuren zu verwischen. Sie wussten nicht, dass jemand hinter ihnen her war.

Thomas prägt sich die Namen der Internetseiten ein, hat aber vorläufig keine Zeit, sie sich näher anzusehen. Das ist auch gar nicht notwendig. Er ist sich relativ sicher, dass es sich dabei um Dating-Seiten handelt, wo Männer aus westlichen Ländern in Kontakt mit Frauen aus Russland kommen können. Beim Buchstaben U tauchen ähnliche Adressen auf: ukrainegirls.com und ukrainepartner.com.

Unten auf der Straße hört Thomas jetzt Motoren, die verstummen, und Autotüren, die zugeschlagen werden. Leise Stimmen. Er schaut aus dem Fenster und sieht eine Handvoll Kollegen aus der Abteilung für Personen gefährdende Kriminalität, die durch den Vorgarten kommen. Hier endet sein Vorsprung.

Er schließt den Browser, zieht die Gummihandschuhe aus und geht die Treppe hinunter, um seinen Kollegen entgegenzukommen.

»Ich hatte gehofft, es wäre ein Scherz, als Skulasson anrief, um mir zu erzählen, was du gemacht hast«, schnauzt Martin Dahl, als er sich an Thomas vorbei durch die Haustür zwängt. »Was soll ich dem Chef denn jetzt sagen?«

Thomas überhört den Kommentar und sagt stattdessen: »Da drinnen liegen zwei Leichen. Das sind die beiden Männer aus dem Video, das Skulasson euch gezeigt hat. Und ich habe natürlich nichts angerührt.«

Er grüßt die anderen Kollegen, die immer noch im Garten stehen, und schlurft mit den Händen in den Hosentaschen zum Gartentor.

»Wo willst du hin?«, ruft Dahl ihm hinterher.

Thomas antwortet nicht, schiebt sich einfach durchs Tor und verschwindet die Straße hinunter.

18

Zurück in der Wohnung, legt er eine Platte von The Ink Spots auf. Geht ins Badezimmer und zieht sich aus. Entfernt ein paar Maden, die ihm in den Hosenaufschlag gekrabbelt sind, und spült sie den Abfluss hinunter.

Er duscht, ohne sich den Bauch dabei nass zu machen, zieht saubere Kleidung an, holt sich ein Mineralwasser und lässt sich langsam auf dem Sofa nieder. Versucht, beim Hinsetzen eher die Bein- als die Bauchmuskulatur anzuspannen, um das Gleichgewicht zu halten. Er fühlt sich müde und schwer, weiß aber genau, dass er jetzt unmöglich schlafen kann. Das liegt nicht etwa an den Leichen. Würde er jetzt die Musik ausmachen und die Augen schließen, dann würde er nicht Blut und Verwesung vor sich sehen. Nein, was ihn nicht loslässt, sind die Geräusche aus dem Video. Dieses laute Klatschen, bei dem es im Lautsprecher schnarrt, und der klägliche Aufschrei des Mädchens. Nur diese kurze Sequenz, immer und immer wieder. Er muss an die Mitarbeiter von der IT-Sicherheit denken, die täglich Kinderpornos im Internet aufspüren. An die Unzahl von Bildern und Videos, die sie sich ansehen müssen. Einmal hat er sich mit einem Kollegen unterhalten, der seit mehreren Jahren in der Pädophiliegruppe arbeitet, und der hat erzählt, dass Standbilder und Videos ohne Ton für die meisten noch zu verkraften sind. Aber sobald man das Kind weinen hört, wird die Arbeit geradezu unerträglich.

Aus diesem Grund lässt Thomas jetzt die Stimmen von Orville »Hoppy« Jones, Ivory »Deek« Watson, Jerry Daniels und Charlie Fuqua in das schummrige Wohnzimmer strömen, sodass alle anderen Geräusche, wirkliche wie eingebildete, in die hintersten, dunklen Ecken des Raumes verdrängt werden.

Er beugt sich hinunter und zieht den Laptop hervor, der seinen festen Platz unter dem Sofa hat, wenn er nicht gebraucht wird. Geht aus dem Gedächtnis die Internetseiten durch, die der Computer in dem Haus im Prostevej angezeigt hat, und findet heraus, dass er recht hatte. Es sind alles Dating-Seiten, auf denen Frauen aus Osteuropa mit Männern aus dem Westen zusammengebracht werden sollen oder die, wie in manchen Fällen, alleinstehende Männer aus reichen Ländern mithilfe von Hochglanzbildern hübscher, junger Frauen dazu bewegen sollen, Geld in den Cyberspace zu pumpen, um Mädchen zu treffen, die nie existiert haben. Ein paar dieser gefakten Seiten sind leicht zu durchschauen. Die Texte, die die Mädchen angeblich selbst verfasst haben, wurden eindeutig maschinell ins Englische übersetzt, und Satzkonstruktionen und Wörter, die das Programm aus irgendeinem Grund nicht mitübersetzen konnte, sind einfach unberücksichtigt geblieben. Diese Seiten haben oft dasselbe grundlegende Layout und Namen, die sich nur minimal voneinander unterscheiden: russiandating.com, russiandate.com, russiandaters.com. Andere Seiten wirken da schon echter. Hier kann man sich durch unzählige Fotos von hauptsächlich jungen Frauen mit den dazugehörigen Eckdaten wie Name, Alter, Größe, Gewicht, Körperbau und Ausbildung klicken.

Thomas spürt, wie seine Zunge trocken wird. Wie immer, wenn er sich über einen längeren Zeitraum konzentrieren muss, hat er unbewusst die Zungenspitze zwischen die Lippen geschoben. Er holt sich noch eine Flasche Mineralwasser aus dem Kühlschrank, dreht die Schallplatte um und setzt sich mit dem Laptop auf dem Schoß zurück aufs Sofa. Ruft nacheinander die verschiedenen Seiten auf, die über die Landesgrenzen hinweg als Bindeglied zwischen heiratslustigen Singles fungieren, und klickt sich systematisch durch alle Profile und Fotos, auf die er freien Zugriff hat. Nach seinem Fund in dem Haus in Nordvest ist er sich ziemlich sicher, dass das Mädchen auf dem Video aus Osteuropa stammt und die drei jungen Männer möglicherweise über eine Partnersuche auf einer dieser übernationalen Dating-Seiten mit ihr in Kontakt gekommen sind. In der Hoffnung, einen potenziellen Partner zu finden, ist sie, so glaubt Thomas, nach Dänemark gereist, wo jedoch nur Freiheitsberaubung, Gruppenvergewaltigungen und öffentliche Demütigung auf sie warteten, als einer der Jungs aus dem Haus oder vielleicht auch beide die gefilmten Vergewaltigungen auf eine Pornoseite im Internet stellten. Wenn er nur herausfinden könnte, auf welcher dieser Dating-Seiten sich ihr Profil befand, dann könnte er vielleicht auch herausbekommen, wer sie ist. Oder hätte zumindest eine Bestätigung für seine Theorie.

Doch die Menge hoffnungsvoller Frauen und Mädchen ist überwältigend. Auf dem Plattenspieler werden The Ink Spots von den Delta Rhythm Boys abgelöst und diese wiederum von den Deep River Boys, bevor die geschätzten Mills Brothers wieder an der Reihe sind. Als das schwarzhaarige Mädchen schließlich auf einem briefmarkengroßen Foto in der rechten, unteren Ecke des Bildschirms erscheint, sind Thomas' Augen so müde, dass er sie beinahe übersehen hätte. Er klickt auf das Foto, und eine größere Version des Bildes öffnet sich. Darauf steht das Mädchen an einen Baum gelehnt in einem Park. Das Foto muss bearbeitet worden sein, denn auf ihrer Haut sind keinerlei Rötungen zu erkennen, und ihr Lächeln entblößt perfekte weiße Zähne. Ein anderes Foto zeigt sie in voller Größe im Bikini am Strand. Sie lacht den Fotografen an. Eine leicht überbelichtete Nahaufnahme ihres Gesichts in Schwarz-Weiß ergänzt die kleine Bildergalerie. Ganz oben neben dem Foto steht ihr Name: Olena. Er überfliegt die Angaben, die sie über sich gemacht hat: achtzehn Jahre alt, Sternzeichen Löwe, ein Meter zweiundsechzig groß, fünfundvierzig Kilogramm schwer, wohnhaft in Kiew, Ukraine, Augenfarbe: Grün, Schülerin an einer weiterführenden Schule, ledig, keine Kinder, Fremdsprachenkenntnisse: Englisch. Unter »Persönlichkeit« hat sie die Stichpunkte »ehrlich, klug, lieb, loyal, romantisch und optimistisch« eingetragen.

Thomas druckt das Schwarz-Weiß-Foto aus, schneidet die weißen Ränder ab und legt das Porträt in sein Notizbuch.

Olena, denkt er und klappt den lederbespannten Buchdeckel zu. Er ist sich sicher, dass sie ein falsches Alter angegeben hat. Selbst würde er sie zwei, drei Jahre jünger schätzen. War der verzweifelte Wunsch, aus ihrer Heimat zu entkommen, vielleicht so groß, dass sie bereit war, sich als Volljährige auszugeben? Was ist mit ihrem Namen und den anderen Angaben? Kann man diese Informationen überhaupt für bare Münze nehmen? Und müsste die Dating-Firma so etwas nicht überprüfen? Vielleicht liegt er ja auch völlig falsch, was ihr Alter angeht, aber das bezweifelt er. Normalerweise hat er da einen guten Riecher.

Als Nächstes muss mit den Betreibern der Internetseite Kontakt aufgenommen werden. Um herauszufinden, wer das Mädchen ist und wo es herkommt, und natürlich auch, ob einer oder mehrere der drei dänischen Jungs ein Profil auf der Seite hatten und ob zwischen ihnen und dem Mädchen Kontakt bestand. Ein solcher Anruf ist erfolgsversprechender, wenn er vom Polizeipräsidium aus getätigt wird und notfalls ein Gerichtsbeschluss beschafft werden kann. Deshalb kopiert Thomas den Link zu Olenas Dating-Profil in eine E-Mail an Martin Dahl, die er ohne einen Gruß oder sonstigen Kommentar direkt abschickt. Er weiß, dass Dahl die Nachricht richtig einordnen und dieselben Schlüsse ziehen wird wie er.

In der Zwischenzeit ist es einem anderen Gedanken gelungen, sich so weit in den Vordergrund zu drängen, dass er das Durcheinander in Thomas' Kopf übertönt. Ein

Gedanke, der ihn zurück zu der Nacht führt, als Zahle getötet wurde. Bei seinem Verhör des Mädchens kurz vor dem Angriff kam ein leises, summendes Geräusch aus ihrem Mund. Ein stimmhaftes S, das in etwas anderes überging und schließlich mehr als nur ein Summen war. Wie war das noch gleich?

»Smaiiij.«

Er flüstert das Wort versuchsweise vor sich hin.

Nein, so hat sie das nicht gesagt.

»Smeiij, Smej?«

So was in der Richtung, denkt er.

Es war nicht nur ein erschöpftes Stöhnen oder das aggressive Fauchen eines Mädchens, das sich darauf vorbereitete, den Beamten vor dem Zimmer mit einer Nierenschale niederzuschlagen und abzuhauen. Es war ein Wort. Allerdings eins, das er nicht verstehen konnte, weil das Mädchen nicht Dänisch sprach, sondern Russisch oder Ukrainisch. Die Zeugin, die bisher für die Aufklärung des Mordes an Anders Thorgaard nicht besonders hilfreich gewesen war, weil sie sich weigerte zu sprechen, hat ihm vielleicht doch einen Hinweis gegeben, dem er nachgehen kann. Wenn er herausfindet, was das Wort bedeutet, wohl gemerkt.

Kennt er nicht irgendwelche Russen hier in Kopenhagen, die um diese Uhrzeit noch wach sind? Oder die er zumindest wecken kann?

Doch, Lew Bogdanow, den Besitzer des russischen Restaurants in der Nähe des Botanischen Gartens. Wie heißt es noch gleich?

Ohne auf den Namen des Restaurants zu kommen,

sucht er Bogdanovs Nummer heraus und ruft ihn an. Lässt es lange klingeln und versucht es gleich noch einmal. Und noch einmal.

»Lew«, klingt es leise und heiser aus dem Hörer, als am anderen Ende endlich jemand drangeht.

»Hier ist Nyland. Thomas Nyland. Ich brauche deine Hilfe.«

»Ich schlafe.«

»Es geht ganz schnell«, fährt Thomas unbeirrt fort. Er hat noch nicht vor, Feierabend zu machen. »Du brauchst mir nur ein russisches Wort zu übersetzen. Ein einzelnes Wort. Dann kannst du weiterschlafen. Okay?«

»Was sagst du da?«

Der Russe wird allmählich wach.

»Du sollst mir ein Wort übersetzen.«

»Ein Wort?«

»Ja. Es lautet *smej* oder *smeiij* oder so was in der Art. Sagt dir das was?«

»Zmej«, sagt Lew. »Ich glaube, was du da sagen willst, ist *zmej*. Und das soll ich dir übersetzen?«

»Ja. Bitte.«

»Warum?«

»Ich brauche es für einen Fall, Lew. Mehr kann ich dazu nicht sagen. Weißt du, was das Wort bedeutet, oder nicht?«

»Natürlich weiß ich, was es bedeutet«, sagt Lew träge.

Stille.

»Na dann sag schon, was heißt es?«, brüllt Thomas.

»Es heißt Schlange«, sagt der Russe. »Schlange oder Drache.«

19

Am nächsten Morgen trifft sich Thomas erneut mit Martin Dahl auf dem Assistenzfriedhof. Dieses Mal sitzt sein Kollege mit übereinandergeschlagenen Beinen auf einer Bank, die Arme ruhen auf der Rücklehne. Das Gesicht hat er der bleichen Sonne am Himmel zugewandt.

»Keine Plunderteilchen?«, fragt er, als Thomas sich ihm nähert.

»Heute nicht. Ich muss ein bisschen auf deine Gesundheit achten.«

»Dabei schuldest du mir was für die Aktion, die du gestern Abend gebracht hast.«

Dahl holt unter seiner Jacke eine Klarsichthülle hervor.

»Ich dachte, du willst vielleicht wissen, was du da in Nordvest gefunden hast«, sagt er.

»Dann hast du mir also verziehen?«

»Natürlich nicht«, sagt Dahl ohne den Anflug eines versöhnlichen Lächelns. »Aber ich muss nun mal anerkennen, dass du uns Ergebnisse verschafft hast, mit denen sonst niemand von uns glänzen konnte.«

Thomas setzt sich und blättert die Fotos durch, die die Kriminaltechniker bei ihrer systematischen Untersuchung des Hauses gemacht haben.

»Sie haben das Mädchen im Kriechkeller unter dem Haus angekettet«, erzählt Dahl. »Mit einer Metallkette und einem breiten Lederhalsband. Auch am Bett in der oberen Etage konnten sie es anketten. Wir haben so viele Videos aus dem Zimmer auf ihrem Computer gefunden … du glaubst es nicht. Im Moment wird eins nach dem anderen durchgegangen, aber wir wissen schon jetzt, dass noch andere Mädchen in dem Haus waren, die mehr oder weniger die gleiche Behandlung wie Olena erfahren haben. Es wird eine größere Aufgabe, sie alle ausfindig zu machen.«

»Wer waren die Jungs?«

»Mikael Antonsen und Carsten Madsen. Carsten hat eine Weile in der Autowerkstatt von Anders Thorgaards Großvater gearbeitet. Da muss er Anders kennengelernt haben. Im Gegensatz zu Thorgaard kennen wir die beiden hier ziemlich gut: Gewalt, versuchte Vergewaltigung, Bedrohung, Erpressung, Amphetamin. Von allem ein bisschen. Eine Ex-Freundin hat Mikael Antonsen vor zwei Jahren wegen Vergewaltigung angezeigt, aber sie hat die Anzeige später wieder zurückgezogen.«

»Was ist mit der Dating-Seite, auf der Olena ihr Profil hatte?«

»Wird von einer Firma in Moskau betrieben, die eine ganze Reihe von Internetdiensten anbietet. Wir haben mit ihnen geredet, und sie sagen, dass man in sein Profil reinschreiben kann, was man will. Für Frauen ist die einzige Pflichtangabe eine E-Mail-Adresse. Männer müssen zusätzlich eine Kontonummer angeben. Alle männlichen Teilnehmer zahlen, während die Frauen umsonst reinkommen. Genau wie in Nachtklubs.«

»Dann heißt Olena in Wirklichkeit ganz anders?«

»Ja, das ist durchaus denkbar. Und das heißt, dass das russische Unternehmen nichts über sie weiß und es mehr als schwierig für uns wird, etwas über ihre Identität herauszufinden.«

»Aber es muss doch rauszukriegen sein, von welchem Computer aus Olena die Seite besucht hat, oder?«

»Ja. Daran wird im Moment gearbeitet.«

»Habt ihr Zugang zu den Nachrichten, die zwischen Olena und den Jungs verschickt wurden?«

Dahl nickt. »Die Jungs haben Mikael Antonsen als Lockvogel benutzt. Einen sonnengebräunten, jungen Mann mit einem soliden Zahnpastalächeln und durchtrainiertem Oberkörper. Sie haben Fotos von ihm hochgeladen, auf denen er vor einer Villeneinfahrt im Strandvej neben einem Maserati steht. Olena muss geglaubt haben, sie hätte ihren Traummann gefunden.«

»Hmm«, brummt Thomas. Er legt die Klarsichthülle zur Seite. »Anders Thorgaard lernt Carsten Madsen also über seinen Großvater kennen«, sagt er. »Sie kommen sich irgendwie näher, und Madsen lädt seinen neuen Kumpel zu einem kleinen Spiel mit einem Mädchen ein, das bei ihm im Keller wohnt. Thorgaard ist zuerst mit dabei, bereut das Ganze aber einen Tag später. Er beschließt, sie zu retten, und schafft es auch tatsächlich, das Mädchen aus dem Keller zu befreien. Dann nimmt er sie mit zu sich nach Hause, und von da aus planen sie, zusammen weiterzuflüchten.«

»Sieht ganz so aus. Aber es sucht noch jemand nach Olena.«

»Ja. Noch jemand, der möglicherweise vorhat, sie zu retten. Oder der vielleicht bei einem früheren Übergriff auf sie dabei war. Er taucht zuerst in dem Haus in Nordvest auf, wo er die beiden Jungs tötet. Aber das Mädchen ist weg, deshalb geht er zu Anders Thorgaard und bringt auch ihn um.«

»Das Mädchen sieht in ihm allerdings keinen Retter. Sie betrachtet ihn als Bedrohung und flieht erneut.«

»Deshalb sucht er schließlich im Uniklinikum nach ihr, wo er Zahle tötet und mich niedersticht.«

Thomas legt seine Hand auf die Stelle, wo sich der Verband unter seinem Hemd verbirgt. »Ist das ungefähr das Szenario, mit dem wir es zu tun haben?«

Dahl zuckt mit den Schultern. »Glaube schon.«

»Und was passiert dann?«, fragt Thomas weiter. »Kriegt er das Mädchen?«

»Sowohl Olena als auch ihr Verfolger laufen nach draußen auf den Parkplatz. Das konnten wir uns aus den Verhören im Krankenhaus zusammenreimen. Der Vorsprung des Mädchens ist so groß, dass sie gut hätte davonkommen können. Vielleicht zögert sie draußen etwas zu lange. Anstatt weiterzulaufen, bleibt sie stehen, und zwar lange genug, dass der Täter sie wieder in die Finger bekommt.«

Thomas geht das Szenario noch einmal im Kopf durch. Er überlegt, ob er das eigenartige Summen des Mädchens und seinen Wortwechsel mit dem schlaftrunkenen Russen erwähnen soll, entscheidet sich aber dagegen. Was soll er sagen? *Ich glaube, das Ganze hat vielleicht irgendwas mit Schlangen oder Drachen zu tun*? Er kennt Dahl gut genug, um zu wissen, dass er mit Bauchgefühlen und unzusammenhängenden Ideen nichts anfangen kann. Falls zwischen dem Wort »Schlange« oder »Drache« und den Überfällen auf Olena tatsächlich eine Verbindung besteht, wird er sie zuerst konkretisieren müssen, bevor er seinem Kollegen davon erzählt.

»Und was macht ihr jetzt?«, fragt er stattdessen.

»Wir versuchen, die anderen Mädchen zu finden«, sagt Dahl. »Die Polizei in der Ukraine hilft uns, für den Fall, dass noch mehr Mädchen von dort kommen. Aber du weißt ja, wie das ist. Es wird Ewigkeiten dauern. Und währenddessen wird die Spur, die zum Täter führt, immer kälter.«

20

Zurück in seiner Wohnung, stürzt Thomas in der Küche ein Glas Mineralwasser hinunter und setzt sich an den Computer. Googelt gedankenverloren »Drache«, »Schlange«, »Ukraine«, »Russland«, »Schwert« und andere Stichwörter, die in mehr oder weniger direktem Zusammenhang mit dem Fall stehen.

Auf den Seiten, die er findet, tauchen immer wieder zwei Namen auf: Christian Rudow und Natalja Rudowa. Soweit Thomas sieht, handelt es sich um Vater und Tochter. Aus den gefundenen Informationen kann er sich zusammenreimen, dass Christian Rudow in den Neunzigern Professor für Russisch an der Universität in Durham, England, war und am Osteuropainstitut der Universität Kopenhagen gelehrt und geforscht hat. Die ersten Jahre des neuen Jahrtausends hat er als Forscher an der Illinois Wesleyan University verbracht, bevor er vor vier Jahren in sein Heimatland Dänemark zurückkehrte und in das damals neu gegründete Institut für Volks- und Völkerkunde eingebunden wurde. Thomas klickt sich weiter durchs Internet und findet eine kurze Biografie auf Wikipedia. Geboren 1947 als Christian Staun, aufgewachsen in Kolding als Sohn einer sehr wohlhabenden Familie. Erbe des Vermögens der Stauns. Kurz vor Beginn der 1920er Jahre war der Großvater Verner Staun von Dänemark nach Michigan, USA, gezogen, um dort sein Glück zu versuchen. Er gründete ein kleines Unternehmen, das als Zulieferer für die wachsende Autoproduktion in der Gegend fungierte. Acht Jahre später verkaufte er den ganzen Krempel an die Ford Motor Company und zog zurück nach Jütland. Das Geld, das er verdient hatte, investierte er so geschickt, dass es seine Familie über mehrere Generationen hinweg ernähren konnte.

1965 fängt Christian Staun an der Universität Aarhus als Russischstudent an. Längere Studienaufenthalte an der University of Cambridge in England und mehrere Forschungsreisen in die Sowjetunion. Sammelt und untersucht russische Volkssagen, gibt eine Handvoll Bücher über das Thema und eine Unzahl von Artikeln in diversen Zeitschriften heraus. Heiratet 1977 die Russin Katarina Rudowa und nimmt ihren Nachnamen an, der nach den Beugungsregeln des Russischen in der männlichen Form zu Rudow wird. Die beiden bekommen zwei Kinder, Viktor und Natalja.

Thomas springt weiter zur Tochter und findet heraus, dass sie genau wie ihr Vater am Institut für Volks- und Völkerkunde der Universität Kopenhagen angestellt ist. Auf der Webseite der Uni sind die acht wissenschaftlichen Mitarbeiter des Instituts aufgelistet. Dort findet er auch ein kleines Schwarz-Weiß-Porträt von Natalja Rudowa. Dunkles Haar, dunkle Augen. Gleichmäßige Züge. Schlanker Hals. Mehr ist nicht zu sehen. Neben allen anderen Mitarbeitern sind Kontaktinformationen aufgeführt: Durchwahl und E-Mail-Adresse. Einzelne von ihnen verweisen auf eine persönliche Webseite, wo ihre Forschungsergebnisse und ihr Lebenslauf zu finden sind. Neben Natalja Rudowas Porträt dagegen ist nur ihr Forschungsgebiet angegeben: Politische Nutzung von Märchen und Volksglauben in der Sowjetunion unter Josef Stalin. Keine Nummer, keine Adresse.

Thomas weitet seine Suche ein wenig aus und trägt weitere Informationen zusammen. Er findet die Programme vergangener Konferenzen an Universitäten auf der ganzen Welt, in denen Natalja Rudowa als Hauptrednerin genannt wird. Außerdem taucht eine Liste aus einer britischen Männerzeitschrift auf, die den Titel »20 babes with brains« trägt und Natalja Rudowa an vierter Stelle präsentiert. Den ersten Platz belegt irgendeine Pornoschauspielerin, die neben ihrer Filmkarriere eine Mensa-Mitgliedschaft zu ihren Erfolgen zählen kann. Thomas überrascht es, dass zwei Frauen, die sich im Hinblick auf Aussehen und Werdegang so sehr unterscheiden, auf ein und derselben Liste landen können. Die Männer, die hinter dieser Auswahl stecken, müssen einen, milde gesagt, breit gefächerten Geschmack haben. Sie haben dasselbe Bild von Natalja verwendet, das Thomas auf den Seiten des Instituts für Volks- und Völkerkunde gefunden hat. Möglicherweise existieren gar keine anderen öffentlich zugänglichen Fotos von ihr.

Er geht noch einmal zurück auf die Internetseite des Instituts für Volks- und Völkerkunde. Das scheint ihm der richtige Ausgangspunkt zu sein, um etwas über den

Zusammenhang zwischen Schlangen, Drachen und der Ukraine herauszufinden. Die Leiterin des Instituts ist eine Frau Mitte vierzig mit üppigem, lockigem Haar. Am unteren Bildrand ist der Halsausschnitt eines dicken Strickpullovers zu erkennen. Abgesehen von ihrer Funktion als Leiterin des Instituts, ist Marianne Christensen anscheinend Expertin für nordische Volkskunde. Für Thomas stellt sie jedoch in erster Linie einen möglichen Zugang zu Christian Rudow und Natalja Rudowa dar.

Er greift zum Telefon und gibt ihre Durchwahl ein.

»Institut für Volks- und Völkerkunde, Marianne Christensen am Apparat.«

»Thomas Nyland von der Polizei Kopenhagen. Ich würde gern wissen, ob Sie mir die Telefonnummer von Christian Rudow und Natalja Rudowa geben können.«

»Worum geht es?«

»Ermittlungsangelegenheiten. Ich kann nicht näher darauf eingehen, aber ich benötige ihr Fachwissen in puncto Märchen und Volksglauben.«

»Mit so etwas können Ihnen hier noch mehr Leute behilflich sein. Wir machen im Grunde nichts anderes.«

»Zu russischem Volksglauben«, spezifiziert Thomas.

»Ach so.«

Stille.

»Es ist so, dass Christian Rudow kürzlich verstorben ist«, sagt Marianne Christensen. »Er wurde vor etwa zwei Wochen tot in seinem Haus aufgefunden.«

»Tot?«

»Ja.«

»Das tut mir leid«, brummt Thomas und fährt zögernd

fort: »Aber ich stecke mitten in den Ermittlungen zu einem ernsten Verbrechen und brauche dringend ein paar Sachinformationen über russischen Volksglauben. Genauer gesagt, über Drachen. Gibt es noch jemand anders, der mir damit weiterhelfen könnte?«

»In diesem Land weiß Natalja wohl am besten darüber Bescheid. Ja, sogar in ganz Europa. Oder zumindest im westlichen Teil.«

»Könnte ich vielleicht ihre Nummer bekommen? Ich werde mich kurzfassen.«

»Ich kann sie Ihnen gern geben, aber das wird Ihnen nichts nützen.«

»Wie meinen Sie das?«, fragt er.

»Natalja geht nicht ans Telefon, es sei denn, sie erkennt die Nummer. Sie wird nicht gern gestört.«

»Aber ich kann ihr doch eine Nachricht hinterlassen? Ihr die Sache erklären? Ich bin es gewohnt, mit schwierigen Situationen umzugehen.«

Jetzt gib mir endlich die Nummer.

Marianne Christensen lacht verächtlich. »Das können Sie ja gern versuchen. Aber das Beste wäre, ich sage ihr einfach, dass Sie angerufen haben und mit ihr sprechen wollen. Geben Sie mir Ihre Telefonnummer und E-Mail-Adresse, dann leite ich beides weiter.«

»Für so was habe ich aber keine Zeit«, blafft Thomas.

»Dann müssen Sie sich Ihre Informationen eben woanders besorgen. Es tut mir leid, aber so ist das nun mal.«

Thomas seufzt und gibt der Institutsleiterin, worum sie gebeten hat.

»Sagen Sie ihr, es ist wichtig«, fügt er hinzu.

»Das werde ich schon. Aber ich kann sie nicht dazu zwingen, Sie gleichsam auf Kommando anzurufen.«

»Das klingt mir ja nach einem schönen Frauenzimmer«, murmelt Thomas mürrisch.

»Sie ist großartig. Warten Sie nur ab.«

Mit diesen Worten legt die Frau mit dem üppigen, lockigen Haar auf und überlässt Thomas einer Tätigkeit, die er über alles hasst: Warten.

Es passiert rein gar nichts. Der Wald hat sich um sie geschlossen, nichts dringt zu ihnen durch. Hier drinnen ist es dunkel. Nichts bewegt sich.

Das Mädchen schläft fast die ganze Zeit, und wenn sie nicht schläft, liegt sie einfach nur da und starrt an die Decke. Wenn er versucht, mit ihr zu reden, antwortet sie nicht. Weder ihr Blick noch ihre Körpersprache lassen erkennen, ob sie ihn hört oder nicht.

Anfangs hat er sich noch darüber gewundert, warum sie nicht sprechen kann, aber jetzt nicht mehr. Jetzt weiß er es. Er weiß, was nicht stimmt.

Es ist die Erzählung. Sie sind beide aus ihr herausgefallen. Das ist die einzige logische Erklärung. Die Verse haben sich verändert, und die Worte sind aus den Zeilen getanzt wie über ein Hochseil. Bis sie schließlich fielen. Und zusammen mit den Worten sind er und das Mädchen in das Nichts gefallen, das die Erzählung umgibt. Nun sind sie Hauptfiguren ohne eine Geschichte.

Der Andere hat die Erzählung vom Kurs abgebracht, als er sich weigerte, das Mädchen entgegenzunehmen. Er hat die Schwingungen in Gang gesetzt, die so stark wurden, dass der Rahmen der Geschichte zerbrach. Im Fleisch der Erzählung klafft eine Wunde.

Er kann nicht hier bleiben. Muss etwas tun, um die Erzählung wieder anzustoßen, damit die Verse wieder weitergehen können. Damit die Prinzessin zum Leben erweckt werden kann. Er muss sich nehmen, was ihm rechtmäßig zusteht. Er muss seine eigene Geschichte zurückerobern, und dazu muss er zurück zum Haus des Verräters.

Das Mädchen liegt vollkommen still auf dem Bett. Er betrachtet sie so lange, bis er sieht, dass sie noch atmet.

Zabawa, *denkt er.* Ich werde dich schon von hier fortführen. Ich werde dafür sorgen, dass du gerettet wirst.

Dann steht er auf, schließt die Tür zu ihrem Zimmer und dreht den Schlüssel im Schloss um.

21

Nataljas Handy liegt auf dem Schreibtisch in ihrem Büro. Sie hat es grundsätzlich lautlos gestellt und nur selten bei sich, weil sie so gut wie niemanden kennt, der auf die Idee kommen könnte, sie anzurufen. Und wenn es so jemanden gibt, wird sie nur ungern gestört, ganz egal, womit sie gerade beschäftigt ist. Stattdessen kontrolliert sie lieber von Zeit zu Zeit, ob irgendwer versucht hat, sie zu erreichen. Schaut sich die Liste entgangener Anrufe an, um zu sehen, ob sie möglicherweise zurückrufen sollte.

Das ist selten der Fall.

Aber als sie von der Villa ihres Vaters wieder nach Hause kommt, sieht sie, dass Marianne angerufen hat. Eine der wenigen, die sie sogar zurückrufen würde. Die Chefin hat es nur ein einziges Mal versucht. Sie kennt Nataljas Gewohnheiten und weiß, dass es nichts bringt, ihr hinterherzutelefonieren. Ob Natalja zurückruft oder nicht, ist völlig unabhängig davon, wie oft man versucht hat, sie zu erreichen.

Natalja weiß, dass sie es sich schenken kann, sich namentlich zu melden, als sie ihre Chefin am Apparat hat.

»Was gibt's?«, fragt sie einfach.

»Wie geht es dir?«, will Marianne wissen.

»Du weißt schon …«

»Nein, nicht mal ansatzweise. Aber ich habe mich daran gewöhnt, solche Dinge nicht von dir zu wissen. Wie war die Beerdigung?«

»Ganz okay.«

»Woher willst du das wissen, Natalja, du warst doch gar nicht da.«

Natalja seufzt. Marianne war also offenbar auf der Beerdigung. Sie ist nicht nur ihre Chefin, sondern war auch die Vorgesetzte ihres Vaters, als er noch an der Universität angestellt war. Es ist nur natürlich, dass sie Abschied von ihm nehmen wollte.

»Ich habe in der Kirche Ausschau nach dir gehalten«, sagt Marianne. »Viktor hat erzählt, du seist krank. Dein Bruder kann ja sicher so manches, aber Lügen gehört nicht dazu.«

»Warum hast du angerufen?«, fragt Natalja.

»Zunächst mal, um zu hören, ob du noch lebst, und das höre ich, das ist also in Ordnung. Aber es gibt noch einen anderen Grund. Ich bin von der Polizei angerufen worden. Sie wollen mit dir sprechen.«

»Über meinen Vater?«

Dieser Ausbruch kommt spontan und in einem hoffnungsvollen Ton, der mehr verrät, als Natalja lieb ist. Sie presst die Lippen zusammen, um all die Worte zurückzuhalten, die ihr auf der Zunge liegen.

»Leider nein«, sagt Marianne sanft. »Der Polizist, mit dem ich gesprochen habe, wollte etwas über russischen Volksglauben wissen.«

Das Bedauern in der Stimme ihrer Chefin scheint sich

Natalja in den Hals zu zwängen und sich dort festzusetzen. Ihr wird schlecht.

»Über russischen Volksglauben?«, sagt sie und schluckt. Zwingt Mariannes Mitleid hinunter und spürt, wie es ihr in die Magengrube fällt. Schwer wie ein Stein. »Warum das denn?«

»Keine Ahnung. Für irgendeine Ermittlungssache. Es klang, als bräuchte er die Informationen ziemlich schnell. Rufst du ihn an?«

»Gib mir seine Nummer.«

Marianne gibt ihr den Namen, die Telefonnummer und die E-Mail-Adresse des Polizisten durch, und Natalja kritzelt alles auf ein Stück Papier. Sie legt den Kugelschreiber aus der Hand und schiebt den Zettel zur Seite.

»Dann lasse ich dich jetzt mal wieder in Ruhe«, sagt Marianne. »Sag Bescheid, falls du …«

»Warte …«, unterbricht Natalja sie. »Ich muss mit dir noch über etwas sprechen.«

Marianne lacht überrascht. »Du brauchst meine Hilfe? Das ist ja ein historischer Moment. Na sag schon. Worum geht es?«

Mariannes Gelächter lässt Natalja zögern.

»Ach komm schon, Natalja«, bittet ihre Chefin. »Du kannst nicht erst so etwas sagen und dann einfach wieder dichtmachen. Worüber wolltest du mit mir reden?«

»Ich habe im Haus meines Vaters ein Manuskript gefunden. Ein unvollendetes Manuskript. Insgesamt siebenundvierzig Seiten. Sieht aus wie die Einleitung zu einem Buch.«

Marianne räuspert sich, so als wollte sie auch den letzten Rest Belustigung aus ihrer Stimme vertreiben. »Ein Buch? An dem dein Vater gearbeitet hat?«

»Ja. Es handelt von einem Sänger, über den er nie mit mir gesprochen hat. A. F. Petrow. Sagt dir das was?«

»So unmittelbar nicht, aber das ist auch nicht mein Gebiet. Wann hat er den Text verfasst?«

»Das weiß ich nicht. Er hat keine Jahreszahl auf das Manuskript geschrieben. Ich dachte, er hätte das Buch vielleicht dir gegenüber mal erwähnt, falls er während seiner Zeit am Institut daran gearbeitet hat.«

»Nein, hat er nicht. Zumindest kann ich mich nicht daran erinnern. Vielleicht ist das Manuskript ja älter. Ich meine, dein Vater hat schließlich gerade mal vier Jahre unter mir gearbeitet. Er könnte das Buch auch in Durham geschrieben haben, oder wo er sonst so war … Illinois … oder was ist zum Beispiel mit dem Osteuropa-Institut?«

»Vielleicht.«

Marianne gibt ein nachdenkliches Schnalzen von sich und sagt: »Du könntest mal mit Erik Theilmann sprechen, dem ehemaligen Leiter des Osteuropa-Instituts. Ich habe ihn auf der Beerdigung getroffen, und soweit ich weiß, waren er und dein Vater ziemlich gut befreundet. Ganz egal, ob dein Vater das Manuskript nun während seiner Zeit an dem Institut geschrieben hat oder nicht, er hat bestimmt mal mit Theilmann darüber geredet. Was Besseres fällt mir nicht ein.«

22

Dr. phil. Erik Theilmann gleicht einem Obdachlosen, wie er dort so am Ufer des Sankt-Jørgens-Sees in Vesterbro steht und Enten füttert. Er trägt einen alten schwarzen Trenchcoat, der an Schultern und Rücken von der Sonne ausgeblichen und vom vielen Tragen schon ganz abgenutzt ist. Seine Hände stecken in fingerlosen Wollhandschuhen, und in einem Gefrierbeutel, der aus seiner Manteltasche hervorragt, hat er Brotbrocken für die schnatternden Enten in seiner Nähe.

Als Natalja näher kommt, hört sie, dass Theilmann mit den Tieren redet. Oder vielleicht auch mit sich selbst. Als würde er hektisch argumentieren, beugt er den Oberkörper vor und gestikuliert so wild, dass die vorübergehenden Leute einen großen Bogen um ihn machen.

Die Frau des Professors hat Natalja vor dessen Hang zu glühenden Monologen gewarnt, als sie ihr vor einer halben Stunde die Tür zu der Wohnung in Fredriksberg öffnete, wo das Ehepaar wohnt: »Er übt seine Reden immer vor den Enten unten am See. Ganz egal, ob für Vorlesungen, Besprechungen oder Diskussionsprogramme im Radio. Aber am schlimmsten ist es, wenn er einen Vortrag auf einer internationalen Konferenz halten soll.

Dann kriegen die armen Enten ganz schön was zu hören, das kann ich Ihnen sagen.«

Beim Anblick von Theilmann muss Natalja unwillkürlich an den griechischen Mathematiker Archimedes denken, der im Zweiten Punischen Krieg von einem römischen Soldaten bei der Lösung des Rätsels um den Kreisumfang unterbrochen wurde. »Störe meine Kreise nicht«, soll er angeblich zu dem Römer gesagt haben, der daraufhin kurzerhand sein Schwert zog und ihn tötete.

Dieses Bild vom Wesen der Wissenschaft hat sie immer fasziniert: ein Denker, der von seiner Arbeit so gefangen und von der Bedeutung seiner Ideen so überzeugt ist, dass alles andere irrelevant wird. Weil er weiß, dass es wichtiger ist, die Welt zu verstehen, als um sie zu kämpfen, und weil das Wissen, das er hervorbringt, noch mehrere Jahrtausende, nachdem selbst die größten und mächtigsten Reiche zu Staub zerfallen und im Nichts verschwunden sind, Bestand haben wird. In diesem Bild erkennt sie sowohl ihren Vater als auch sich selbst wieder und nun auch Erik Theilmann, der völlig unbeeindruckt von Joggern und Liebespaaren einer Schar schnatternder Enten seinen flammenden Vortrag hält. Eine Weile bleibt sie stehen und betrachtet den Wissenschaftler, bevor sie sich einen Ruck gibt und seinen Redefluss unterbricht.

»Natalja? Bist du das?«, sagt er, als er merkt, dass er nicht mehr allein ist. Er mustert sie von oben bis unten und schüttelt den Kopf. »Das letzte Mal, als ich dich gesehen habe, warst du eine dürre Jugendliche, die nur aus Armen und Beinen bestand. Das muss jetzt fünfzehn Jahre her sein oder noch länger. Mittlerweile bist du … ja, du bist unglaublich hübsch geworden, wenn ich so frei sein darf.«

Er reicht ihr beide Hände, hält ihre darin fest und schaut ihr länger in die Augen, als ihr eigentlich recht ist.

»Die Sache mit deinem Vater tut mir schrecklich leid«, sagt er und bekommt glänzende Augen. Er schnieft und führt den rechten Handrücken zur Nase.

»Danke«, sagt Natalja und zieht auch ihre andere Hand zurück.

»Viktor hat erzählt, dass du zu krank warst, um in die Kirche zu kommen«, fährt er fort. »Das muss auch ein ganz schöner Schock für dich gewesen sein. Ich weiß, wie nah ihr euch standet, dein Vater und du.«

Er steckt eine Hand in den Gefrierbeutel und holt ein paar Brotbrocken heraus, die er Natalja in die Handfläche legt.

»Hier«, sagt er. »Diese Enten sind besser darin, Depressionen und Verstimmungen in die Flucht zu schlagen, als die gesamte dänische Psychologenschaft.«

Natalja starrt abwechselnd ihre Handfläche, die Enten und den Professor an.

»Versuch es mal«, sagt er. »Ich schwöre dir, es funktioniert. Ich mache das jetzt schon seit Jahren und hatte noch nie das Bedürfnis, mit einem Psychologen zu reden.«

Ohne von der therapeutischen Wirkung ihres Tuns überzeugt zu sein, wirft sie den Enten das weiße Brot hin.

»So«, sagt Theilmann und klopft sich ein paar Krümel von den Handschuhen. »Ich gehe mal davon aus, dass du nicht gekommen bist, um Enten zu füttern. Sollen wir eine Runde um den See gehen? Dabei können wir uns unterhalten.«

Sie folgt ihm in Richtung Planetarium.

»Ich habe bei meinem Vater zu Hause ein Manuskript gefunden«, beginnt sie. »Ein Buch, das er nie zu Ende geschrieben hat. Ich würde gern wissen, warum er damit angefangen hat, ohne es jemals zu vollenden. Und warum er mir nie davon erzählt hat. Ich weiß nicht, wann er daran gearbeitet hat, aber Marianne meinte, Sie könnten mir vielleicht weiterhelfen.«

»Worum geht es in dem Buch?«

»Um einen russischen Sänger namens Andrej Fjodorowitsch Petrow.«

Theilmann nickt. »Mir war nicht klar, dass er an einem Buch über Petrow schrieb, aber ich kann mir denken, warum er es nicht zu Ende geführt hat.«

»Ach ja?«

Der Professor reibt sich die Hände, um sich die Fingerspitzen zu wärmen, und holt tief Luft.

»Weißt du eigentlich, wie sich deine Eltern kennengelernt haben?«, fragt er.

»Was hat das damit zu tun?«

»Mich würde mal interessieren, was dir dein Vater darüber erzählt hat.«

»Okay. Er hat erzählt, dass sie sich in Kiew bei einem gemeinsamen Bekannten getroffen haben.«

»Und was noch?«

»Sonst nichts, soweit ich mich erinnere. Sie war Opernsängerin und hatte eine Stelle an der Oper von Kiew. Er hat erzählt, dass sie hübsch war. Und was sie anhatte.«

»Von dem gemeinsamen Bekannten hat er nichts erzählt?«

»Nein. Das schien er nicht für wichtig zu halten.«

»Aber das ist es. Zumindest in diesem Fall. Denn der gemeinsame Bekannte deiner Eltern war Fjodor Petrow, der Nachkomme von A. F. Petrow. Durch ihn haben sich die beiden kennengelernt. Er hat deiner Mutter auch geholfen, 1977 nach Dänemark zu kommen. Dein Vater ist auf einer seiner Forschungsreisen durch die Sowjetunion Anfang der Siebzigerjahre auf eine vergessene Sammlung von Wachswalzen gestoßen, die unter anderem eine Aufnahme des relativ unbekannten Sängers A. F. Petrow enthielt. Er war ganz hingerissen von Petrows Talent und versuchte herauszufinden, wer er war. Bisher hatte niemand etwas über Petrows genaue Herkunft in Erfahrung bringen können, und soweit ich weiß, ist das auch deinem Vater nicht gelungen. Aber er hat etwas anderes entdeckt, was den Forschern bis dahin unbekannt war. Man war immer davon ausgegangen, Petrows Nachkommen seien alle im Zweiten Weltkrieg umgekommen. Doch diese Annahme stellte sich als falsch heraus. Fjodor Petrow, der in direkter Linie von dem Sänger abstammte, hatte einen langen Aufenthalt in einem deutschen Arbeitslager überlebt, war nach dem Krieg in die Ukraine zurückgekehrt, und die Familie Petrow hatte nicht nur mehrere Aufnahmen von A. F. Petrow aufbewahrt, sondern auch anderes Material, das Christian für seine Forschung gebrauchen konnte. Dein Vater und Fjodor Petrow entwickelten ein freundschaftliches Verhältnis zueinander, ihre Leidenschaft für den slawischen Volksglauben verband sie, und zum Dank dafür, dass Petrow deiner Mutter in den Siebzigern half, nach Dänemark auszuwandern, unterstützte dein Vater ihn dabei, sich hier im Land zu etablieren, als er kurz nach dem Fall der Mauer mit seiner Tochter Klara Petrowa und deren Sohn selbst herkam. Zu diesem Zeitpunkt fühlten er und Christian sich wohl besonders verbunden, denn Petrow hatte ebenfalls seine Frau verloren.«

»Aber wenn Fjodor Petrow und mein Vater so gute Freunde waren, warum hat er dann nie von ihm gesprochen?«

»Nur wenige Jahre, nachdem er nach Dänemark gekommen war, ist Petrow bei einem Verkehrsunfall ums Leben gekommen. Ich nehme an, das ist der Grund, warum dein Vater sein Buch nicht fertig geschrieben hat. Nicht, weil er keine Quellen mehr hatte, denn er hatte nach wie vor Zugang zu den Aufnahmen und schriftlichen Materialien. Aber vermutlich ertrug er es nicht, nach Petrows Tod noch an dem Projekt weiterzuarbeiten.«

»Was wissen Sie über Fjodor Petrow, abgesehen davon, dass er mit meinem Vater befreundet war?«

»Ich weiß, dass er ein professioneller Schachspieler war. In den Sechzigerjahren war er auf internationaler Ebene aktiv, und später hat er zuerst in St. Petersburg und dann in Kiew unterrichtet. Ich habe ihn ein einziges Mal getroffen, nachdem er nach Dänemark gekommen war, aber das ist auch schon alles. Das meiste, was ich über ihn weiß, habe ich von deinem Vater erfahren. Komm, lass uns etwas schneller gehen, sonst schaffen wir es vor dem Abendessen nicht mehr um den See.«

Natalja bleibt stehen.

»Ich glaube, ich verabschiede mich hier«, sagt sie. »Ich muss wieder nach Hause.«

»Was hast du jetzt vor? Das Buch schreit geradezu danach, vollendet zu werden.«

»Vielleicht. Aber das war das Projekt meines Vaters, nicht meins. Für mich war es nur wichtig zu wissen, warum er das Buch nie mit einem einzigen Wort erwähnt hat.«

Theilmann nimmt noch einmal ihre Hände in seine und drückt sie.

»Denk darüber nach, bevor du den Gedanken ganz von dir weist«, sagt er. Dann kehrt er ihr den Rücken zu und setzt seine Runde um den See fort. Sobald er sich ein Stück von ihr entfernt hat, beginnt er neuerlich, mit seinen Händen eifrig durch die Luft zu fuchteln. Natalja hört ihn nicht mehr, doch sie kann sich denken, dass er schon wieder mitten in einem Vortrag für sich und die Enten, die ihm unterwegs begegnen, ist.

Auf dem Weg zur Haltestelle Vesterport überquert Natalja am Scandic Hotel die Vester Søgade und setzt sich in die erste S-Bahn Richtung Nordhavn. Sie geht durch die halbe Bahn, um einen annähernd leeren Wagen zu finden, in dem sie ungestört sitzen kann. Nimmt ganz hinten am Fenster auf den blauen Polstern Platz und wendet den Blick nach draußen.

Ihr fällt der Polizist ein, der bei Marianne angerufen hat, um sie zu erreichen. Sie muss zumindest einen ehrlichen Versuch unternehmen, sich bei ihm zu melden, sonst hat sie ihre Chefin garantiert heute Abend wieder an der Strippe.

Das Handy hat sie zur Abwechslung mal dabei, aber der Zettel mit Thomas Nylands Nummer liegt zu Hause auf ihrem Küchentisch, also muss sie bei der Polizei Kopenhagen anrufen und sich dort mit ihm verbinden lassen.

Sie kommt in die Warteschleife und wird zunächst zu einem Mitarbeiter der Abteilung für Personen gefährdende Kriminalität durchgestellt. Als sie darum bittet, mit Thomas Nyland zu sprechen, zögert er und hält sie ein wenig hin, doch schließlich verbindet er sie mit einem Kollegen.

»Martin Dahl«, sagt die Stimme am anderen Ende.

»Natalja Rudowa. Ich würde gern mit Thomas Nyland sprechen.«

»Nyland? Ich fürchte, das ist im Moment nicht möglich. Er hat diese Woche Urlaub. Kann ich Ihnen vielleicht irgendwie weiterhelfen?«

»Urlaub? Ich …«

Sie hält inne.

»Aber er arbeitet doch bei Ihnen, oder?«, fragt sie.

»Ja, ja. Nur im Augenblick nicht, wie gesagt. Aber wenn Sie uns etwas mitteilen möchten, können Sie auch gern mit mir sprechen.«

Was ist denn da los?, denkt sie. Die Antwort liegt ziemlich nahe. Ein Polizist ruft an und behauptet, er benötige Hilfe in einer Ermittlungsangelegenheit. Sein Kollege sagt, er habe Urlaub. Das riecht schon von Weitem nach einem suspendierten Beamten, der sich aus irgendetwas nicht raushalten kann. Das riecht nach Problemen, in die Natalja nicht mit hineingezogen werden will.

»Nein, ich habe nichts mitzuteilen«, sagt sie nach einer etwas zu langen Pause.

»Sind Sie sicher?«

»Ganz sicher. Es geht um etwas … Privates. Hat Thomas nicht vielleicht eine andere Nummer, unter der ich ihn erreichen kann?«

Sie hört, wie Martin Dahl mit seinem Stuhl hin und her rollt. Mit irgendetwas herumhantiert.

»Die Privatnummer meines Kollegen kann ich leider nicht herausgeben.«

Natalja bedankt sich und legt auf. Am liebsten würde sie die Sache damit einfach auf sich beruhen lassen. Jetzt hat sie zumindest versucht, den Mann zu erreichen. Aber Marianne wird sich mit dieser Erklärung nicht zufriedengeben, deshalb holt sie die Nummer vom Küchentisch, als sie wieder zu Hause ist, und ruft an. Hofft, dass Thomas Nyland vielleicht nicht ans Telefon geht.

23

»Nyland«, meldet er sich mit einem verschlafenen Brummen.

Natalja wirft einen Blick auf die Uhr. Es ist halb fünf am Nachmittag. Vielleicht hat sie den Polizisten gerade aus einem späten Mittagsschlaf geweckt.

»Natalja Rudowa«, sagt sie.

»Rudowa? Die Wissenschaftlerin?«

Seine Stimme wird klarer.

»Ich rufe an, weil Sie mit mir sprechen wollten. Im Übrigen habe ich zuerst bei der Polizei Kopenhagen angerufen, und dort sagte man mir, Sie seien beurlaubt?«

»Das kann ich erklären«, sagt er. »Später. Ich bin froh, dass Sie sich melden.«

»Meine Chefin hat mir erzählt, dass Sie etwas über russischen Volksglauben wissen möchten.«

»Ja«, brummt der Polizist am anderen Ende. »Ich möchte vor allem etwas über Schlangen und Drachen wissen. Das ist doch Ihr Fachgebiet, oder?«

»Tja«, sagt sie. Sie hat es längst aufgegeben, Fremden zu erklären, womit Sie sich befasst. Die abschweifenden Blicke und das unterdrückte Gähnen ihrer Zuhörer haben ihr im Laufe der Jahre den Mut dazu genommen, wenn sie nicht unter Fachleuten war. Oft beantwortet sie die Frage nach ihrer Tätigkeit einfach mit einem willkürlich gewählten Beruf. Steuerberaterin, Empfangsdame, Pädagogin. Irgendetwas ganz anderem als ihrer eigentlichen beruflichen Beschäftigung.

»Ihre Vorgesetzte sagte, Sie seien in Dänemark die führende Expertin auf diesem Gebiet. In ganz Europa sogar.«

»Okay«, sagt sie und merkt, dass sie für Schmeicheleien nicht ganz unempfänglich ist. »Dann stellen Sie Ihre Frage doch bitte noch einmal.«

»Ja, es ist wohl eigentlich gar keine Frage. Eher eine allgemein formulierte Bitte. Vielleicht könnten Sie mir etwas über Drachen erzählen.«

»Wissen Sie eigentlich, was für ein umfassendes Thema das ist?«

»Nein«, antwortet er mit einem trockenen Lachen. »Deswegen rufe ich ja an. Können Sie nicht vielleicht einfach ganz von vorn anfangen? Ist es nicht so, dass der Glaube an Drachen ursprünglich aus China kommt?«

»Was wollen Sie denn überhaupt damit? Wenn ich weiß, wozu Sie die Informationen benötigen, kann ich das Thema vielleicht besser eingrenzen.«

»Ich kann Ihnen zu den laufenden Ermittlungen leider keine Auskunft geben«, leiert er herunter. »Ich kann nur so viel sagen, dass ich Ihre Hilfe brauche, um weiterzukommen. Stimmt es nun, dass die Drachen aus China kommen?«

»Wie man es nimmt. Erzählungen und bildliche Darstellungen von Drachen sind unabhängig voneinander in allen Gegenden der Welt aufgetaucht. In der babylonischen Mythologie …«

»Babylonisch?«

»Aus Babylonien. Dem heutigen Irak.«

»Ach so.«

»In der babylonischen Mythologie ist unter anderem von Tiamat die Rede, einer Göttin, die das Meer personifiziert und die erste Göttergeneration hervorbringt. Auf Bildern ist sie oft als große Schlange oder als Drache dargestellt. In der Offenbarung des Johannes wird ein großer, feuerroter Drache mit sieben Köpfen und zehn Hörnern erwähnt, gegen den der Erzengel Michael kämpft. Hier dient der Drache als Bild für den Teufel, was für die Bedeutung, die er im christlichen Glauben angenommen hat, sehr bezeichnend ist. Er verkörpert das Böse. Den Antichrist. Diese Auffassung hat das Bild des Drachen hier in Europa maßgeblich bestimmt. Aber es ist richtig, in China wurden die ältesten Hinweise darauf gefunden, dass die Menschen früher an Drachen glaubten, und das chinesische Bild des Drachen ist dem europäischen genau entgegengesetzt. Dort wird er nämlich als glücksbringend betrachtet. Man hat Abbildungen von Drachen gefunden, die dreitausend Jahre vor unserer Zeitrechnung entstanden sind, aber der Glaube an Drachen ist noch viel älter.«

»Aber Sie sagen, dass überall auf der Welt an Drachen geglaubt wurde? Oder dass sie zumindest Teil verschiedener Mythologien sind?«

»Ja. Auch wir haben in der nordischen Mythologie unseren eigenen Drachen. Die Midgardschlange, die im

Weltenmeer liegt und sich selbst in den Schwanz beißt, hat viele Parallelen zu Drachen in anderen Sagen.«

»Sehen sie überall gleich aus?«

»Ja und nein. Die Verbindung von Drachen, Schlangen und Wasser zieht sich durch die meisten Religionen, aber ihr Aussehen und ihre Eigenschaften variieren. Der chinesische Drache zum Beispiel spuckt kein Feuer.«

»Wo kommen sie her? Ich meine, wie kann der Glaube an Drachen bei mehreren verschiedenen Völkern entstehen, ohne dass es dazwischen eine Verbindung gibt?«

»Darüber ist man geteilter Meinung. Die meisten glauben, dass die frühen chinesischen Völker Dinosaurierknochen gefunden haben und aufgrund dessen von der Existenz der Drachen überzeugt waren. Andere meinen, dass der Glaube an Drachen auf nicht ausgestorbene Tiere wie zum Beispiel den Komodowaran zurückgehen könnte.«

»Und was glauben Sie?«

»Beides ist wahrscheinlich. Haben Sie jemals vor einem Komodowaran gestanden?«

»Nein.«

»Er kann drei Meter lang werden, legt Eier, und sein Biss ist giftig. Es ist sehr gut vorstellbar, dass der Anblick eines solchen Tieres zu Geschichten über riesige, Feuer spuckende Wesen mit schuppiger Haut geführt hat.«

Der Polizist schweigt, und Natalja hört ein entferntes Kratzen. Das Geräusch eines Kugelschreibers auf Papier.

»Wie sieht es in Russland und anderen osteuropäischen Ländern aus?«

»Sie meinen die Rolle des Drachen im slawischen Volksglauben?«, fragt Natalja.

»Ja, genau. Ich weiß zum Beispiel, dass Drachen dort *Zmej* genannt werden.«

»Das stimmt«, sagt Natalja. »Aber man kann auch das Wort *Zmeja* verwenden. *Zmej* ist die männliche Form, *Zmeja* die weibliche. Eigentlich bedeutet es Schlange, aber es wird auch für Drachen benutzt. Die beiden Formen tauchen oft gemeinsam auf und werden abwechselnd verwendet, was bedeutet, dass Drachen meist nicht entweder männlich oder weiblich, sondern Zwitter oder geschlechtslos sind. Wobei es natürlich Ausnahmen gibt. Wie immer.«

»Welche denn zum Beispiel?«

»In manchen Beschreibungen hat der Drache spezifisch feminine Züge. Dann hütet er zum Beispiel gerade seine Jungen, wenn der Held eintrifft. Andere Male wiederum ist er eindeutig maskulin konnotiert, wenn er beispielsweise als Liebhaber einer Hexe auftritt.«

»In welchen Zusammenhängen tauchen Drachen auf?«

»Man findet sie im gesamten Volksglauben: auf Gemälden, in Volksmärchen und in den Bylinen, einer besonderen Gattung epischer Gedichte oder epischer Erzählungen, die im slawischen Raum verbreitet sind. Geschichten über Sagenhelden aus dem Mittelalter. Interessiert Sie so etwas?«, fragt sie.

»Vielleicht. Machen Sie einfach mal weiter.«

»Wie in vielen anderen Kulturen auch erscheint der Drache hier unter anderem als Gegner des Helden einer

Erzählung. Eine ganz traditionelle Darstellung ist zum Beispiel, dass ein Drache über das Land der russischen Bauern fliegt, ihr Vieh frisst, Äcker verbrennt und Menschen entführt. Vor allem junge Frauen …«

»Moment mal«, unterbricht er. »Er entführt junge Frauen?«

»Ja. Er hält sie in versteckten Höhlen in den Bergen gefangen, und dann ruft der Prinz in Kiew, das im Mittelalter die Hauptstadt des russischen Reichs war, einen oder mehrere seiner mutigen Krieger zu sich. Er schickt ihn oder sie los, um den Drachen zu besiegen und die Gefangenen wieder nach Hause zu bringen. Diese Geschichten sind symbolgeladen und handeln in Wirklichkeit von etwas ganz anderem als Drachen, nämlich von den Konflikten der russischen Christen mit den angrenzenden Reichen und den heidnischen Nomadenvölkern in den Steppen im Osten. Manchmal symbolisiert der Drache diese Feinde. Aber manchmal steht er auch, wie gesagt, einfach für den Teufel oder den ›Versucher‹. Es gibt Plakate aus dem Russland des neunzehnten Jahrhunderts, auf denen Wodka mit Drachenblut verglichen wird, was die Leute vom Trinken abhalten sollte. Die Abbildungen zeigen zum Beispiel, wie aus einem kleinen Hahn Drachenblut direkt in Wodkaflaschen abgefüllt wird. Hier hat der Drache also exakt dieselbe Bedeutung wie der Teufel: Er ist das Böse, das die Menschen ins Verderben führt.«

»Hmm«, brummt Thomas.

»Bringt Sie das weiter?«, fragt Natalja.

»Ja. Absolut.«

Er zögert.

»Ich glaube, ich habe erst mal keine weiteren Fragen. Darf ich Sie später noch mal anrufen, falls ich mehr wissen möchte?«

»Nein.«

Thomas stößt ein verblüfftes Lachen aus. »Meinen Sie das ernst?«

»Ja.«

In Nataljas Stimme liegt nicht die leiseste Spur von Ironie.

»Was sagt man dazu. Aber wie soll ich Sie dann wieder erreichen?«

»Das wird wohl nicht notwendig sein. Sie haben doch jetzt, was Sie brauchen, oder?«

»Ja, vorerst schon. Aber es können sich durchaus noch mehr Fragen ergeben. Ich hätte gern die Möglichkeit, später noch mal mit Ihnen zu reden.«

Sie erwidert nichts, und nach einer viel zu langen Pause holt er schließlich tief Luft und sagt: »Jetzt haben Sie ja zumindest meine Nummer. Entscheiden Sie einfach selbst, ob Sie drangehen wollen, wenn ich das nächste Mal anrufe.«

24

Thomas kann nicht aufhören zu lächeln, als er aufgelegt hat. Er kommt sich vor wie ein Mann, der gerade versucht hat, der unnahbarsten Frau in der Kneipe den Hof zu machen. Für seine Anstrengungen hat er einen leichten Kuss auf die Wange bekommen, der ihn allerdings nur spüren lässt, was ihm alles entgeht, weil die Frau ihn nicht nach Hause begleiten will. Frustrierend und aufreizend zugleich.

Bei Natalja Rudowa sind noch viel mehr Informationen zu holen, da ist er sich sicher, und die wird er schon aus ihr herausholen, wenn er nur weiter dranbleibt. Letzten Endes wird ihr brennendes Interesse für Mythologie, das am Telefon deutlich durchschien, über ihre abweisende Haltung siegen. Sie geht in ihrem Fach viel zu sehr auf, als dass sie sich ihm verschließen könnte, wenn er wieder und wieder Interesse dafür zeigt.

Vorerst muss er sich jedoch mit dem zufriedengeben, was sie ihm erzählt hat. Besonders hellhörig hat ihn gemacht, dass Drachen junge Frauen entführen. Zumindest in der russischen Mythologie. Die Parallele zum Fall ist nicht zu übersehen. Zugegeben, die Grundlage für seine keimende Theorie ist etwas kümmerlich – ein einzelnes Wort, das vor mehr als zwei Wochen von einem unter Schock stehenden Mädchen geflüstert, dann von einem zwangsbeurlaubten Polizisten aus der Erinnerung gekramt und um fünf Uhr morgens von einem verschlafenen Gastwirt aus dem Russischen übersetzt wurde –, aber bis auf Weiteres hat diese Theorie standgehalten und durch Natalja Rudowas Aussage sogar an Substanz gewonnen.

Er muss an die Statue denken, die in der Gedenkhalle im Inneren des Polizeipräsidiums steht. Die vier Meter hohe Bronzestatue stellt einen schmächtigen jungen Mann dar, der einer Schlange auf den Kopf tritt. Während seiner Zeit an der Polizeischule hat Thomas erfahren, dass diese Statue den Kampf des Guten gegen das Böse symbolisiert. Damals hat ihn das nicht weiter angesprochen. Er hat sich nie für Kunst interessiert und fand das Werk in all seiner offensichtlichen Symbolik banal. Was ihn nun plötzlich wieder an die Figur denken lässt, ist ihr Name: der Schlangentöter.

Bin ich dieser schmächtige Jüngling? Im Kampf gegen eine Schlange oder einen Drachen, der eine junge Frau gefangen hält? Gegen ein Ungeheuer, das Zahle getötet und Olena entführt hat? Oder ist es vielleicht genau umgekehrt? Ist in Wirklichkeit der große junge Mann mit dem Vollbart der Held in diesem Fall? Hat er versucht, Olena aus den Fängen eines Drachen zu retten, als er Anders Thorgaard und die anderen beiden Jungs tötete? Der Kriechkeller unter dem Haus in Nordvest war der Höhle eines Drachen zumindest nicht unähnlich.

Aber welche Rolle spiele dann ich in dieser Geschichte? Bin ich ein Held oder ein Schurke? Gut oder böse?

Er schnaubt. Weiß nicht, warum er diese Diskussion überhaupt mit sich führt. An abstrakte Begriffe wie »das Gute« und »das Böse« glaubt er nicht. Stattdessen glaubt er an menschliches Versagen und Angst, denn die sind ihm bisher in jedem einzelnen Fall, mit dem er zu tun hatte, begegnet. Zu Gewalt und Mord kommt es fast immer durch eine Kombination dieser beiden Faktoren. Der reinen Bosheit dagegen ist er bis jetzt noch nicht begegnet. Genauso wenig wie dem uneingeschränkt Guten.

Er legt den Kopf in den Nacken und hält seine Tasse nahezu verkehrt herum, um auch den letzten Rest Kakao in sich hineinzuschütten. Eine dicke, süße, fast schwarze Masse, deren Geschmack entfernt an Schokolade erinnert.

Er zuckt zusammen, als sein Handy plötzlich noch einmal klingelt, und verschluckt sich. Er keucht und prustet, sodass er Schmerzen in der Wunde spürt, und auf dem Tisch landen braune Kakaospritzer. Damit der Anruf nicht auf seine Mailbox weitergeleitet wird, nimmt er ihn entgegen, noch bevor er zu Ende gehustet hat.

»Was ist los?«, hört er Dahl am anderen Ende sagen. »Du klingst fast so, als würdest du gerade abkratzen.«

»Nicht ganz«, krächzt er und ringt nach Luft. Muss daran denken, wie erbärmlich es wäre, an einem Schluck Kakao zu verrecken. Und dann noch nicht mal an einem Schluck echtem Kakao, sondern an irgend so einem künstlichen Kleister.

Er atmet tief ein und gewinnt endlich wieder Kontrolle über seine Stimme.

»Ich habe mich nur verschluckt. Was willst du denn?«

»Also, wenn ich um deine werte Aufmerksamkeit bitten darf, dann würde ich dir gern erzählen, dass wir herausgefunden haben, woher Olena kommt. Wir wissen, wer sie ist.«

Thomas richtet sich auf. »Und wie habt ihr das herausbekommen?«

»So, wie wir es neulich besprochen haben. Die russische Firma, die die Dating-Seite betreibt, konnte ihre IP-Adresse ausfindig machen.«

»Und wer ist sie?«

»Sie heißt Olena Kowalenko und kommt aus Kiew. Sechzehn Jahre alt. Vor anderthalb Monaten ist sie von zu Hause weg, und seitdem hat niemand mehr etwas von ihr gehört. Ein paar Freundinnen hat sie erzählt, dass sie als Au-pair-Mädchen in Dänemark arbeiten will. Anderen hat sie gesagt, sie würde als Tänzerin anfangen oder hätte einen reichen Mann gefunden, den sie heiraten will.«

»Ihren Freundinnen? Was ist denn mit ihren Eltern?«

»Tja, ›Freundinnen‹ ist vielleicht etwas übertrieben. Die meisten waren anscheinend froh, sie endlich los zu sein. Haben so nette Wörter wie ›lästig‹ und ›abstoßend‹ für sie gefunden und gesagt, sie würde sich ständig irgendwelche Geschichten ausdenken, um sich interessant zu machen. Niemand hat ihr geglaubt, und es ging das Gerücht um, sie würde anschaffen gehen. Du weißt, wie sechzehnjährige Mädchen sind.«

»Nein, davon habe ich zum Glück keine Ahnung. Was ist mit den Eltern?«, wiederholt Thomas noch einmal.

»Sind beide tot. Die letzten drei, vier Jahre hat sie bei einem Onkel gewohnt, zu dem sie aber offensichtlich kein besonders enges Verhältnis hatte. Die ukrainische Polizei hat bei ihren sogenannten Freundinnen in Erfahrung gebracht, dass sie die meiste Zeit allein war und auf sich selbst aufgepasst hat. Deshalb wurde sie auch nicht vermisst gemeldet.«

»Und was sagt der Onkel dazu, dass sie einfach abgehauen ist?«

»Sie haben noch nicht mit ihm gesprochen. Geschäftsreise. Er scheint öfter unterwegs zu sein.«

»Und was ist mit unserem Täter? Woher kennt er sie? Ein alter Schwarm, der ihr nach Dänemark gefolgt ist?«

»Den Aussagen der Freundinnen zufolge hatte sie keinen Freund. Wieder so ein Thema, bei dem offenbar ihre Fantasie mit ihr durchgegangen ist. Hat erzählt, sie wäre mit allen möglichen Leuten zusammen gewesen, ohne dass es dafür irgendeine Grundlage in der Wirklichkeit gab. Unsere Kollegen in der Ukraine haben ihnen ein Phantombild unseres Täters mit und ohne Vollbart gezeigt. Sie kennen ihn nicht.«

Nachdem Dahl alle Informationen, die von der ukrainischen Behörde zusammengetragen wurden, an Thomas weitergegeben hat, lädt er ihn auf ein Bier ein: »Also ich trinke ein Bier und du eine von diesen nicht alkoholischen Zuckerlösungen, die du immer in dich hineinschüttest. Wie nennt man so was noch mal? Ach ja, Limonade.«

Thomas lehnt höflich ab, auch als Dahl darauf besteht. Die einzige Person, mit der er sich in diesem Moment gern unterhalten würde, ist Natalja Rudowa, und seit seinem Gespräch mit Dahl hat er nur noch größere Lust dazu. Aber bevor er das nächste Mal Kontakt mit ihr aufnimmt, muss er mehr über sie erfahren. Muss versuchen herauszubekommen, wie er am besten mit ihr umgeht, damit das nächste Gespräch möglichst ergiebig wird.

Er googelt nach ihr. In einer britischen Zeitschrift findet er einen Nachruf auf Christian Rudow, in dem auch der Name seiner Tochter erwähnt wird, und erst, als Thomas diesen Text gelesen hat, wird ihm klar, dass Nataljas Vater ermordet wurde. Bisher war er einfach davon ausgegangen, dass Rudow an irgendeiner Krankheit gestorben war.

Er ruft bei der Polizei Nordseeland an und bekommt eine Ermittlerin an den Apparat, die an dem Fall arbeitet.

»Darf ich fragen, warum Sie sich dafür interessieren?«, sagt sie.

»Natalja Rudowa ist Expertenzeugin in einem Fall, mit dem ich gerade zu tun habe.«

»Expertenzeugin? Inwiefern?«

»Das ist eine längere Geschichte. Der Fall hat religiöse Untertöne. Aberglaube und solche Dinge.«

»Ah, verstehe. Sie hat mir zwar erzählt, dass sie sich mit slawischem Volksglauben beschäftigt, aber erst, nachdem sie sich als Steuerberaterin ausgegeben hatte. Ziemlich eigenartig. Hat mir einfach das Wort ›Steuerberaterin‹ hingeworfen, als ich wissen wollte, was sie beruflich macht. Erst hinterher hat sie dann irgendwas von Politik, Aberglaube und Stalin erzählt. Dass sie sich wissenschaftlich mit slawischer Mythologie befasst. Man sollte es ja nicht für möglich halten, dass man so etwas miteinander verwechseln kann.«

Sie lacht.

»Was ist mit dem Mord an ihrem Vater?«, unterbricht Thomas die Ermittlerin.

»Anscheinend ein missglückter Einbruch. Der Täter hat ein Kellerfenster eingeschlagen und ist hineingeklettert. Er muss entweder geglaubt haben, dass niemand zu Hause ist oder dass er sich ins Schlafzimmer schleichen kann, ohne das Opfer zu wecken. Jedenfalls deutet alles darauf hin, dass er überrascht wurde. Er hat nach einer kleinen Skulptur gegriffen, die im Schlafzimmerschrank stand, und dem Opfer damit ein paar Mal gegen den Kopf geschlagen. Anschließend ist er durch die Eingangstür geflüchtet. Sie stand offen, er muss es also eilig gehabt haben.«

»Was hat er mitgenommen?«

»Nichts. Ein weiterer Hinweis darauf, dass er Panik bekommen hat.«

Thomas hört die Frau am anderen Ende mit einem Kugelschreiber klicken. Einen schnellen, synkopischen Rhythmus, der immer unmittelbar auf ihre Worte folgt.

»Aber wenn Sie sagen, dass er durchs Kellerfenster eingestiegen ist, dann muss er doch zuerst in aller Ruhe das Erdgeschoss durchsucht haben. Er hätte sich nach Herzenslust bedienen können.«

»Sollte man meinen. Wahrscheinlich wollte er das Haus zuerst auskundschaften und dann entscheiden, was er mitnehmen wollte. Ich muss mich übrigens berichtigen, das Kellerfenster war nicht eingeschlagen. Es stand offen.«

»Mit anderen Worten, Sie wissen überhaupt nicht, ob er wirklich durch den Keller reingekommen ist? Das Opfer könnte ihm genauso gut die Haustür aufgemacht haben?«

»Korrekt.«

»Haben Sie einen Verdacht?«

»Nein. Wir haben uns alle vorgenommen, die in der Gegend sonst so aktiv sind und gerade für nichts sitzen. Auch, um zu hören, ob in der Szene irgendwelche Geschichten erzählt werden. Irgendwer verplappert sich in der Regel immer.«

»Aber dieses Mal nicht?«

»Bis gestern dachten wir, die Sache ließe sich mit einer Einbruchsserie von ein paar Rumänen in Verbindung bringen, die hier in den letzten Monaten am Werk waren, aber das war leider eine Sackgasse. Also nein, es hat sich niemand verplappert.«

»Was für einen Eindruck hatten Sie von Natalja Rudowa als Zeugin?«

»Sehr still. Verschlossen. Sie stand unter Schock. Aber sie hat ihn auch gefunden, deshalb ist das wohl kein Wunder.«

»Haben Sie irgendwas aus ihr herausbekommen?«

»Nicht so richtig. Ihr Bruder war da viel zugänglicher.«

»Viktor Rudow, nicht wahr?«

»Ja, genau.«

»Beschäftigt er sich auch mit Mythologie?«

»Zumindest nicht beruflich. Er ist Schreiner. Hat seine eigene Firma, wenn ich das richtig verstanden habe.«

Thomas beendet das Gespräch und legt auf. Er betrachtet den Namen Viktor Rudow auf seinem Notizblock. Tippt ein paar Mal mit dem Kugelschreiber darauf. Vielleicht ist es das Beste, sich an den Bruder zu halten, wenn er näher an Natalja Rudowa herankommen will. Wenn die beiden ein enges Verhältnis haben, kann Viktor seine Schwester vielleicht dazu bewegen, mit Thomas zu reden.

Nein, denkt er und legt den Kugelschreiber aus der Hand. *Zu umständlich. Das sind zu viele Zwischenschritte. Zu viele Unwägsamkeiten, die den Prozess verlangsamen.*

Und ihm fehlt im Moment einfach die Geduld, noch einen weiteren Umweg zu machen, um ans Ziel zu gelangen. Wenn Natalja nicht mit ihm telefonieren will, muss er zu anderen, direkteren Mitteln greifen, um ihr Interesse für den Fall zu gewinnen. Und er weiß auch schon genau, was er tun muss.

25

Die Türklingel ertönt wie ein schriller Schrei aus einer Welt, die im Moment sehr weit weg scheint. Natalja dreht sich im Bett um und zieht die Decke über den Kopf. Zuerst kann sie das gellende Geräusch gar nicht zuordnen. Es kommt so selten vor, dass jemand bei ihr klingelt, dass sie ganz vergessen hat, wie das klingt. Als ihr klar wird, dass unten auf der Straße jemand steht und zu ihr hineinwill, kneift sie die Augen noch fester zusammen. Doch es hilft nichts. Das Klingeln kehrt wieder und dringt problemlos durch die fünf Zentimeter dicke Schicht aus Gänsedaunen und Überschlaglaken.

Sie wirft die Bettdecke zur Seite. Lässt die Füße auf den Parkettboden sinken und setzt sich auf. Während sie auf der Bettkante sitzt und herauszufinden versucht, ob sie noch träumt, ertönt der schrille Ton aus dem Eingangsbereich ein weiteres Mal. Und noch einmal, als sie auf einem Bein aus dem Schlafzimmer hinkt. Das andere steckt zur Hälfte in einer grau melierten Jogginghose. Barfuß hüpft Natalja über den Fliesenboden in der Küche und erreicht schnaufend die Wohnungstür.

»Hallo?«, murmelt sie in die Gegensprechanlage und zieht sich mit der freien Hand die Hose über die Hüften.

»Natalja? Hier ist Thomas. Thomas Nyland. Von der …«

»… Polizei«, unterbricht sie ihn. »Was machen Sie hier? Wissen Sie eigentlich, wie spät es ist?«

»Äh, auf meiner Uhr ist es zwanzig vor zehn. Waren Sie schon im Bett?«

Zwanzig vor zehn?, denkt sie. *Ist es wirklich noch nicht später?*

Am frühen Abend war Natalja vor ihrem Computer eingeschlafen und nur noch einmal aufgewacht, um ins Bett zu wanken, wo sie augenblicklich in den Tiefschlaf fiel. Sie hätte gedacht, es sei bereits nach Mitternacht, aber andererseits verliert sie beim Arbeiten leicht das Zeitgefühl, deshalb sollte es sie eigentlich nicht überraschen, dass sie so falsch lag.

»Ja«, sagt sie. »Ich habe geschlafen.«

»Tut mir leid. Ich würde nicht stören, wenn es nicht wichtig wäre. Darf ich hochkommen?«

Natalja nimmt den Hörer vom Ohr und seufzt. Ihr Arm fühlt sich schwer an. In den Fingerspitzen kribbelt es. Ein Teil ihres Körpers schlummert offenbar selig weiter, und sie beneidet ihn darum.

»Wie haben Sie herausgefunden, wo ich wohne?«, fragt sie.

»Ich bin Polizist. Ich weiß, wie man ein Telefonbuch aufschlägt.«

»Ich stehe nicht im Telefonbuch.«

»In meinem schon. Darf ich hochkommen?«

Sie sieht an sich hinunter. Diese Jogginghose. Das viel zu große T-Shirt mit einer Comickatze vorn auf der

Brust. Dann schaut sie sich in der Wohnung um. In ihrer Höhle. Ihrem perfekten Rückzugsort.

»Nein«, sagt sie. Hängt den Hörer ein und schlurft zurück ins Schlafzimmer. Legt sich ins Bett und zieht die Decke über sich. Macht das Licht aus.

Kurz darauf klopft es an ihrer Tür. Sie fährt zusammen. Schaltet die Nachttischlampe wieder ein und setzt sich auf.

Es klopft noch einmal.

Zögernd geht sie in den Flur. Hält sicherheitshalber ein paar Meter Abstand zur Wohnungstür. Die Muskeln in ihrem Körper sind angespannt. Das Herz schlägt ihr bis zum Hals.

»Wer ist da?«, fragt sie vorsichtig.

»Hallo? Natalja?«, kommt es von Thomas. »Sind Sie da drin?«

Sie stöhnt müde. Die Muskeln entspannen sich, und ihr Körper fällt ein wenig in sich zusammen. »Wie sind Sie ins Treppenhaus gekommen?«

»Wie gesagt: Ich bin Polizist. Ich weiß, wie man Türen ohne Schlüssel aufbekommt. Hören Sie, ich würde gern mit Ihnen über den Fall sprechen, an dem ich gerade arbeite. Ich brauche Ihr Fachwissen. Es dauert auch nicht lange.«

Er macht eine Pause.

»Lassen Sie mich rein, oder sollen wir durch die Tür weiterreden?«, sagt er dann.

»Ich habe Ihnen schon geholfen.«

»Ich habe aber noch Fragen.«

Schweigen.

Mehr als eine Minute herrscht Stille. Schließlich fragt sich Natalja, ob der Polizist noch vor der Tür steht. Behutsam nähert sie sich dem Spion und schaut hindurch. Sieht, wie er sich da draußen nach unten beugt. Dann hört sie, wie er sich am Briefschlitz zu schaffen macht. Sie tritt einen Schritt zurück, und ein Foto fällt vor ihr zu Boden.

Sie hebt es auf.

Es zeigt einen engen, dunklen und niedrigen Raum, in dem eine dünne, schmutzige Matratze direkt auf dem festgestampften Erdboden liegt. Daneben steht ein dreckiger hellblauer Plastikeimer mit einem schwarzen Henkel. Eine bräunliche Masse bedeckt den Boden des Eimers.

»Oh mein Gott«, flüstert sie.

»Dieses Bild haben meine Kollegen in einem Haus in Nordvest aufgenommen, wo ein Mädchen gefangen gehalten wurde«, erzählt Thomas durch die Tür. »Es heißt Olena und kommt aus Kiew.«

Noch ein Foto bahnt sich den Weg durch den Türschlitz: ein Schwarz-Weiß-Porträt eines hübschen jungen Mädchens mit kindlichen Zügen.

»Über eine Dating-Seite im Internet, die westeuropäische Männer mit osteuropäischen Frauen zusammenbringt, ist sie mit einem Dänen in Kontakt gekommen«, fährt Thomas fort. »Aber statt die große Liebe zu finden, wurde sie eingesperrt und missbraucht. Unter einem Teppich in der Küche war eine Falltür versteckt, und in dem Kriechkeller darunter hat sie gehaust.

Wir glauben, dass sie da nur rausgelassen wurde, wenn sie die beiden Bewohner des Hauses befriedigen sollte. Auf eine Pornoseite im Internet wurden Videos von den Übergriffen hochgeladen.«

Natalja beißt sich auf die Lippe.

»Vor zwei Wochen wurden hier in Kopenhagen drei junge Männer ermordet«, erzählt Thomas weiter. »Einer in Vesterbro und zwei in Nordvest. Der erste Mord ging groß durch die Nachrichten. Vielleicht haben Sie darüber schon was im Fernsehen gesehen?«

»Ich habe keinen Fernseher.«

»Radio? Internet?«

»Kann ich gerade noch so ertragen. Aber ich habe von der Sache nichts mitbekommen.«

»Okay«, sagt Thomas. »Wir glauben, dass hinter den drei Morden ein und derselbe Täter steckt. Die Methode war immer dieselbe. Die Männer wurden mit einem Schwert angegriffen, und zum Schluss hat der Täter ihnen eine Lanze in die Brust gestoßen. Als er in Vesterbro zuschlug, befand sich Olena gerade zusammen mit dem Opfer in dessen Wohnung. Wir konnten sie kurz darauf ausfindig machen, und ich habe sie im Uniklinikum verhört, allerdings ohne besonders großen Erfolg. Eine einzige Sache hat sie mir aber gesagt. Ein einzelnes Wort. Und das war der Grund, warum ich ursprünglich bei Ihnen angerufen habe. Das Wort war *Zmej*.«

»Drache«, sagt Natalja. Sie steht jetzt ganz nah an der Tür. Lehnt die Stirn dagegen und hört dem Polizisten auf der anderen Seite aufmerksam zu.

»Genau«, sagt er. »Kurz nach dem Verhör im Uniklinikum hat es wieder einen Angriff auf das Mädchen gegeben. Dabei ist es spurlos verschwunden, und ein Kollege von mir wurde getötet.«

Er hält inne.

»Wollen Sie mich nicht reinlassen?«, fragt er dann. Gedämpft. »Es ist seltsam, hier draußen zu stehen und darüber zu reden.«

Natalja weiß nicht, wann sie zuletzt jemand Fremden in ihre Wohnung gelassen hat. Das muss vier Jahre her sein, wie sie durch kurzes Nachrechnen herausfindet. Ein missglückter One-Night-Stand. Der einzige in ihrem Leben. Mit einem Mann, den sie in der Stadt kennengelernt hatte, nachdem sie sich von Marianne zum Ausgehen hatte breitschlagen lassen. Sie war viel zu betrunken gewesen und hatte vergessen, wer sie war und was sie tat.

»Einen Moment«, sagt sie.

Sie schließt die Türen zur Bibliothek, zum Badezimmer und zum Schlafzimmer, bevor sie Thomas die Wohnungstür öffnet. Ihre Küche darf er betreten, aber in ihrem restlichen Leben hat er nichts zu suchen.

Sie schaut zu ihrem Gast auf. Er ist enorm. Nicht gerade dick, aber groß und breit mit massigen Armen und riesigen Händen. Er hat offenbar versucht, sich das blonde Haar glatt zu kämmen, aber an seinem Hinterkopf ragt ein Haarbüschel senkrecht in die Luft. Eine Frisur, die wohl sein Kopfkissen geformt haben muss.

»Danke«, sagt er und duckt sich ein wenig, als er hereinkommt. Vermutlich aus einer Art Gewohnheit, die er aufgrund seiner beachtlichen Größe entwickelt hat.

Natalja macht einen Schritt zur Seite.

»Wir können uns in die Küche setzen«, sagt sie.

Er folgt ihr. Bleibt stehen, als sie an einem kleinen Esstisch Platz nimmt. Lässt den Ellbogen seines rechten Armes in der linken Hand ruhen und hält sich die rechte Faust vor den Mund. Verharrt einen Moment in dieser Position, bevor er das Wort ergreift: »Ich habe versprochen, es kurz zu machen, deshalb komme ich gleich zur Sache: Wir wissen nicht, wie der Täter Olena und die drei jungen Männer gefunden hat. Ob er irgendwen von ihnen vorher schon kannte oder ob sie sich zum ersten Mal begegnet sind.«

»Aber Sie glauben, dass es etwas mit Drachen zu tun hat?«

»Ich weiß nicht, was ich glauben soll. Ich weiß nur, dass das Mädchen im Krankenhaus dieses Wort gesagt hat. Und ich muss zugeben, dass es mir schwerfällt, in alldem einen Sinn zu erkennen. Es gibt zwei Details, von denen ich Ihnen noch nicht erzählt habe. Ich habe keine Ahnung, inwiefern sie von Bedeutung sind, aber genau darüber würde ich gern mit Ihnen reden. Vielleicht sehen Sie mit Ihrem Fachwissen ja etwas, was ich nicht sehe.«

Thomas reicht ihr ein weiteres Foto aus einer Klarsichthülle, die er unter seinem Anorak hervorgeholt hat. Natalja dreht es auf dem Tisch ein paar Mal herum, ohne zu erkennen, wo oben und wo unten ist. Schließlich platziert Thomas seinen großen, weichen Zeigefinger mitten auf dem Bild und bewegt es im Kreis, bis es in die richtige Richtung zeigt. Sie erkennt immer noch nicht, was darauf zu sehen ist.

»Das ist eine Kerbe in einem Holzfußboden«, klärt Thomas sie auf. »Neben jeder Leiche hat der Täter mit seinem Schwert eine lange, schmale Furche in den Fußboden geritzt, in der das Blut dann zu einer kleinen Pfütze zusammengelaufen ist.«

Er schaut Natalja an, die seinen Blick verwirrt erwidert.

»Das ist das eine Detail«, sagt Thomas. »Und hier ist das andere …«

Ein weiteres Bild landet auf dem Tisch. Ein weißer Springer aus einem Schachspiel. Er ist auf eine Lederschnur gefädelt und mit verwischtem, festgetrocknetem Blut befleckt.

»Helfen Sie mir«, bittet Thomas mit leiser Stimme. Er beugt sich tief über den Tisch. »Sagen Sie mir, wie ich das zu verstehen habe.«

Sie nimmt die Fotos eins nach dem anderen in die Hand und sieht sie sich ganz genau an. Zwei Gedanken gehen ihr gleichzeitig durch den Kopf. Der eine zielt auf den Zusammenhang zwischen all diesen Bildern ab. Auf ein Muster, das schnell eine feste Form annimmt. Der andere Gedanke ist viel diffuser und gilt nur der blutigen Schachfigur an der Lederschnur. Eine flüchtige Erinnerung, die sich nicht richtig fassen lässt. Sie schiebt diesen Gedanken beiseite, um sich auf das immer deutlicher werdende Muster zu konzentrieren.

»Einen Moment«, sagt sie und verschwindet hinter der Tür zur Bibliothek. Achtet darauf, die Tür sorgfältig hinter sich zu schließen, damit Thomas nicht in ihren allerheiligsten Raum hineinsehen kann.

Kurz darauf kommt sie mit einem dicken, in Leder gebundenen Buch zurück, das sie auf die Fotos auf dem Küchentisch legt. Blättert darin herum, bis sie irgendwo mitten im Buch fündig wird.

»*Dobrynja und der Drache*«, sagt sie.

»Was?«

Sie schaut auf. »Mir fällt nur eins ein, was die Dinge, die Sie mir gezeigt haben, miteinander verbindet. Erinnern Sie sich noch daran, dass ich Ihnen am Telefon von den Bylinen erzählt habe? Diesen besonderen Heldensagen in Versform aus dem slawischen Raum?«

»Habe ich mir notiert«, sagt er.

»Eine der beliebtesten Bylinen heißt *Dobrynja und der Drache*. Diese Erzählung handelt von dem großen Helden Dobrynja Nikititsch, der von Prinz Wladimir I., dem Herrscher über den Stadtstaat Kiew, das Zentrum des alten russischen Reiches, losgeschickt wird, um Zabawa, die Nichte des Prinzen, aus den Fängen eines Drachen zu retten.«

Natalja schlägt eine Seite auf und dreht das Buch, um Thomas eine Abbildung eines Gemäldes mit einem mittelalterlichen Motiv zu zeigen, die etwa die Hälfte der Seite einnimmt: drei Männer zu Pferde, alle bewaffnet und in Rüstung. Der Reiter in der Mitte des Bildes ist am weitesten in den Vordergrund gerückt. Er beschattet die Augen mit seiner Rechten und späht über eine hügelige Wiesenlandschaft. Der Mann ganz rechts hat ein jugendliches Gesicht und ein zaghaftes Lächeln auf den Lippen. Er hält einen Bogen in der Hand, den er im Schoß ruhen lässt, und das braune Pferd, auf dem er sitzt, hat den Kopf gesenkt, so als wollte es von dem langen Gras fressen. Der Ausschau haltende Reiter in der Mitte ist mit einer langen Lanze und einem Morgenstern bewaffnet, der ihm am Faustriemen vom rechten Handgelenk herabhängt. Er hat einen Vollbart, einen konzentrierten Blick und wirkt älter als sein Nebenmann. Auf der linken Seite sitzt ein dritter Reiter auf einem weißen Pferd. Er zieht gerade sein Schwert, und der Wind spielt in seinem langen, welligen Bart.

»Was für ein Bild ist das?«, fragt Thomas.

»Das ist ein sehr berühmtes Gemälde von Wiktor Wasnezow«, sagt Natalja. »Es stammt aus dem Jahr 1898. Oder besser gesagt, es wurde 1898 fertiggestellt. Wasnezow hatte seit 1881 daran gearbeitet. Er war bekannt dafür, unter anderem russische Sagenhelden als Motive für seine Bilder zu verwenden. Das hier heißt *Die drei Bogatyre*, also *Bogatyr* im Plural.«

»Bogatyr?«

»Ja, dieses Wort bezeichnet die alten Sagenhelden aus Kiew. Es geht auf das turko-mongolische Wort *Baghatur* zurück und bedeutet so viel wie Krieger oder militärischer Anführer. Die drei Männer auf dem Bild gehören zu den bekanntesten Bogatyren in der russischen Geschichte: Ilja Muromez, Aljoscha Popowitsch und eben Dobrynja Nikititsch auf dem weißen Pferd ganz links. Wie Sie sehen, hat er einen Vollbart und ist mit einem Schwert bewaffnet. Es existieren verschiedene Geschichten über Dobrynja, aber seine Begegnung mit dem Drachen ist, wie gesagt, eine der beliebtesten. Es wurden mehr als siebzig verschiedene Versionen davon registriert.«

»Wovon handelt die Geschichte?«

»Sie beginnt damit, dass Dobrynjas Mutter ihren Sohn davor warnt, in die Berge zu reiten, kleine Drachenjungen niederzutreten, russische Gefangene zu retten und im Fluss Putschaj zu baden.«

»Was für ein Fluss?«

»Putschaj. Ein gefährlicher Fluss mit starker Strömung und Flammen, die aus dem Wasser schießen. In den epischen Gedichten steht er für die Grenze zwischen der wirklichen und der magischen Welt. Wenn ich die Version, die ich hier habe, mal übersetze, lautet der Anfang in etwa so:

Dobrynjas Mutter sprach zu ihm,
Dobrynja Nikititschs Mutter belehrte ihn:
Sei gegrüßt, mein geliebter Dobrynja, Nikitas Sohn!
Reite nicht in die sarazenischen Berge,
Tritt dort keine Drachenjungen nieder,
Rette dort keine russischen Gefangenen,
Und bade auch nicht im Putschaj, dem Fluss.
Dieser Fluss ist gefährlich,
Er ist gefährlich und wild.

Das ist die Version, die von einem Sänger namens P. L. Kalinin vorgetragen wurde. Aber Dobrynja hört nicht auf seine Mutter. Er bricht alle Regeln, tötet die Drachenjungen, rettet russische Gefangene und badet im Fluss. Beim Baden begegnet ihm zum ersten Mal der Drache Zmej Gorynytsch – was wörtlich übersetzt ›Drache aus dem Berg‹ bedeutet –, und unser Held ist vollkommen schutzlos, weil er weder ein Pferd noch eine Lanze hat. Doch genau in dem Moment, als man glaubt, er müsse sterben, findet er am Flussufer einen Hut aus Griechenland, und damit kämpft er gegen den Drachen.«

»Warten Sie, warten Sie«, fährt Thomas dazwischen. »Ein Hut aus Griechenland? Soll das ein Witz sein?«

»Nein, das ist noch so ein Symbol. Ich glaube, ich habe Ihnen schon erzählt, dass die epischen Gedichte in etwa in der Zeit zwischen 1000 und 1400 entstanden sind, als das Reich, das sich um Kiew gebildet hatte, zum Christentum überging. Dieser Hut ist genau so ein Hut, wie ihn Pilger im Mittelalter trugen, wenn sie den heiligen Berg Athos in Griechenland aufsuchten. Dobrynja bekämpft den Drachen also mit seinem christlichen Glauben, für den der Hut hier steht.«

»Und der Drache steht für den Teufel.«

»Ja, oder für andere Bedrohungen des Reiches. Aber als der Drache einsieht, dass Dobrynja den Kampf gewinnt, schlägt er ihm einen Waffenstillstand vor. Dobrynja soll sich an die Regeln seiner Mutter halten, also nicht in die Berge reiten, keine Drachenjungen töten und keine russischen Gefangenen retten. Im Gegenzug will der Drache es fortan unterlassen, nach Kiew zu fliegen und Menschen zu entführen. Doch sobald dieser Pakt geschlossen ist, fliegt der Drache los und entführt Zabawa, die Nichte des Prinzen Wladimir I. Der Prinz befiehlt Dobrynja, hinter dem Drachen herzureiten und das Mädchen zurückzuholen. In manchen Versionen droht er ihm sogar mit dem Tod, wenn seine Mission scheitert. Dobrynja besorgt sich ein gutes Pferd, zieht seine besten Kleider an und zieht in den Kampf. Und von da an wird alles sehr vage.«

»Warum?«

»*Dobrynja und der Drache* erzählt so gut wie nichts über den Kampf der beiden. Es wird nur gesagt, dass sie drei Tage lang kämpfen, und als Dobrynja aufgeben will, befiehlt ihm eine himmlische Stimme, noch drei Stunden weiterzumachen. Als die drei Stunden um sind, tötet er den Drachen, aber es wird mit keiner Zeile erwähnt, wie er ihn tötet. Man kann nur annehmen, dass er die Waffen benutzt, die er bei sich hat: ein Schwert und eine Lanze.«

Thomas starrt Natalja schweigend an.

»Und was passiert dann? Endet die Geschichte damit, dass der Drache stirbt?«

»Nein«, antwortet Natalja. »Dobrynja befreit noch eine ganze Reihe von Russen, die in der Höhle des Drachen gefangen waren, und aus dem Innersten der Höhle rettet er schließlich Zabawa. Aber das hier ist kein Disney-Märchen. Dobrynja wird nicht mit der Prinzessin und dem halben Königreich für seine Heldentat belohnt. Er weiß, dass er ein Bauernsohn ist und Zabawa von königlichem Geblüt. Deshalb ist von Anfang an implizit klar, dass die beiden sich nie bekommen. Was Dobrynja treibt, sind also nicht Lust und Liebe, sondern die Pflicht seinem Prinzen, dem Volk und dem Land gegenüber. Im Text geht das unmittelbar aus den Worten hervor, die Zabawa zu ihm spricht:

Für deinen Dienst, für deinen großen Dienst,
Sollte ich dich nun Vater nennen,
Doch ich kann dich nicht so nennen, Dobrynja!
Für deinen Dienst, für deinen großen Dienst,
Sollte ich dich meinen Bruder nennen,
Doch ich kann dich nicht so nennen, Dobrynja!
Für deinen Dienst, für deinen großen Dienst,
Sollte ich dich Geliebter nennen,
Doch, Dobrynja, du darfst mich nicht lieben!

Dobrynja vertraut Zabawa einem anderen Bogatyr an und befiehlt ihm, sie mit Ehrfurcht und Respekt zu behandeln. Dieser Helfer bringt die Prinzessin zurück zu Prinz Wladimir, und währenddessen begegnet Dobrynja einer Kriegerin, in die er sich verliebt und die er später auch heiratet. Bemerkenswerterweise bändelt er mit ihr an, indem er ihr mehrmals gegen den Kopf schlägt, und als sie seine Schläge mit Mückenstichen vergleicht, weiß er, dass diese Frau aus dem richtigen Holz geschnitzt ist.«

»Ich sehe schon, worauf Sie hinauswollen«, sagt Thomas, als Natalja zu Ende erzählt hat. »Die Art und Weise, wie unser Täter seine Opfer getötet hat, erinnert an den Kampf in Ihrem Märchen. Aber was ist mit den anderen beiden Details? Mit der Schachfigur und der Kerbe im Fußboden?«

»Die Kerbe im Fußboden ist seltsam, aber sie erinnert mich auch an eine Passage aus *Dobrynja und der Drache*. Als unser Held den Drachen getötet hat, merkt er plötzlich, dass die Erde sich weigert, das Blut aufzunehmen, weil es verflucht ist. Entsetzt sitzt Dobrynja auf seinem Pferd und sieht zu, wie das Blut die Berge hinunterfließt, ohne dass er es verschwinden lassen kann. Doch dann spricht die himmlische Stimme noch einmal zu ihm und sagt, er soll seine Lanze kräftig in den Erdboden stoßen und Mutter Erde befehlen, sich an dieser Stelle zu öffnen, damit das Blut in dem Loch versickern kann. Die Schachfigur passt auch hinein, allerdings etwas indirekter. Dobrynja wird nämlich nicht nur als Drachentöter beschrieben, was in den Geschichten eindeutig dominiert, sondern auch als Diplomat, talentierter Musiker, Ringer, Bogenschütze und … hervorragender Schachspieler.«

»Was sagt man dazu«, murmelt Thomas. »Ich bin sprachlos. Sie meinen also, dass wir es hier mit einem Täter zu tun haben, der die Handlung einer alten russischen Heldensage nachvollzieht?«

Natalja klappt das Buch zu.

»Ich meine gar nichts«, entgegnet sie. »Sie haben mich gebeten, einen Zusammenhang zwischen den Dingen herzustellen, die am Tatort gefunden wurden, und mehr habe ich nicht anzubieten.«

Sie schaut Thomas an, der sich mit der Hand über die blonden Bartstoppeln fährt. Er holt Luft, so als wollte er zu einer weiteren Bemerkung ansetzen, doch dann scheint er es sich anders zu überlegen und wiederholt stattdessen nur noch einmal: »Was sagt man dazu.«

26

Sobald Natalja Thomas an der Tür verabschiedet hat, schlüpft sie in Jeans, Rollkragenpullover und Trenchcoat. Steigt an der Haltestelle Nordhavn in die S-Bahn und fährt nach Charlottenlund.

Der vage, wenig konkrete Gedanke, den die Schachfigur auf dem Foto in ihrem Kopf hervorgerufen hat, nimmt allmählich Form an. Der Springer ist ihr erst kürzlich untergekommen. Im Haus ihres Vaters. Sie weiß nur nicht mehr genau, wo, doch sie kann sich auf keinen Fall wieder schlafen legen, bevor sie die Figur gefunden hat. Oder bevor sie herausgefunden hat, dass sie sich falsch erinnert.

In der Dunkelheit der noch jungen Nacht gleicht der wilde Wein, der die Außenwände hinaufrankt, einem dichten, dunkelgrauen Bart im Gesicht des Hauses. Würde Natalja den schmalen Gartenweg mit den schattenhaften Büschen und die schwarzen Fenster der Villa nicht so gut kennen, dann würde der Anblick ihr zweifellos Angst machen. In dem sanften Wind scheint sich alles um sie herum im selben Rhythmus zu bewegen. Es wirkt wie ein ruhiges Atmen.

Sie betritt die Eingangshalle und schiebt die Tür hinter sich zu. Schließt ab. Das Licht lässt sie aus, denn sie mag den Gedanken, dass ihre Anwesenheit von außen nicht bemerkt wird. Und sie braucht sowieso kein Licht. Solange die Nacht hell genug ist, dass sie die Konturen der Möbel und Treppenstufen ausmachen kann, findet sie sich problemlos zurecht. Das Schlafzimmer in der oberen Etage wirkt im Dunkeln nicht mehr ganz so abschreckend. Die Erinnerung an die Leiche ihres Vaters auf dem Fußboden ist schwächer, wenn sie den Raum nicht deutlich vor sich sieht.

Im Schrank steht das Schmuckkästchen ihrer Mutter. Sie holt es hervor und öffnet den Deckel. Steckt den Zeigefinger zwischen Ringe, Ketten und Broschen. Tastet sich vor und zieht schließlich ein Schmuckstück heraus, das sich, anders als der Silberschmuck, warm anfühlt. Sie betrachtet es: ein beinerner weißer Springer an einer Lederschnur. Das exakte Gegenstück zu dem blutverschmierten Anhänger auf dem Foto, das Thomas ihr gezeigt hat.

Sie stellt das Schmuckkästchen zurück und setzt sich mit der Halskette aufs Bett. Lässt die Finger über das glatte Material gleiten. Versucht, die Bedeutung ihres Fundes zu verstehen. *Zwischen dem Fall des Polizisten und meinen Eltern besteht eine Verbindung. Aber welche? Weiß Thomas Nyland von dieser Verbindung? Ist er in Wirklichkeit deshalb zu mir gekommen?*

Ein Klopfen mischt sich in ihre Gedanken. Das muss die Balkontür sein, die mal wieder nicht richtig zugezogen ist. Erst jetzt fällt es ihr auf. Sie war so beschäftigt damit, den Anhänger zu finden, dass sie nicht auf die Geräusche des Hauses geachtet hat.

Sie steht auf und geht zum Balkon. Die Tür ist nur angelehnt und nicht verschlossen.

Wahrscheinlich war Viktor mal wieder hier, um unser Elternhaus weiter zu plündern, denkt sie, aber sofort meldet sich ein anderer Gedanke: *Ich sollte nicht so über meinen Bruder denken.*

Sie greift nach dem Griff, hebt die Tür leicht an und zieht sie zu. In derselben Sekunde nimmt sie eine Bewegung auf der anderen Seite der Scheibe wahr. Ein schwarz gekleideter Mensch. Das Gesicht von der Nacht verborgen. Ruckartig verriegelt sie die Tür. Die Gestalt erhebt sich vor ihr. Füllt ihr ganzes Blickfeld und breitet die Arme aus. In der Dunkelheit sehen sie aus wie die Flügel eines riesigen Vogels. Eines pechschwarzen Raben. Er klettert über das Geländer des Balkons. Lässt sich zur Gartenseite hinunterfallen. Greift im Fall nach dem Geländer und bleibt dort eine Sekunde lang hängen, bevor er loslässt und lautlos im Garten hinter dem Haus landet. Natalja geht ganz nah an die Tür heran und schaut nach unten. Sieht, wie die schwarze Gestalt über den Rasen zwischen die Obstbäume im hinteren Teil des Gartens läuft und über die Mauer zum Nachbargrundstück verschwindet.

Eine plötzliche Eingebung lässt sie ins Arbeitszimmer hinuntereilen. Das Manuskript. Sie hat die Seiten für das unvollendete Buch ihres Vaters auf den Schreibtisch gelegt.

Schon in der Tür zum Arbeitszimmer kann sie sehen, dass es verschwunden ist. Der Einbrecher, der ihren Vater getötet hat, muss noch einmal zurückgekehrt sein, um das Manuskript zu holen. Um zu vertuschen, dass ihr Vater zu A. F. Petrow geforscht hat.

Die Gedanken wirbeln ihr durch den Kopf wie in einer Zentrifuge. Die Wachswalze. Das Manuskript. Die Schachfigur. Die Morde an den jungen Männern und der Mord an ihrem Vater. Das verschwundene Mädchen. Der Schatten auf dem Balkon …

Allmählich wächst die Gewissheit in ihr heran, dass sie vor wenigen Minuten dem Mörder ihres Vaters gegenüberstand, nur von ihm getrennt durch die Scheibe in der Balkontür. Wie lange hatte er dort gestanden und sie beobachtet, bevor sie ihn entdeckte?

In der Dunkelheit im Haus fühlt sie sich nun nicht mehr sicher. Sie scheint sie nicht mehr vor fremden Blicken zu schützen.

Natalja geht schnellen Schrittes über den Gartenweg und auf die Straße, die zur Haltestelle führt. Würde am liebsten rennen, unterdrückt dieses Bedürfnis aber. Falls die Gestalt vom Balkon hier irgendwo in den Schatten steht und sie beobachtet, dann soll sie wenigstens nicht die Genugtuung erhalten zu sehen, wie verängstigt Natalja ist.

Er hat sie. Es ist ihm gelungen, die Erzählung zurückzuerobern. Seine Vergangenheit, sein Erbe. Alles, was der Andere seiner Familie gestohlen hat, gehört nun wieder ihm.

Er drückt die Papiere an sich, als er die Tür hinter sich verschließt. Saugt die feuchte Luft des Raumes tief in sich ein, während die Zeilen der Erzählung vor ihm Gestalt annehmen. Zuerst sind sie aufgewühlt und unruhig wie Wellen, aber mit jedem Atemzug werden die Wellen sanfter, bis die Zeilen schließlich ganz still in der Luft stehen. Das Lied erklingt in seinem Inneren, und die Worte strömen durch seinen Körper und hinauf zu den Zeilen. Er ist derjenige, der ihnen ihren rechtmäßigen Platz zuweist. Mit großen Augen sieht er zu, wie sie sich nach und nach nebeneinander aufreihen. Das ist das Schönste, was er je gesehen hat.

Sobald auch das Ende der Erzählung seinen Platz auf den Zeilen gefunden hat, geht er zur Prinzessin hinein. Nun ist sie wach. Es funktioniert. Sie sind zurück in der Erzählung. Sie kann sich wieder bewegen.

Er öffnet eine Dose Bohnen. Setzt die Prinzessin auf dem Bett auf, faltet die Tagesdecke zusammen und stopft sie ihr in den Rücken, damit sie nicht nach hinten weg-

sackt. Den Kopf kann sie mittlerweile selbst halten, aber ihre Arme und Beine sind immer noch schlapp, sodass er sie wie eine Puppe hin und her bewegen muss.

»Iss«, sagt er sanft und hält ihr den Löffel hin. Schiebt ihn langsam und ruhig zwischen ihre Lippen und lässt die kalten weißen Bohnen in Tomatensoße vom Metall in ihren Mund gleiten. Die ersten beiden Löffel schluckt sie hinunter, genau wie sie soll, aber dann geht es nicht weiter. Soße und Bohnen laufen ihr das Kinn hinunter und tropfen auf ihr weißes Hemd und aufs Bettzeug.

»Nein«, knurrt er. »Jetzt sieh nur, was du gemacht hast.«

Er versucht, die Flecken mit der Hand wegzuwischen, reibt sie aber nur noch tiefer in den Stoff ein. Er darf sich jetzt nicht aufregen. Muss daran denken, was sie alles durchgemacht hat. Was sie über sich ergehen lassen musste, als sie vom Drachen gefangen gehalten wurde. Dieser widerlichen Bestie. Und wer weiß, was für einen Einfluss es auf sie hatte, außerhalb der Erzählung zu sein. Wieder hineinzukommen braucht Zeit, und nicht jeder ist so stark wie er. Er kann sich zwischen der Erzählung und dem Nichts frei hin und her bewegen, wohingegen sie an die Worte und den Rhythmus gebunden ist.

»Es ist wichtig, dass du isst, Prinzessin«, sagt er sanft. Neigt den Kopf ein wenig zur Seite. »Du musst stark sein, wenn du gerettet wirst. Komm jetzt. Öffne den Mund.«

Sie gehorcht ihm nicht.

Er spürt, wie sich eine drückende Hitze in seiner Brust ausbreitet. Seine Kiefermuskeln spannen sich an, und er hält den Löffel so fest, dass er zittert.

»Iss, Prinzessin«, presst er zwischen den Zähnen hervor. Drückt den Löffel gegen ihre Lippen. Greift ihr ins Gesicht, zwingt ihren Mund auf und legt ihr Löffel für Löffel Bohnen auf die Zunge. Schließt ihren Mund. Lässt sie kauen. Hustend spuckt sie das Essen wieder aus. Soßenspritzer treffen auf sein Gesicht.

Verdammt noch mal.

»Iss ordentlich. Ich weiß, dass du es kannst. Du bist immer noch da drin, irgendwo. Zabawa. Wo bist du?«

Mit einem kaum merklichen Lächeln lässt sie die Bohnenmasse, die er ihr in den Mund gezwungen hat, wieder herauslaufen. In all der Zeit, die sie bei ihm war, ist das ihre erste bewusste Handlung. Sie erwidert seinen Blick und spuckt das Essen aus.

Er hebt die Hand und schlägt zu. Ihm brennt die Handfläche von dem Schlag, als er den Arm wieder zurückzieht.

Entsetzt starrt er ihr ins Gesicht. Steht auf. Beißt die Zähne zusammen und schleudert die halb leere Dose Bohnen quer durchs Schlafzimmer, sodass die rote Soße gegen die Wände spritzt. Er stürmt aus dem Zimmer, knallt die Tür hinter sich zu und dreht den Schlüssel im Schloss um, damit sie wieder gefangen ist.

Er hat Zabawa geschlagen. Wie konnte er? Es hätte ihm nicht möglich sein dürfen, die Hand gegen sie zu erheben. Wie sollte es ihm möglich gewesen sein, wenn die Zeilen es ihm nicht diktiert hätten?

Sie winden sich wieder, die Zeilen. Verzerren die Bedeutung der Worte. Machen aus wahren Worten falsche und bringen ihn dazu, Dinge zu tun, die er nicht will. Es kann nicht sein. Er hat sich die Erzählung von dem Anderen zurückgeholt. Er hat gesehen und gehört, wie die Worte wieder ihren Platz einnahmen. An der Geschichte liegt es nicht. Er hat sie wieder in Ordnung gebracht. Aber warum passt das Mädchen dann nicht hinein?

Die Geschichte lügt nicht. Es muss irgendetwas anderes nicht stimmen. Etwas, was er übersehen hat. Etwas, was er nicht richtig gemacht hat.

Was, wenn … Nein, das kann nicht sein. Er wagt es fast nicht, den Gedanken zu Ende zu denken. Aber trotzdem … Was, wenn mit dem Mädchen etwas nicht stimmt? Sie hat sich anders verhalten, als sie sollte, als er den Drachen getötet hat. Er hat versucht, ihr zu erklären, wer sie ist, doch sie ist davongelaufen. So als hätte sie mehr Angst vor ihm gehabt als vor dem Drachen.

Nein.

So darf er nicht denken. Er bringt nur alles in Gefahr.

Er schließt die Tür wieder auf und öffnet sie vorsichtig. Sie sitzt noch immer in derselben Position auf dem Bett wie vorhin. Mit großen Flecken auf dem Hemd. Sieht nicht zu ihm auf, als er das Zimmer betritt. Er kniet sich neben sie und nimmt ihre Hand in seine. Legt ihr den Kopf in den Schoß.

»Vergib mir, Prinzessin«, flüstert er.

Er muss Geduld haben. Die Erzählung wird ihren richtigen Abschluss schon finden. Er muss nur warten. Dann wird sich alles von selbst lösen. Daran muss er einfach glauben. Es wird sich alles von selbst lösen.

Nicht wahr?

27

Im Flur hallt die Türklingel weiter nach. Natalja hat sie schon zum vierten Mal gedrückt, und jetzt hört sie da drinnen endlich Schritte auf der Treppe. Das Licht geht an, und im nächsten Moment öffnet Viktor die Tür einen Spaltbreit. Er hat gerötete Augen und zerzaustes Haar. Trägt eine große Brille, die Natalja noch nie gesehen hat. Sie wusste nicht, dass ihr Bruder mittlerweile schlechte Augen hat. Er muss tagsüber Kontaktlinsen tragen. Oder ist er etwa die ganze Zeit mit einer Brille im Gesicht herumgelaufen, ohne dass ihr das aufgefallen ist?

»Natalja?«, flüstert er heiser. »Was machst du denn hier?«

»Ich muss dir was zeigen.«

»Jetzt? Es ist mitten in der Nacht.«

»Das kann nicht warten.«

Natalja spricht so schnell, dass die Wörter ineinander übergehen. Auf dem Weg von Charlottenlund zum Villenviertel hier in Brønshøj hat sich ihr Puls nicht beruhigt, und sie fühlt sich gehetzt.

Viktor öffnet die Tür ganz.

»Komm rein«, sagt er.

»Das ist nicht nötig.«

Sie hält ihm die Schachfigur hin.

»Weißt du, was das hier ist?«

Er kneift die Augen zusammen. »Das ist eine Schachfigur. Warum zeigst du mir die?«

Natalja sieht, wie sich ihrem Bruder die Haare auf den Armen aufstellen.

»Willst du nicht reinkommen?«, fragt er. »Es ist echt kalt hier an der Tür.«

»Ich habe keine Zeit. Sag mir einfach, ob du die Figur hier schon mal irgendwo gesehen hast.«

»Ja, ja, in Ordnung. Ich kenne sie nicht. Habe sie noch nie gesehen. Hat das was mit Papa zu tun? Warum ist das verdammte Ding so wichtig, dass du hier mitten in der Nacht aufkreuzt?«

Natalja steckt die Kette zurück in ihre Manteltasche. »Das kann ich dir später erklären. Tut mir leid, dass ich dich geweckt habe.«

Sie dreht sich um.

»Warte«, sagt Viktor schnell. Er packt sie am Arm. »Dir geht es beschissen. Das sehe ich doch. Warum kommst du nicht rein, und wir reden darüber? So wie früher, Nat.«

Wieder dieser Großer-Bruder-Blick.

»Die Anwältin hat die Testamentseröffnung und die Wertermittlung fürs Grundstück geschickt. Ich habe gesehen, dass sie die Unterlagen auch an deine E-Mail-Adresse gesendet hat. Vielleicht sehen wir uns das mal zusammen an?«

»Später, Viktor«, erwidert sie.

»Komm doch wenigstens zehn Minuten rein. Nur damit ich sehe, dass es dir gut geht.«

»Es ist alles in Ordnung. Und jetzt lass mich los.«

Sie schenkt ihm ein Lächeln, das ihre Augen nicht erreicht. Dann dreht sie sich um und läuft eilig die Einfahrt hinunter.

Unten auf der Straße ruft sie Thomas Nyland an. Seine Stimme klingt genauso verschlafen und kratzig wie das letzte Mal, als sie mit ihm telefoniert hat.

»Hier spricht Natalja Rudowa«, sagt sie.

»Natalja?«, sagt er verblüfft. »Was kann ich für Sie tun?«

»Sie können mir mal erzählen, was Sie hier eigentlich treiben. Sie wollten mir doch erklären, warum Ihre Kollegen meinten, Sie seien beurlaubt, aber das ist bis jetzt noch nicht passiert.«

Stille.

»Okay«, brummt er leise. »Als ich im Uniklinikum war, um das Mädchen zu verhören, bin ich niedergestochen worden. Ich bin noch mal davongekommen, aber ein Kollege von mir wurde getötet. Nein, nicht einfach nur ein Kollege. Ein guter Freund. Im Moment warte ich darauf, dass ich den Dienst wieder aufnehmen kann.«

»Aber Sie ermitteln trotzdem in dem Fall?«

»Ja, auf eigene Faust. Die Ermittlungen meiner Kollegen folgen einer bestimmten Theorie. Ich untersuche, na, sagen wir mal … alternative Möglichkeiten.«

»Wie zum Beispiel eine Theorie, bei der es um Drachen und russische Heldengedichte geht?«

»Zum Beispiel. Warum rufen Sie an?«

Sie überhört seine Frage.

»Was haben Sie mit den Informationen gemacht, die Sie von mir bekommen haben?«, fährt sie fort.

»Nichts.«

»Warum nicht? Glauben Sie nicht daran?«

»Meine Kollegen würden nicht daran glauben. Sie haben meine Frage nicht beantwortet, Rudowa. Warum rufen Sie an? Haben Sie noch mehr zu erzählen?«

»Was haben Sie jetzt vor?«, fragt Natalja.

»Das ist keine Unterhaltung. Das sind zwei nebeneinanderher laufende Monologe«, stöhnt Thomas resigniert. »Antworten Sie auf meine Frage.«

»Antworten Sie zuerst auf meine.«

»Okay«, sagt er und muss ein wenig lachen. »Eigentlich hatte ich vor, morgen in die Bibliothek zu gehen und nach Heldengedichten aus Russland zu suchen. Und dann wollte ich Ihnen weiter auf die Nerven gehen, bis Sie mir etwas sagen, was mich weiterbringt. Aber wie es scheint, haben wir jetzt die Rollen getauscht. Reicht Ihnen das als Antwort?«

»Dann wollen Sie der Sache also weiter auf eigene Faust nachgehen?«

»Bis auf Weiteres, ja.«

»Gut.«

Thomas schweigt und wartet darauf, dass sie fortfährt. Doch es kommt nichts, also sagt er: »Erzählen Sie mir, warum Sie angerufen haben.«

»Ich muss Ihnen etwas zeigen«, sagt sie.

»Und was?«

»Wann haben Sie Zeit, sich zu treffen?«

»Wie wär's mit morgen Vormittag?«, schlägt er vor.

»Wie wär's mit jetzt?«
Er lacht überrascht. »Ja, warum nicht. Wo?«

28

Alle Türen sind geschlossen. Das ist das Erste, was Thomas auffällt, als er Nataljas Wohnung betritt. So war es auch das letzte Mal, als er hier war. Die Küchenarbeitsplatte ist aufgeräumt. Es liegen keine Staubflocken auf dem Fußboden. Keine Zeitschriften auf dem kleinen Esstisch. Nirgendwo liegen Küchengeräte, stehen Kerzenständer oder Zimmerpflanzen. Es gibt kein Zeichen von Lebendigkeit. Dies ist nur ein kreideweißer Vorzeigeraum. Eine Hochglanzwüste im Schein der hellen Deckenlampe.

Sein Gesicht muss ungefähr dieselbe Farbe und denselben Glanz wie die Küchenschränke haben, denkt er. Er ist hundemüde, und die Schmerzen in seinem Bauch treiben ihm den Schweiß auf die Stirn. In den letzten Tagen sind sie stärker geworden, auch wenn er seine Pillen nimmt, genau wie er soll.

»Möchten Sie einen Kaffee?«, fragt Natalja, als er schnaufend Platz genommen hat.

»Sehe ich so müde aus?« Er lächelt angestrengt.

»Ja. Kaffee?«

»Gern.«

Natalja holt eine Tüte Kaffeebohnen aus dem Kühlschrank und eine elektrische Mühle aus einem der weißen Schränke. Mahlt die Bohnen mit einem schrillen Heulen. Gibt das Kaffeepulver in eine Pressstempelkanne und kocht Wasser auf.

»Wie stark soll er sein?«

»Entscheiden Sie.«

»Milch?«

Er schüttelt den Kopf.

Als der Kaffee fertig gezogen hat, reicht sie ihm eine Tasse. Aber anstatt sich ihm gegenüberzusetzen, geht sie zurück zur Arbeitsplatte und lehnt sich dort an.

»Was wollen Sie mir erzählen?«, fragt er.

Sie beißt sich auf die Lippe und denkt kurz nach.

»Vor gut zwei Wochen habe ich meinen Vater verloren. Er wurde in seinem Haus von einem Einbrecher ermordet.«

»Ich weiß.« Thomas nickt.

»Woher?«

»Nach unserem ersten Gespräch habe ich mit einer Ermittlerin von der Polizei Nordseeland telefoniert, die sich um den Fall kümmert. Sie hat mir davon erzählt.«

»Was hat sie gesagt?«

»Nicht sehr viel. Dass nichts gestohlen wurde. Und dass es keine Verdächtigen gibt.«

Natalja bläst auf ihren Kaffee und nippt vorsichtig daran. Er ist immer noch siedend heiß.

»Sie kennt nicht die ganze Geschichte«, sagt sie. »Aus dem Haus meines Vaters wurde sehr wohl etwas gestohlen. Ein phonographischer Zylinder. Das ist so ein Ding, mit dem man …«

»… Musik aufnimmt. Eine Wachswalze«, ergänzt Thomas.

»Genau.«

Natalja hebt fragend beide Augenbrauen.

»Ich interessiere mich ziemlich für Musik«, erklärt er.

»Okay.« Natalja nickt. »Aber auf diesem Zylinder war keine Musik. Zumindest nicht im herkömmlichen Sinne. Es war eine Aufnahme des russischen Sängers A. F. Petrow, der eine Byline vorträgt. Eine dieser Geschichten, von denen ich Ihnen erzählt habe.«

»Die epischen Gedichte. Ich erinnere mich.«

»Die Leute, die sie erzählen, werden Sänger genannt, weil beim Vortragen auch Rhythmus und Melodie eine Rolle spielen, genau wie in den meisten anderen mündlichen Erzähltraditionen. Das macht das Memorieren der komplizierten Geschichten leichter. Jedenfalls hat sich jetzt gezeigt, dass mein Vater dabei war, ein Buch über diesen A. F. Petrow zu schreiben. Ich habe das angefangene Manuskript in seinem Haus gefunden. Einer von Petrows Nachkommen, Fjodor Petrow, war ein guter Freund meines Vaters. Sie haben sich in Kiew kennengelernt, und Fjodor hat meinem Vater bei den Recherchen für das Buch geholfen. Nach dem Fall der Mauer ist er mit seiner Tochter und seinem Enkel nach Dänemark gekommen, aber kurz darauf bei einem Verkehrsunfall gestorben. Wie es scheint, war sein Tod der Grund dafür, dass mein Vater die Arbeit an dem Buch nicht fortgeführt hat.«

»Haben Sie das Manuskript hier? Darf ich mal sehen?«

»Ich habe es nicht mehr.«

»Warum nicht?«

»Als ich vor ein paar Stunden im Haus meines Vaters war, um es zu holen, war es nicht mehr da. Auf dem Balkon vor dem Schlafzimmer habe ich jemanden gesehen. Ich glaube, es war derselbe, der meinen Vater getötet und die Wachswalze gestohlen hat. Er ist noch einmal zurückgekommen, um auch das Manuskript mitzunehmen.«

»Wie sah er aus?«

Sie stellt ihre Tasse ab. Verschränkt die Arme. »Ich weiß es nicht. Es war zu dunkel, um etwas zu erkennen. Ich habe ihn durch den Garten laufen und über die Mauer verschwinden sehen.«

»Warum sind Sie damit nicht zur Polizei gegangen?«

»Das mache ich doch gerade.«

Er seufzt. »Sie wissen schon, was ich meine. Warum haben Sie nicht der Polizei Nordseeland erzählt, was Sie gesehen haben? Warum erzählen Sie mir das?«

»Der Mord an meinem Vater hat etwas mit dem Fall zu tun, in dem Sie ermitteln. Wenn ich zur Polizei Nordseeland gehe, muss ich noch mal ganz von vorn anfangen. Die müssen erst mal verstehen, dass das Ganze in einen größeren Zusammenhang gehört. Dass es hier nicht einfach um einen missglückten Einbruch geht.«

»Dann wollen Sie also, dass ich mich um den Fall Ihres Vaters kümmere?«

»Nein. Ich will Ihnen klarmachen, dass Sie schon mittendrin sind.«

Sie steckt die Hand in die Hosentasche, und als sie sie wieder herauszieht, halten ihre Finger einen Gegenstand umschlossen, den Thomas nicht sieht. Sie führt die Hand zur Brust.

»Ich musste nicht nur an *Dobrynja und der Drache* denken, als Sie mir die Fotos vom Tatort gezeigt haben. Die Bilder haben mir noch etwas anderes in Erinnerung gerufen. Im Haus meines Vaters habe ich ein altes Schmuckkästchen gefunden, das meiner Mutter gehörte. Es war voller Gold- und Silberschmuck, Halsketten, Ringe und Broschen. Aber diese Halskette hier lag auch darin.«

Sie legt die Hand vor Thomas auf den Tisch und öffnet sie. Er starrt zuerst auf die Handfläche und sieht dann zu Natalja auf. Vor ihm liegt eine Schachfigur. Ein weißer Springer an einer dünnen Lederschnur.

»Wie lange hatte Ihre Mutter die schon?«, fragt Thomas. Vorsichtig nimmt er Natalja die Halskette aus der Hand. Hält die Lederschnur hoch und lässt die kleine beinerne Schachfigur vor sich baumeln.

»Das weiß ich nicht«, sagt Natalja. »Aber ich nehme an, sie hat sie von Fjodor Petrow bekommen. Ein Freund meines Vaters hat mir erzählt, das Petrow Schachspieler war. Genau wie Dobrynja. Mein Vater und Ihr Kollege wurden nicht nur am selben Tag ermordet, sondern auch aus demselben Grund.«

»Okay«, sagt Thomas nach einer längeren Pause. »Was sollen wir jetzt machen, haben Sie einen Vorschlag?«

»Wir?«

»Ja. Wenn es hier wirklich um ein Thema geht, auf das Sie spezialisiert sind, dann bin ich auf Ihre Hilfe angewiesen.«

Sie zögert. »Aber ich weiß nicht, was ich im Moment für Sie tun kann. Ich habe Ihnen die Schachfigur gezeigt. Sehen Sie doch die Akten durch. Finden Sie heraus, ob es andere Fälle gibt, in denen ein weißer Springer eine Rolle spielt. Was weiß ich? Ich bin Wissenschaftlerin, keine Ermittlerin.«

Er legt die Schachfigur vor sich auf den Tisch. Die Lederschnur ringelt sich zu einer Spirale. Dann sieht er Natalja eindringlich an.

»In Ordnung«, seufzt sie schließlich. »Fjodor Petrow hatte seine Tochter bei sich, als er nach Dänemark kam. Klara Petrowa. Ich schlage vor, Sie nehmen mal Kontakt zu ihr auf.«

»Wir«, unterbricht Thomas. »Wir nehmen Kontakt zu ihr auf.«

»Okay, dann eben wir.«

»Gut«, sagt er. »Dann lassen Sie uns mal im Internet nachsehen, wo sie wohnt.«

Natalja holt ihren Computer und sucht nach Klara Petrowa, aber es erscheint keine Adresse.

»Vielleicht ist sie nach dem Tod ihres Vaters wieder aus Dänemark weggezogen«, sagt Natalja. »Sie war ja noch nicht sehr lange hier, als es passierte.«

»Oder sie hat eine geheime Adresse. So wie Sie.«

»Meine Adresse ist offenbar nicht geheim genug. Sie haben mich ja gefunden.«

»Wie gesagt: Vor mir kann man keine Adresse geheim halten. Falls Klara irgendwo in Dänemark wohnt, finde ich sie. Aber dafür sind ein, zwei Telefonate nötig.«

Er schaut auf seine Uhr. »Das muss bis morgen warten. Mitten in der Nacht irgendwo anzurufen bringt uns nicht weiter. Und bei Klara Petrowa brauchen wir um diese Uhrzeit erst recht nicht aufzutauchen. Lassen Sie mich rein, wenn ich morgen früh vorbeikomme?«

»Ja.«

»Sicher?«

Sie nickt. Und schenkt ihm ein warmes Lächeln.

»Gut«, sagt er. »Ich kann um acht Uhr hier sein.«

Er erhebt sich und zieht seinen Anorak an. Hält einen Moment inne. Mit dem Rücken zu ihr zu stehen fühlt sich so an, als stünde man zu nah an einem Lagerfeuer. Der Rücken brennt, während der Bauch eiskalt ist. Er wirft einen Blick über die Schulter, bevor er die Wohnung verlässt.

»Wir sehen uns morgen, Fräulein Rudowa. Schlafen Sie gut.«

29

»Fredericia«, sagt Thomas, als Natalja ihm am nächsten Morgen die Tür öffnet.

Sie tritt einen Schritt zur Seite und lässt ihn herein. Weicht noch einen Schritt zurück, als sie merkt, wie viel Platz er in dem offenen Eingangsbereich einnimmt.

»Fredericia?«, wiederholt sie.

»Klara Petrowa lebt in einer Wohnung in Fredericia. Irgendwo außerhalb des Stadtwalls, soweit ich an der Adresse sehe. Die ist übrigens geheim. Genau wie ihre Telefonnummer.«

»Warum?«

Thomas zuckt mit den Schultern. »Das müssen wir sie selbst fragen, wenn wir …«

Er wird von der Türklingel unterbrochen. Das schrille Läuten lässt Natalja erschrocken zusammenfahren, genau wie vor zehn Minuten, als Thomas geklingelt hat.

»Sie bekommen wohl nicht sehr oft Gäste, was?«, bemerkt er mit einem schiefen Lächeln.

Sie antwortet nicht, sondern geht an ihm vorbei zur Wohnungstür und nimmt den Hörer der Gegensprechanlage ab.

»Hallo?«

»Hallo, Nat. Hier ist Viktor. Darf ich hochkommen?«

»Nein. Was machst du hier?«

»Ich bin auf dem Weg zur Arbeit. Du hast so einen aufgewühlten Eindruck gemacht, als du bei mir warst, da habe ich gedacht, ich sehe besser mal nach dir.«

»Mir geht es gut. Du kannst ruhig fahren.«

»Darf ich hochkommen? Ich hätte noch Zeit für einen Kaffee, wenn du …«

Natalja wirft einen Blick über die Schulter. Auf den breiten Rücken des riesigen Polizisten. Sie hat jetzt keine Lust, ihrem Bruder die Situation zu erklären, und sie weiß genau, dass er fragen wird. Er wird sich mal wieder nur Sorgen machen.

»Nicht jetzt.«

»Warum nicht? Hast du Herrenbesuch?«

Sein Tonfall ist neckend. Auf einmal ist er wieder fünfzehn und sie dreizehn. Er hat die Fotos gefunden, die sie heimlich von dem großen, breitschultrigen Fußball spielenden Stephen aus Viktors Klasse gemacht hat. Sie weiß nicht, warum sie diese Fotos gemacht hat. Sie ist überhaupt nicht verliebt in ihn. Vielleicht wünscht sie sich das nur. Wenn sie es fertigbringen würde, sich in ein schwitzendes Alphamännchen mit Stollen an den Schuhen und Dreck an den Knien zu verlieben, dann käme sie sich vielleicht ein kleines bisschen normaler vor. Aber Viktor versteht das Ganze natürlich vollkommen falsch. Er wedelt mit den Fotos vor ihrer Nase herum, läuft damit durchs Haus und droht, sie Stephen zu zeigen. Schließlich sagt sie, das sei ihr egal, und lässt ihn laufen. Erst da hört er auf, sich über sie lustig zu machen.

»Fahr einfach, Viktor«, sagt sie.

»Dann darfst also nur du zu jeder Tages- und Nachtzeit unangemeldet auftauchen, oder wie?«, hört sie ihn noch schimpfen, bevor der Hörer auf die Halterung trifft.

Sie seufzt.

»Sie halten nicht besonders viel von anderen Menschen«, sagt Thomas.

Sie antwortet ihm nicht. Es ist überflüssig, das Offensichtliche zu kommentieren.

»Lassen Sie uns einfach losfahren«, sagt sie stattdessen und greift nach ihrem Trenchcoat.

30

Von seinem Platz am Steuer wirft Thomas einen verstohlenen Blick hinüber zu Natalja. Sie hat den Kopf gegen die Fensterscheibe gelehnt, und es kommt ihm so vor, als würde sie versuchen, so viel Abstand zu ihm zu halten, wie es in dem kleinen Auto überhaupt nur möglich ist. Ihre Augen sind geschlossen, und er fragt sich, ob sie eingeschlafen ist.

Viele seiner Kollegen würden ihn sicher um seine Reisegefährtin beneiden. Und die Mitarbeiter des britischen Männermagazins, die diese Liste der »babes with brains« zusammengestellt haben, wahrscheinlich auch. Wenn er Natalja mit dem derzeitigen Körperideal vergleicht, das einem im Fernsehen und in Zeitschriften suggeriert wird, dann kann er schon sehen, dass sie vermutlich attraktiv ist, aber sein persönlicher Geschmack wäre eher eine Frau, die er nicht aus Versehen tot drückt, wenn er sie in den Arm nimmt oder sich auf sie legt. Eine Frau, in deren Nähe er sich nicht die ganze Zeit schwer und unbeholfen vorkommt. Diese dicklichen, bleichen Männer mittleren Alters, die hübsche, junge Frauen heiraten, hat er noch nie verstanden. So etwas könnte er nicht. Es wäre ein zu harter Schlag fürs Ego, auf jedem einzelnen Foto, auf dem man neben seiner Frau steht, die eigene körperliche Mittelmäßigkeit vorgeführt zu bekommen.

Lieber eine ordentliche Frikadelle als so ein dünner Hummerschwanz, denkt er und bekommt plötzlich Hunger. Aber sie sind gerade an einer Tankstelle vorbeigefahren, und bis zur nächsten Raststätte ist es noch weit, deshalb schiebt er den Gedanken ans Essen erst mal beiseite.

»Was machen Sie?«, fragt Natalja, und er wendet schnell den Blick von ihr ab.

»Ich fahre Auto«, sagt er.

»Schauen Sie lieber auf die Straße«, entgegnet sie, ohne ihn anzusehen.

Er antwortet nicht, und das dumpfe Dröhnen der Reifen auf der Fahrbahn erfüllt den Wagen.

»Ich dachte, Sie schlafen«, sagt er nach einer Weile.

»Ich habe nur die Augen zugemacht«, antwortet sie.

Er beginnt vor sich hin zu summen, doch erst als Natalja ihm einen Blick zuwirft, wird ihm bewusst, dass er Töne von sich gibt. Er summt noch ein wenig weiter, um herauszufinden, welches Lied ihm da gerade durch den Kopf geht. *Paper Doll*, stellt er schließlich fest. Den Song hatte Johnny S. Black 1915 geschrieben, aber erst 1943, als die Mills Brothers ihn einspielten, wurde er zum Hit. Er hielt sich zwölf Wochen lang in den Charts, wenn er sich recht erinnert. Bis weit ins Jahr 1944 hinein. Thomas überlegt, ob er Natalja in dieses unverzichtbare Faktenwissen einweihen soll, setzt den Gedanken aber nicht in die Tat um. Er weiß nicht, warum er jetzt ausgerechnet dieses Lied im Ohr hat. Es ist der Situation nicht gerade angemessen. Aber vielleicht ist es ihm ja genau deshalb in den Sinn gekommen. Als eine Art Kompensation. Ein Versuch seines Unterbewusstseins, ein inneres Gleichgewicht herzustellen.

»Wie kommt es eigentlich, dass sich Ihre Familie für russische Geschichte interessiert?«, sagt er. »Ich meine, ich kann verstehen, warum Sie sich dafür interessieren, Sie haben es quasi von Ihrem Vater geerbt. Aber wie kam er auf die Idee, mitten im Kalten Krieg in die Sowjetunion zu fahren und Relikte der Geschichte eines fremden Landes zu sammeln?«

»Das ist eigentlich ganz einfach«, sagt Natalja und hebt den Kopf. »Im Grunde handelt es sich dabei auch um unsere eigene Geschichte. Die Geschichte Skandinaviens. Schon im neunten Jahrhundert haben schwedische Wikinger Städte oder Handelsplätze am Ufer des Flusses Dnipro gegründet. Der Mönch Nestor erzählt in seiner Chronik, dass die Wikinger, ausgehend von der Stadt Birka, nach Süden übers Meer und weiter über die Flüsse gefahren sind. Unterwegs haben sie Städte geplündert und vom slawischen Volk Steuern eingetrieben. Die Slawen haben die Wikinger zwar wieder verdrängt, aber deshalb herrschte noch lange kein Frieden bei ihnen. Stattdessen fingen die verschiedenen Familien jetzt an, sich gegenseitig zu bekriegen, sodass im Jahr 862 slawische Stämme übers Meer zu den Wikingern segelten, die man Rus nannte.«

»Rus? Wie in Russland?«

»Genau. Sie baten die Rus, zurückzukommen und über das große Reich zu herrschen. Daraufhin machten sich drei Königsbrüder aus dem Volk der Rus auf den Weg ins Land der Slawen und nahmen ihre Leute mit.«

Sie lehnt den Kopf wieder ans Fenster.

»Die skandinavische Geschichte und die slawische Geschichte sind also eng miteinander verknüpft«, sagt sie.

»Aha.«

Thomas schnalzt leise und starrt eine Weile vor sich hin. Dann sagt er: »Solange Sie wach sind, können Sie mir vielleicht noch etwas über Dobrynja erzählen. Dann besteht auch nicht die Gefahr, dass ich wieder anfange zu summen. Und wir müssen uns nicht darüber streiten, welches Radioprogramm wir hören. Es gibt doch bestimmt noch andere Geschichten als die mit dem Drachen und der Nichte des Prinzen.«

»Hmm … Es gibt noch *Dobrynja und Marinka*«, sagt sie.

»Klingt gut. Erzählen Sie mir die erst mal. Wir haben genug Zeit.«

»Okay. Also die Geschichte von Dobrynja und Marinka beginnt damit, dass …«

»Wollen Sie nicht singen?«, unterbricht er sie.

»Wie bitte?«

»Ich dachte, diese Geschichten müssen gesungen werden.«

»Das wollen Sie nicht, glauben Sie mir. Zumindest nicht in diesem Fall.«

»Und warum nicht?«

»Weil das Lied auf Russisch ist. Und zwar nicht gerade modernem Russisch. Sie würden kein Wort verstehen.«

»Na gut. Dann geben Sie mir eben eine Kurzversion.«

»Okay. Ich muss nur gleich dazusagen, dass auch von dieser Geschichte mehr als siebzig verschiedene Versionen gesammelt wurden, und sie weichen unglaublich stark voneinander ab.«

»Können Sie mir dann nicht einfach eine Art Zusammenfassung aller Versionen erzählen?«

Sie lacht. »Ich werd's versuchen. Also, die Geschichte beginnt damit, dass der Held Dobrynja nach neun Jahren aus dem Dienst an Prinz Wladimirs Hof entlassen wird, sodass er nun frei durch die Straßen von Kiew streifen kann. Genau wie in *Dobrynja und der Drache*, und wie in vielen anderen Bylinen übrigens auch, besitzt seine Mutter die Fähigkeit, die Probleme ihres Sohnes vorherzusehen, und so warnt sie ihn davor, sich der Straße zu nähern, in der Marinka wohnt. Marinka ist eine unwahrscheinlich schöne und verführerische Hexe, die junge Männer gern mal in Ochsen verwandelt. Aber wie es sich für einen alten Sagenhelden gehört, ist Dobrynja mutig und stolz, man könnte auch sagen: leichtsinnig, und nähert sich trotzdem der Straße, mit seinem Bogen in der Hand, so als wollte er auf die Jagd gehen. Auf Marinkas Fensterbrett entdeckt er zwei Tauben und ist angewidert von ihrem … sagen wir mal ›Geturtel‹. Er spannt seinen Bogen, um sie zu töten, aber der Pfeil fliegt versehentlich durch das Fenster in Marinkas Wohnstatt, und als Dobrynja hineingeht, um ihn zu holen, sieht er etwas, was noch viel abstoßender ist als zwei turtelnde Tauben: Marinka teilt ihr Bett mit einem Drachen. In einigen Versionen wird der Drache von Dobrynja getötet, während er in anderen zum Fenster hinaus flüchtet. Als Marinka den stattlichen Helden sieht, bietet sie ihm an, seine Frau zu werden, aber Dobrynja lehnt ab:

Du Abschaum und Hure, Marinka, Ignatis Tochter!
Du bist eine Giftschlange in dieser Stadt,
Du bist eine Blutsaugerin in dieser Stadt,
Hast viele unschuldige Menschen zerstört,
Willst auch mich, Dobrynja, zerstören
Doch ich bin nicht dein Naschwerk,
Ich bin nicht dein Fraß.«

Thomas sieht Natalja an. »Das nenne ich mal eine Abweisung.«

»Ja. Aber schauen Sie lieber auf die Straße. Also, wo war ich stehen geblieben? Ach ja, Marinka nimmt die Sache nicht so leicht. Sie wissen schon: *Hell hath no fury* …«

»… *like a woman scorned*«, ergänzt Thomas. »Wie wahr, wie wahr. Was passiert dann?«

»Sie nimmt ein Messer …«

»Ja?«

»… und schneidet ein Stück aus dem Holzfußboden, wo Dobrynja gestanden hat.«

»Nicht ganz so dramatisch, wie ich erwartet hatte«, sagt Thomas mit gespielter Enttäuschung.

»Warten Sie nur, es wird noch besser. Sie verbrennt das Stück Holz und rezitiert dabei einen Zauberspruch, der Dobrynja dazu bringen soll, sich in sie zu verlieben. Und das wirkt. Wenig später kehrt er brav zu ihrer

Wohnstatt zurück, wo sie ihn kurzerhand in einen Ochsen verwandelt.«

»Das ist ihm dann wohl eine Lehre.«

»Kann man so sagen. Aber zum Glück hat er eine Schwester oder eine andere nahe Verwandte – je nachdem, welche Version man sich anschaut –, die über magische Kräfte verfügt. Sie geht zu Marinka und verlangt von ihr, Dobrynja seine menschliche Gestalt zurückzugeben, weil sie sonst selbst in ein Tier verzaubert wird. Da fügt sich die Hexe und fliegt in der Gestalt einer Elster aufs Feld zu Dobrynja, wo sie ihm verspricht, ihn wieder zum Menschen zu machen, wenn er sie heiratet. Darauf lässt er sich ein.«

»Nicht gerade die perfekten Voraussetzungen für eine glückliche Ehe.«

»Die hält sowieso nicht so lange. Sobald die beiden verheiratet sind, macht Dobrynja Gebrauch von seiner Autorität als Ehemann und tötet Marinka. Er schneidet ihr die Arme ab, weil sie den Drachen damit liebkost hat, und die Beine, weil sie den Körper des Drachen damit umschlungen hat. Schließlich enthauptet er sie und wirft alle Gliedmaßen ins Feuer. In den Flammen sieht er, dass sich in jedem von Marinkas Körperteilen eine kleine Schlange und eine kleine Echse verbergen. Ein Zeichen dafür, dass sie mit dem Teufel im Bunde war.«

»Also nichts von wegen ›und sie lebten glücklich bis ans Ende ihrer Tage‹?«

»Nein. Die alten russischen Erzählungen haben immer ein tragisches Ende, wenn sich eine Frau mit übernatürlichen Kräften verliebt. Starke Frauen, die sich nicht innerhalb der gesellschaftlichen Normen bewegen, müssen auf brutalste Weise ihr Leben lassen.«

»Hm. Gibt es noch mehr von solchen Geschichten?«

»Ja. Eine erzählt davon, wie Dobrynja zusammen mit einem anderen Bogatyr, Wassily Kasimirowitsch, in einem fernen Land bei Zar Batur Batwjesow Geschenke und Steuern für Prinz Wladimir I. eintreibt. Vierzig Wagen voll reinstem Silber, vierzig Wagen voll rotem Gold, vierzig Wagen voll feinen Perlen, vierzig schöne Falken, vierzig mal vierzig schwarze Zobelpelze, vierzig mal vierzig schwarze Hunde und vierzig graue Hengste. Dobrynja reißt seinen Feinden die Arme und Beine aus, und einen seiner Gegner packt er an den Fersen und benutzt ihn als Schlagwaffe, um ein ganzes Heer mit ihm niederzuschlagen.«

»Warum ausgerechnet vierzig mal vierzig?«

»Das ist eine magische Zahl im slawischen Volksglauben.«

»Aha. Und wie endet die Geschichte?«

»Gut«, sagt sie. »Schließlich kommen keine Frauen darin vor.«

31

Hinter der Tür zu Klara Petrowas Wohnung sind Geräusche zu hören. Dann wird von innen ein Schloss geöffnet. Und noch eins. Und ein drittes. Erst danach tut sich die Tür einen Spaltbreit auf, allerdings immer noch mit vorgelegter Kette.

»Klara Petrowa?«, sagt Thomas und reckt den Hals, um durch den schmalen Spalt zwischen Türrahmen und Tür zu schauen.

»Wer will das wissen?«

»Thomas Nyland, Polizei. Und das hier ist Natalja Rudowa, Spezialistin für slawische Volkskunde.«

Er dreht sich zu Natalja und sagt: »Stimmt doch so, oder?«

Natalja nickt.

»Rudowa?«, fragt Klara Petrowa. »Sind Sie Christians Tochter?«

»Ja. Ihr Vater und mein Vater haben sich gekannt«, antwortet sie.

»Was machen Sie hier?«

Thomas lehnt sich dazwischen und sagt: »Dürfen wir reinkommen? Wir würden gern über etwas Wichtiges mit Ihnen reden.«

»Selbstverständlich. Einen Augenblick.«

Klara Petrowa schließt die Tür, hakt die Kette aus und öffnet wieder. Führt ihre Gäste an einen kleinen Esstisch in der Küche und bittet sie, Platz zu nehmen. Die Wohnung steht in starkem Kontrast zu dem heruntergekommenen Treppenhaus vor der Tür. Natalja erinnert das in vielerlei Hinsicht an ihre Reisen nach Russland und in die Ukraine. Während die Treppenhäuser der Betonblöcke in Moskau und Kiew oft verwahrlosen, sind die Wohnungen in der Regel in sehr gutem Zustand. Klara Petrowas Zuhause hat große Ähnlichkeit mit einer traditionell eingerichteten Wohnung in Kiew: schwere Möbel aus dunklem Holz, die sich im Wohnzimmer dicht aneinanderdrängen, Anrichten mit bunten Glastüren, dicke Teppiche auf dem Boden und cremefarbene Wände. Ein alter Fernseher. In der Küche dominieren braune Schranktüren, und um den Esstisch stehen ein paar zierliche Stühle.

Natalja weiß, dass viele in der Ukraine und in Russland die Küche als den privatesten Raum der Wohnung betrachten. Für den Gast bedeutet es eine besondere Wertschätzung, wenn er in die Küche des Gastgebers gebeten wird. Aber sie bezweifelt, dass das in dieser Wohnung genauso ist.

»Ich habe Kaffee in der Kanne«, sagt Klara Petrowa und holt Tassen aus dem Schrank.

»Wie gesagt, wir haben etwas Wichtiges mit Ihnen zu bereden«, fängt Thomas an, während Klara die Tassen auf den Tisch stellt. Sie holt eine Dose mit Gebäck. Er wartet, bis sie sich hingesetzt hat, und bittet Natalja dann, die Schachfigur hervorzuholen.

»Haben Sie die schon mal gesehen?«, fragt er Klara.

Ihre Augen glänzen plötzlich feucht. Mit einer fast hektischen Bewegung nimmt sie Natalja die Halskette aus der Hand und blinzelt die Tränen weg. Natalja bewegt sich unruhig auf ihrem Stuhl.

»In meiner Kindheit war mein Vater ein international anerkannter Schachspieler«, sagt Klara. »Er hat zwar nie an der Spitze mit um die Weltmeisterschaft gekämpft, aber er hat an mehreren Kandidatenturnieren teilgenommen.«

»Was ist das?«

»Mit Kandidatenturnieren hat die FIDE früher ermittelt, wer gegen den amtierenden Weltmeister antreten durfte.«

»Die FIDE?«

»Die Fédération Internationale des Échecs, der internationale Schachverband. Damals hat man die Welt in geografische Gebiete unterteilt, die sogenannten Zonen. Sie bestanden zum Teil aus mehreren kleinen Ländern, aber zum Teil auch nur aus jeweils einem großen. Die Sowjetunion zum Beispiel hatte ihre eigene Zone. Darin wurden dann Turniere abgehalten, und die besten Spieler qualifizierten sich für das Interzonenturnier, bei dem Schachspieler aus verschiedenen Zonen gegeneinander antraten. Wer auch hier weiterkam, nahm am Kandidatenturnier teil. Das war nicht so leicht, denn dort gab es nur Platz für acht Teilnehmer. Auch wenn mein Vater also nie ganz an die Spitze kam, gehörte er immer noch zu den besten Schachspielern der Welt. Schach war der sowjetische Nationalsport, deshalb war es mit einem gewissen Ansehen verbunden, ein guter Spieler zu sein. Wir konnten dadurch in einem der besseren Stadtviertel wohnen, wo es Heizung und fließendes Wasser gab.«

Klara legt die Schachfigur vor sich und reicht ihren Gästen die Dose mit dem Gebäck. »Wo habe ich nur meine Manieren gelassen. Bitte, greifen Sie zu.«

Thomas bedankt sich und nimmt einen Vanillekringel heraus.

»Zu dem weißen Springer gibt es eine Geschichte«, fährt Klara fort. »Genau genommen, ist er sogar der Grund dafür, warum man sich in Schachkreisen heute noch an meinen Vater erinnert, neben seinem Spiel natürlich. Es war beim Kandidatenturnier 1962 auf Curaçao in der Karibik. In dieser Zeit wurden die Kandidatenturniere übrigens noch nach dem Jeder-gegen-jeden-Prinzip ausgetragen. Wie viel wissen Sie eigentlich über Schach?«

»Nichts.«

»Also, dann lassen Sie mich erklären: Mein Vater trat gegen einen Deutschen namens Schnell an, und am Ende des Spiels standen zwei Springer und der König meines Vaters gegen Schnells König und einen Bauern auf dem Brett. Eine Partie, bei der zwei Springer und ein König auf der einen Seite gegen einen König auf der anderen übrig bleiben, endet immer mit einem Remis, also unentschieden, aber selbst mit Schnells zusätzlichem Bauern war das immer noch ein ungeheuer schwieriger Abschluss für ein Spiel. Mein Vater lief Gefahr, die Partie nicht innerhalb der nächsten fünfzig Züge beenden zu können, und dann wäre das Spiel wegen

Übertretung der Fünfzig-Züge-Regel für unentschieden erklärt worden. Innerhalb von fünfzig aufeinanderfolgenden Zügen muss es nämlich einem der beiden Spieler gelingen, einen Stein des Gegners zu schlagen. Doch schließlich schaffte es mein Vater, Schnell zu ermüden und ihn schachmatt zu setzen. In der Nacht schlich er sich in die Halle, in der das Turnier abgehalten wurde, und stahl einen der beiden weißen Springer, die ihm zum Sieg verholfen hatten. Als er am Morgen darauf zu seinem nächsten Spiel erschien, trug er die Figur an einer Lederschnur um den Hals. Seinen Gegner brachte das so sehr aus dem Konzept, dass mein Vater ihn ohne Probleme schlug. Seit diesem Turnier hatte er den Springer immer um den Hals, sowohl bei Wettkämpfen als auch zu Hause.«

Sie nimmt die Schachfigur noch einmal vom Tisch und lässt sie von der einen Hand in die andere gleiten.

»Ich habe sie im Schmuckkästchen meiner Mutter gefunden«, sagt Natalja.

»Das hier ist nicht die Kette, die mein Vater für sich selbst gemacht hat«, antwortet Klara. »Er muss eine Kopie angefertigt und sie Ihren Eltern gegeben haben. Im Grunde glaube ich eigentlich nicht, dass sie Ihrer Mutter gehört hat. Das muss ein Geschenk an Ihren Vater gewesen sein.«

»An meinen Vater? Warum?«

»Weil die Kette meinen Vater noch an etwas anderes erinnerte als an den Sieg über Schnell. Sie erinnerte ihn an das, was Ihr Vater und er gemeinsam hatten: die Leidenschaft für den Volksglauben unserer Vorfahren. Sie hat die beiden zusammengeführt. Vor allem die Figur des Dobrynja hatte es meinem Vater angetan. Dobrynja war Schachspieler, genau wie er, und wenn er die Figur um den Hals trug, dann erinnerte ihn das an seine Verbindung zu unserer Vergangenheit. Mein Vater muss Ihrem Vater den Springer zum Zeichen ihrer Freundschaft geschenkt haben.«

»Sie sagen, das hier ist nicht die Figur, die Ihr Vater 1962 um den Hals getragen hat«, wirft Thomas ein. »Aber wo ist dann das Original?«

Klara legt den Springer zurück auf den Tisch. »Das weiß ich nicht. Zuerst wollte ich die Kette meinem Vater in den Sarg legen, als er beerdigt wurde, aber dann habe ich sie doch zur Erinnerung behalten. Leider ist sie verschwunden, bevor ich aus Kopenhagen weggezogen bin. Warum?«

»Weil sie an einem Tatort gefunden wurde«, sagt Thomas. »Deshalb sind wir hier. Vor gut zwei Wochen wurden in Kopenhagen fünf Personen ermordet, darunter Nataljas Vater.«

»Mein Gott«, entfährt es Klara Petrowa, und sie schaut Natalja mit großen Augen an. »Das tut mir wirklich leid.«

»Einer der Ermordeten hielt eine Kette in der Hand, die genauso aussieht wie diese hier«, fährt Thomas fort, bevor Natalja etwas erwidern kann. »Wir glauben, dass er sie dem Täter vom Hals gerissen hat, bevor er starb.«

»Dem Täter?«

»Ja. Drei der Morde wurden auf eine Art und Weise vollzogen, die an Dobrynjas Kampf gegen den Drachen erinnert. Der Täter hat ein Schwert und eine spitze Metallstange benutzt.«

Klara Petrowa hält mitten in ihrer Bewegung inne. Ihr Blick verdunkelt sich. Thomas sieht, dass Natalja sich vorlehnt, um eine weitere Frage zu stellen, aber er gibt ihr mit einer Handbewegung zu verstehen, dass sie warten soll. Er weiß, dass Schweigen oft besser ist als Fragen, wenn es darum geht, Leute zum Sprechen zu bringen. Wenn eine Pause zwischen den Sätzen nur lange genug anhält, fühlt sich der Zeuge irgendwann gezwungen, etwas zu sagen, um das Schweigen zu brechen. Ihm selbst geht es da nicht anders. Sobald er sich außerhalb beruflicher Zusammenhänge befindet, denkt er immer nach wie ein Verrückter, um auf einen Satz zu kommen, mit dem er die Leere füllen könnte. Irgendeinen. Nur wenn er arbeitet, kann er gelassen darauf warten, dass die Stille Worte hervorzwingt.

»Mein Sohn«, flüstert Klara schließlich und sieht mit flehendem Blick zu Thomas und Natalja auf. »Ich habe ihnen gesagt, dass er gefährlich ist. Wieder und wieder habe ich sie gebeten, etwas zu tun. Aber sie haben nicht auf mich gehört.«

»Was meinen Sie?«

»Ich habe den Ärzten gesagt, dass sie ihm helfen müssen. Dass er gefährlich ist.«

»Ihr Sohn ist krank?«

»Er war ein ganz normales Kind. Sein Vater hat mich verlassen, als er noch klein war, deshalb waren wir immer nur zu zweit, aber wir sind gut zurechtgekommen. Er hatte Freunde und war ein ausgezeichneter Schüler. Auch nachdem wir hierher nach Dänemark gezogen waren. Erst als er in die Pubertät kam, fingen die Probleme an. Er hat sich ohne Grund geprügelt. Hat Dinge gehört, die ich nicht hören konnte. Stimmen, die mit ihm redeten. Und manchmal ist er mitten in der Nacht aufgewacht und hat geschrien, weil er Schlangen an der Decke sah. Als er siebzehn war, haben sie versucht, ihm eine Diagnose zu stellen. Paranoide Schizophrenie. Aber die Ärzte, mit denen wir damals zu tun hatten, waren sich nicht einig. Seine Symptome waren nicht eindeutig.«

»Was meinen Sie damit?«

»Man hat uns gesagt, dass Patienten, die an paranoider Schizophrenie leiden, zwar Halluzinationen haben und Stimmen hören können. Aber meistens sind das mehrere verschiedene Stimmen, und sie sprechen nicht direkt zu dem Patienten, sondern über ihn. Außerdem hatte Andreas immer dieselben Halluzinationen.«

»Schlangen?«

»Ja. Und sein Fall war sehr, sehr extrem. Das war noch so ein Grund, warum ein paar der Ärzte nicht der Meinung waren, dass er an einer bekannten psychischen Erkrankung leidet. In seinen schlechten Phasen hat er sehr heftig reagiert. Aber auch wenn sie sich in Bezug auf die Diagnose nicht einig werden konnten, halfen die Medikamente, die sie ihm verschrieben. Solange ich ihm seine Tabletten gab, blieben die Halluzinationen und Stimmen aus. Aber dann ist er zu Hause ausgezogen und musste selbst darauf achten, seine Medikamente einzunehmen. Und das konnte er nicht. Wenn er die Tabletten nahm, fühlte er sich so gesund, dass er sich einbildete, sie nicht mehr zu brauchen. Dann hat er sie weggeworfen und ist wieder wahnsinnig geworden. Gewalttätig. Er hat mehrere Male versucht, bei mir einzubrechen. Er hat mich bedroht. Ich wollte ihn zwangseinweisen lassen, aber niemand hat mir zugehört. Stattdessen haben sie sich um seine Diagnose gestritten und um seine weitere Behandlung. Schließlich habe ich es aufgegeben und bin aus Kopenhagen weggezogen. Ich habe mir eine Wohnung hier in Fredericia genommen. Habe die Telefonnummer gewechselt. Das ist jetzt ein halbes Jahr her, und seitdem habe ich keinen Kontakt mehr zu ihm.«

Die Tränen fließen ihr nun aus den geröteten Augen die Wangen hinunter, ohne dass sie sie zu unterdrücken versucht oder sie wegwischt.

Natalja weiß nicht, wohin sie den Blick wenden soll. Sie ist es nicht gewohnt, von persönlichen Informationen derart überrollt zu werden. Bevor es so weit kommt, hat sie normalerweise längst die Flucht ergriffen oder ihren Gesprächspartner mit ihrer abweisenden Haltung zum Schweigen gebracht. Nach ihrem Vater ist Marianne der Mensch, den sie am besten kennt, aber trotzdem weiß sie nur ein kleines bisschen über ihr Liebesleben und absolut nichts über ihre Familie. Sie hat nicht die geringste Ahnung, ob Marianne Geschwister hat oder ob ihre Eltern noch leben. Sie weiß nur, dass sie nicht verheiratet ist und keine Kinder hat. Und jetzt hat Natalja auf einmal einen größeren Einblick in das Leben dieser fremden Frau als in das Leben ihrer engsten Freundin.

»Mein Sohn hat sehr zu seinem Großvater aufgeschaut«, sagt Klara und reißt Natalja aus ihren Gedanken. »Sein Tod war ein harter Schlag für ihn. Vielleicht hat der Unfall ja seine Krankheit ausgelöst. Ich weiß es nicht. Aber ich glaube, er hat die Halskette genommen. Er wollte sicher ein Andenken an seinen Großvater haben. Also muss er es sein … er muss derjenige sein, nach dem Sie suchen.«

»Wie heißt Ihr Sohn?«

»Andreas Petrow.«

Trotz der Tränen muss sie lächeln, als sie seinen Namen ausspricht.

»Eigentlich heißt er Andrej. Mein Vater war der Meinung, ich sollte ihn nach Andrej Fjodorowitsch, dem großen Sänger in der Familie, benennen. Aber als wir hierherzogen, habe ich angefangen, ihn Andreas zu nennen, damit er nicht ausgeschlossen wird. Ich wollte, dass wir hier ein möglichst normales Leben führen können. Dass er sich möglichst gut in der Schule einfindet. Da schien es nur natürlich, seinen Namen ein wenig anzupassen.«

»Es war eine schöne Geste, ihn nach Andrej zu benennen«, sagt Thomas. »Ich weiß, das hier muss unglaublich schwer für Sie sein, aber Sie sind uns eine große Hilfe.«

Sie nimmt seine Hand. »Versprechen Sie mir, dass er die Unterstützung bekommt, die er braucht. Wenn Sie ihn finden, dürfen Sie ihn nicht ins Gefängnis schicken. Er braucht Hilfe.«

»Es ist leider nicht an mir, solche Dinge zu beurteilen«, sagt er im Automatikmodus und zieht den Arm zurück. Doch dann überlegt er es sich noch einmal anders und drückt Frau Petrowa leicht die Hand. »Aber ich werde tun, was ich kann. Geben Sie uns seine Adresse?«

»Er wohnt in Nordvest, Kopenhagen. In einer kleinen Wohnung im Theklavej.«

32

Thomas' Auto senkt sich mit einem erschöpften Ächzen, als er sich hinters Steuer zwängt. Er steckt den Schlüssel ins Zündschloss, hält jedoch inne, bevor er ihn dreht.

»Andreas Petrows Wohnung liegt nicht weit von dem Haus entfernt, in dem Olena gefangen gehalten wurde«, sagt er. »Andreas muss gesehen haben, was dort vor sich ging. Und wenn er obendrein herausgefunden hat, dass Olena aus Kiew kommt …«

»… dann hat die Geschichte von Dobrynja perfekt gepasst«, vervollständigt Natalja seinen Satz.

»Ja. Er muss die Jungs eine Weile beobachtet haben. Wie hätte er sonst wissen sollen, wo Anders Thorgaard wohnt? Er hat sie beobachtet und gesehen, wie Anders an dem Tag, als das Video aufgenommen wurde, zu Besuch kam. Ist ihm gefolgt, als er wieder nach Hause ging. Hat den richtigen Zeitpunkt abgewartet. Vielleicht dachte er, Olena befände sich noch im Keller, als er das Haus angriff. Oder er wusste, dass sie nicht mehr da war, und es war ihm egal. Im Krankenhaus hat er sie dann endlich gefunden und mitgenommen, aber was ist danach passiert?«

Natalja schluckt. »Er ist zu meinem Vater gefahren. Das ist auch ein Teil von *Dobrynja und der Drache*.

Nachdem Dobrynja Prinzessin Zabawa aus der Höhle des Drachen befreit hat, trifft er sich mit einem anderen Bogatyr, einem anderen großen Helden, und übergibt ihm die Prinzessin. Sagt ihm, er soll sie sicher nach Kiew zurückbringen. Andreas brauchte einen Helfer, der seine Mission beendet. Er muss zu meinem Vater gegangen sein, weil er dachte, dass der ihn versteht. Dass er aufgrund seines Wissens über den slawischen Volksglauben und seiner Freundschaft zum Großvater diese Morde nachvollziehen kann. Und da mein Vater das nicht konnte …«

Thomas legt ihr eine Hand auf die Schulter, aber die plötzliche Berührung lässt Natalja zusammenfahren, und sie zuckt zurück.

»Entschuldigen Sie«, sagt er verdattert. »Es war nicht meine Absicht, Ihnen …«

»Nein, das ist in Ordnung. Ist schon in Ordnung.«

Sie wirft ihm einen schnellen Blick zu und lächelt entschuldigend, bleibt aber weiterhin auf Abstand.

»Ich glaube, Sie haben recht«, fährt Thomas fort. »Andreas hat die Wachswalze Ihres Vaters mitgenommen, weil er der Meinung war, Ihr Vater verdiene es nicht, ein Geschenk seines Großvaters zu besitzen. Andreas dachte, dass dieser enge Freund der Familie ein Bogatyr sei, ein Held, so wie er, aber als Ihr Vater sich weigerte, das Mädchen zu übernehmen, ist diese Vorstellung in sich zusammengebrochen. Ihr Vater könnte im Schlafzimmer nach seinem Handy gesucht haben, um die Polizei zu rufen.«

»Papa war immer so zerstreut. Das Handy lag im Arbeitszimmer, aber das muss er vergessen haben. Wenn er nicht ins Schlafzimmer gegangen wäre, dann hätte er die Polizei vielleicht noch verständigen können. Er hätte vielleicht überlebt.«

»Das ist nicht sicher«, sagt Thomas. »Andreas war fest entschlossen, ihn zu töten, und das Ganze ging sehr schnell. Selbst wenn Ihr Vater die Polizei noch alarmiert hätte, wäre sie nicht mehr rechtzeitig da gewesen. Petrow ist möglicherweise ja auch durchs Kellerfenster eingedrungen und dann erst im Schlafzimmer mit Ihrem Vater zusammengestoßen. Er hat Ihren Vater jedenfalls nicht als Teil des Drachen gesehen und ihn deshalb nicht mit dem Schwert und der Lanze getötet. Er musste etwas anderes als Mordwaffe benutzen.«

»Wahrscheinlich hat er die Skulptur genommen, weil sie gerade in Reichweite war«, sagt Natalja.

Einen Moment sitzen sie schweigend nebeneinander.

»War das ernst gemeint, was Sie vorhin in der Wohnung gesagt haben?«, fragt sie dann.

»Was meinen Sie?«

»Sie haben zu Klara Petrowa gesagt, Sie würden tun, was Sie können, um ihrem Sohn zu helfen. Haben Sie das so gemeint?«

Er stößt ein lautes Stöhnen aus und fährt sich mit der Hand über das Gesicht. »Ich weiß es nicht. Ich habe mir noch nicht überlegt, was ich tun werde, wenn ich ihm wieder gegenüberstehe. Erst mal will ich ihn einfach nur finden. Verstehen Sie? Ich will mich vergewissern, dass er tatsächlich existiert. Denn irgendwie fühlt sich dieser ganze Abend im Krankenhaus so an, als hätte er nie stattgefunden. Ich kann mich an alles erinnern, aber nur wie an einen Film, den ich im Fernsehen gesehen habe. Nicht wie an etwas, was ich wirklich erlebt habe. Und wenn ich dann vor ihm stehe … Wenn ich Andreas Petrow gegenüberstehe … Wer weiß, was dann passiert.«

Er dreht den Schlüssel, und der Motor springt an.

»Was machen Sie jetzt?«, fragt sie.

»Ich fahre zu seiner Wohnung.«

»Was ist mit Ihren Kollegen? Wollen Sie sie nicht anrufen?«

»Später«, murmelt er und legt den ersten Gang ein. »Zuerst muss ich nachsehen, ob er überhaupt da ist. Und ob er wirklich derjenige ist, nach dem wir suchen.«

Wie viel Zeit ist vergangen? Wie viele Wochen verharren sie jetzt schon in diesen feuchten Räumen? Trotz allem, was er getan hat, damit die Worte sich wieder zusammenfügen. Er hat das Blut des Drachen vergossen. Und er ist ins Nichts gegangen, wo die Welt ohne Struktur und ohne Sinn ist, um die Erzählung wieder in Gang zu bringen. Mehr kann niemand von ihm verlangen.

Zabawa. Warum ist niemand gekommen, um sie entgegenzunehmen? Und warum benimmt sie sich nicht wie Zabawa?

Die Zeilen winden sich. Er versucht, sie festzuhalten, doch sie sind zu stark. Sie schlagen mit dem Schwanz um sich – dem Schwanz eines Drachen – und schütteln ihn ab. Er wirbelt umher. Greift nach einzelnen, losgerissenen Wörtern. Mit geschlossenen Augen greift er danach. Als er sie öffnet, sieht er, dass er kein Wort festhält, sondern sie. Das Mädchen.

»Wer bist du?«, ruft er und schüttelt sie. »Wer bist du?«

Nichts ist, wie es sein sollte. Irgendetwas hält die Wunde im Fleisch der Erzählung offen, sodass sie unaufhaltsam blutet. Er hat getan, was er tun sollte. Und die Erzählung lügt nicht. Bleibt nur das Mädchen. Zabawa, die sich nicht wie eine Prinzessin verhält. Der Fehler kann nur bei ihr liegen.

Er merkt, wie alles um ihn herum in Stücke zerfällt. Die Wörter schreien und verlieren mehr und mehr Blut. Es strömt die Wände hinunter, besudelt den Boden. Steigt und steigt, bis es ihm bis zu den Knien reicht. Genau wie das Blut des Drachen ist es heimatlos, verflucht, doch er hat keine Lanze mehr, um den Erdboden zu spalten, damit es aufgesaugt werden kann.

Er schüttelt das Mädchen, das unmöglich Zabawa sein kann. Wirft sie aufs Bett, setzt sich rittlings auf sie und schlägt zu. Er schlägt, bis Zabawas Gesicht verschwindet. Das Blut ergießt sich über das Bett, über seine Arme und in seinen Mund. Es erfüllt ihn. Und zusammen mit dem nun namenlosen Mädchen geht er in dem reißenden Strom unter. Es nützt nichts, dagegen anzukämpfen. Er ist verloren.

Und dann …

Stille.

Als er wieder zu sich kommt, ist das Blut im Holzfußboden versickert. In der Matratze. Es ist in den Wänden und Möbeln verschwunden.

Er steigt von dem Mädchen und lockert die Fäuste. Steht mitten in den Resten einer verlorenen Erzählung. Doch aus dem Blut und den Trümmern sind neue Worte und neue Töne hervorgegangen. Ein neuer Schluss, den er als Kind einst gehört hat und der in seinem Inneren nun wieder zum Leben erwacht. Er kennt diesen neuen Schluss, hat ihn allerdings noch nicht bis in alle Einzelheiten durchdacht. Es gibt keinen Zweifel, dass er dem roten Faden folgen muss, aber er braucht Hilfe. Er muss wissen, was genau er tun soll, und dann wird er jedes einzelne Wort genau befolgen, damit es auch ganz sicher zum richtigen Ausgang der Geschichte kommt. Dieses Mal wird er nicht versagen.

Doch er kennt nur einen Ort, an dem er die neue Erzählung im Wortlaut finden kann. Das Haus des Anderen. Er muss dorthin zurück.

33

»Warten Sie hier«, brummt Thomas Natalja zu, als er den Wagen vor Andreas Petrows Wohnung parkt. Sie protestiert nicht. Will am liebsten einfach zurück in ihre Wohnung, aber hat zugestimmt, im Auto zu warten, während Thomas herausfindet, ob Andreas Petrow zu Hause ist.

Der Wohnblock muss aus den 30er Jahren stammen. Er hat fünf Etagen und Mauern aus Backstein, die etwa zwei Meter hoch mit Putz verkleidet sind. Thomas geht über den Bürgersteig und drückt auf die Klingel eines beliebigen Hausbewohners. Drückt den Knopf bis zum Anschlag.

»Ja?«, kommt es schnarrend aus der Gegensprechanlage.

»Werbung«, sagt Thomas. Die Leute sind in der Regel eher geneigt, den Zeitungsboten oder Prospektverteiler ins Haus zu lassen als die Polizei.

Von der Tür ertönt ein Summen. Thomas drückt sie mit der Schulter auf und geht hinein. Macht im Treppenhaus Licht an.

Andreas Petrows Wohnung befindet sich in der vierten Etage. In Thomas' Knien beginnt es wieder zu knirschen, als er am zweiten Treppenabsatz vorbei ist.

Oben angekommen, klopft er an Petrows Tür und

wartet einen Augenblick ab, doch es antwortet niemand. Dann holte er seine Dietriche hervor. Es dauert nur wenige Sekunden, bis die Tür geöffnet ist. Bei dem Schloss handelt es sich um ein älteres Ruko Schloss, und Thomas hat sich bereits Zugang zu Hunderten von Wohnungen verschafft, die ein eben solches Schloss vor Eindringlingen schützen sollte.

Hinter der Tür liegt ein dunkler Flur. Ein kräftiger Gestank lässt die Luft in der Wohnung dick erscheinen, aber es ist nicht der gleiche Gestank, der Thomas knapp hundert Meter von hier aus dem Haus der jungen Männer entgegenschlug. Es riecht nicht nach Tod, sondern viel mehr so, als würde man an einem warmen Sommertag kopfüber in einem Müllcontainer stecken. Und darunter liegt noch ein schwerer Geruch, den Thomas nicht zuordnen kann.

Er geht hinein.

»Hallo?«, brummt er. »Petrow? Bist du hier?«

Niemand antwortet.

Gleich rechts steht die Tür zum Badezimmer offen. In den Ecken der Duschkabine wächst schwarzer Schimmel, und das Waschbecken ist von Kalk und Schmutz gelb verfärbt. Es sieht so aus, als wäre schon seit geraumer Zeit kein Wasser mehr in der Toilette gewesen, denn unten in der trockenen Kloschüssel liegt Kot aufgehäuft, der an den Seiten dunkle Streifen hinterlassen hat. Thomas zieht den Kopf zurück. Daher kommt also dieser schwere Geruch.

Der Tisch in der Küche ist voller Müll. Alter Salat, halb aufgegessene Hotdogs, Konservendosen mit weißen Bohnen in Tomatensoße. Aus einem rohen Hühnchen, das direkt auf der Arbeitsplatte liegt und eine fast schon selbstleuchtende blaugrüne Farbe angenommen hat, kommt Flüssigkeit. Der blassrote Saft ist über eine Schranktür gelaufen und hat auf dem Boden zwischen leeren Konservendosen eine kleine Pfütze gebildet. Überall auf dem Boden wurden Zeitungen ausgebreitet, vielleicht in dem Versuch, einen Fußweg durch den Müll anzulegen.

Er geht von Zeitung zu Zeitung, und mit einer Hand im Gummihandschuh dreht er den Wasserhahn am Spülbecken auf. Wie erwartet, gibt er nur ein lautes Röcheln von sich, aber kein Wasser. Andreas Petrow ist offenbar schon seit Längerem nicht mehr in der Lage, sich über seine Wasserrechnung Gedanken zu machen.

Im Schlafzimmer steht ein Etagenbett. Wie es scheint, hat nur oben jemand geschlafen. Dort liegt eine Bettdecke ohne Bezug oder Überschlaglaken am Fußende zusammengeknüllt. An vielen Stellen hängt die Tapete in großen, feuchten Fetzen von der Wand, und an der Decke sind Löcher wie von Faustschlägen. Thomas muss an Andreas Petrows Symptome denken, wie Klara Petrowa sie ihm beschrieben hat. Dass er Schlangen an der Decke sieht. Möglicherweise sind diese Abdrücke die Hinterlassenschaften seiner Kämpfe mit dem eingebildeten Gezücht.

Der letzte Raum in der Wohnung ist das Wohnzimmer. Hier hat der umgestürzte Couchtisch zusammen mit zwei Stühlen und einem Fernseher als Mauer gedient, die bis vor Kurzem noch die Wohnzimmertür verbarrikadiert hat. Als Zeichen dafür, dass Andreas Petrow sich offenbar eine Zeit lang hier verschanzt hat, liegt in einer Ecke des Zimmers ein weiterer Haufen Kot. Daneben sieht Thomas die Reste eines zertrümmerten Laptops. Es scheint, als wäre er gegen die Wand geschleudert worden, wo er einen großen schwarzen Abdruck hinterlassen hat.

Thomas geht zum Fenster und öffnet die Jalousien. Schaut hinaus. Von der Wohnung aus blickt man direkt auf eine Baustelle. Dort sind die Überreste des Gebäudes zu sehen, das sich einmal zwischen diesem Wohnblock und dem Haus, in dem Olena gefangen gehalten wurde, befand. Der Abriss des Gebäudes hat den Blick auf das Haus freigegeben. Und nicht nur das: Andreas Petrow konnte durch ein Dachfenster mitten in das Zimmer hineinschauen, in dem Olena vergewaltigt wurde. Alles, was in dem Doppelbett vor sich ging, hat er genau mitverfolgen können.

Eigentlich müsste Thomas jetzt von einer Art Rausch erfasst werden. Seine Füße müssten sich leicht anfühlen. Aber das Gefühl, das ihn normalerweise durchströmt, wenn sich ein Fall wie ein Puzzle in seinem Kopf zusammenfügt, bleibt aus. Stattdessen fühlt er sich müde und leer.

Er holt sein Handy hervor und ruft Martin Dahl an.

»Ich weiß, wer Olena hat«, sagt er ruhig.

»Wovon redest du?«

»Sein Name ist Andreas Petrow. Ich stehe gerade in seiner Wohnung, aber er ist nicht hier.«

»Warum glaubst du, dass er es ist?«

»Du solltest besser herkommen. Und die Kriminaltechniker gleich mitbringen.«

»Wenn du es sagst. Wo bist du?«

Er gibt ihm die Adresse.

»Und, Dahl«, fügt er noch hinzu, »ich will gern dabei sein, wenn ihr ihn fangt, okay? Schluss mit der Beurlaubung. Ich bin jetzt wieder Teil der Gruppe. Ich will gar nicht großartig was entscheiden. Rang und Cheftitel sind mir egal. Ich will einfach nur dabei sein.«

Der riesige Polizist sieht noch schwerer aus, als er zu Natalja ins Auto zurückkommt. Er lässt die Schultern und Augenlider hängen und ist blass im Gesicht.

»Es gibt keinen Zweifel«, sagt er, als er sich hinters Steuer gesetzt hat. »Er ist es.«

»Aber er war nicht da?«

Thomas schüttelt den Kopf. Lehnt sich leicht vor, die Hände vor dem Gesicht, und sagt mit einem tiefen Seufzer: »Meine Kollegen sind jeden Moment da. Sobald ich ihnen die Wohnung oben gezeigt habe, fahre ich Sie nach Hause. Für Sie gibt es hier nichts mehr zu tun. Wir wissen, wer er ist. Jetzt ist es nur noch eine Frage der Zeit, bis wir ihn gefunden haben.«

34

Thomas lässt den Motor im Leerlauf, während er sich von Natalja verabschiedet. Als sie die Autotür hinter sich zugeschlagen hat, lässt er die Fensterscheibe herunter und ruft noch einmal nach ihr. Sie dreht sich um und geht zurück zum Auto. Steckt den Kopf durchs Fenster.

»Was gibt es noch?«

»Sie haben doch gesagt, dass es in diesen Bylinen mit starken Frauen, die sich nicht an die Normen der Gesellschaft halten, immer ein schlechtes Ende nimmt, oder?«

»Ja«, sagt sie und runzelt, verwundert über diese Frage, die Stirn.

»Und wie sieht es mit dicken Polizisten aus?«, fragt er lächelnd.

Sie lacht. »Im slawischen Volksglauben wimmelt es nicht gerade von Polizisten.«

»Dann streichen Sie das mit der Polizei. Wie läuft es mit dicken Männern?«

»Tja, die Helden in den Bylinen sind in der Regel ziemlich wohlgenährt.«

»Und die Helden gewinnen immer?«

»Das kommt darauf an …«

Sie hält inne. Merkt plötzlich, dass Thomas ernsthaft besorgt aussieht.

»Ist dies der Moment, wo ich einfach Ja sagen soll?«, fragt sie dann.

»Ja bitte, seien Sie doch so gut.«

»Okay, also ja. Die Helden gewinnen immer.«

Er kratzt sich am Kinn, zögert und sagt schließlich: »Und Dobrynja? Er überlebt die ganze Geschichte und heiratet am Ende eine Kriegerin, oder?«

»Ja.«

»Aber was ist mit seinem Tod? Gibt es auch Lieder, die davon handeln?«

Sie nickt. »Sein Tod ist zwar kein Teil von *Dobrynja und der Drache*, aber es gibt andere Texte, die beschreiben, wie er stirbt.«

»Und das ist wahrscheinlich ganz unterschiedlich, je nachdem, welche Variante man sich ansieht, richtig? So wie bei den anderen Geschichten, meine ich?«

»Ja. In einer der überlieferten Erzählungen trifft er eine alte Frau, als er gerade durch eine offene Landschaft reitet. Sie kommt auf ihn zu und sagt ihm, er habe jetzt lange genug auf der Erde gelebt. Und genug unschuldiges Blut vergossen. Er fragt sie, wer sie sei. Eine Zarin? Oder eine mächtige Kriegerin? Und das heißt so viel wie: ›Wie kannst du es wagen, so mit mir zu reden?‹ Er ist es nämlich nicht gewohnt, dass man so mit ihm spricht. Von einer Adligen oder einer großen Kriegerin beleidigt zu werden, kann er zur Not noch verkraften, aber nicht von einer schwächlichen, alten Frau. Sie sagt ihm, dass sie Tod, die Grausame, sei, und er antwortet mit der Drohung, ihr den Kopf von den Schultern zu schlagen. Daraufhin zieht sie ein Schwert, das bis dahin verborgen war. Dobrynja bittet um sein Leben. Er fleht sie an, noch zwei Jahre länger leben zu dürfen, damit er Vergebung für seine Sünden suchen kann. Aber Tod, die Grausame, will ihm keine einzige Minute mehr schenken. Ihr Schwert fährt ihm durchs Fleisch und durch die Knochen, und er fällt tot von seinem Pferd.«

Sie macht eine kleine Kunstpause und versucht, Thomas vom Gesicht abzulesen, ob er sich immer noch für ihre Erzählung interessiert. Es ist lange her, dass sie mit einem Fremden über ihr Fachgebiet reden konnte, ohne dass derjenige irgendwann anfing, nach Entschuldigungen zu suchen, um sich dem Gespräch zu entziehen. Aber Thomas lehnt sich immer noch zu ihr herüber, so weit es sein Sicherheitsgurt zulässt, und nickt ihr aufmunternd zu.

»In einer ganz ähnlichen Erzählung wird er von der Hexe Baba Latyngorka getötet, die sich in Lumpen als alte Frau verkleidet hat. Sie trägt ein Schwert und eine Lanze, die weit in den Himmel reicht. Dobrynja wird im Kampf verletzt, aber er stirbt nicht an der Wunde, sondern aus Scham, von einer alten Frau geschlagen worden zu sein. Diese Geschichte hat eine gewisse Verbindung zu *Dobrynja und der Drache*, denn es heißt, dass zwischen Baba Latyngorka und Zmej Gorynytsch eine Beziehung besteht.«

»Also dem Drachen, den Dobrynja besiegt?«

»Ja, genau.«

Sie sieht ihn wieder an, und dieses Mal wirkt sein Blick geistesabwesend. Er hat die Information bekommen, die er brauchte, und jetzt ist er mit seinen Gedanken längst woanders.

»Aber warum fragen Sie mich nach Dobrynjas Tod?«, fragt sie.

»Ich weiß nicht«, murmelt Thomas. »Ich denke nur, wenn Andreas Petrows Weltbild zerfällt, also, wenn wir ihn finden und die Erzählung zerstören, der er offenbar folgt, dann bricht er möglicherweise vollkommen zusammen. Und dann wird er vielleicht versuchen, sich das Leben zu nehmen. Es könnte hilfreich sein zu wissen, wie er sich seinen eigenen Tod vorstellt.«

»Ganz egal, was er sich vorstellt, vorläufig geht er jedenfalls nicht davon aus, dass er bald sterben wird.«

Thomas lehnt sich in seinem Sitz zurück. »Warten wir es ab. Danke, Natalja. Für alles. Ich rufe Sie an, wenn wir ihn haben.«

»Mal sehen, ob ich dann auch drangehe«, sagt sie mit einem kleinen Lächeln, bevor sie sich umdreht und im Treppenhaus verschwindet.

Zurück in ihrer Wohnung, wird sich Natalja erst in vollem Umfang der Unruhe bewusst, die ihr in den zitternden Muskeln sitzt. Wie ein schwaches Kribbeln, als stünde sie unter Strom, das es ihr unmöglich macht, sich zu entspannen. Sie setzt sich in den Lesesessel im Wohnzimmer und schaltet die Musik ein. Mikola Lisenko. Schließt die Augen und atmet tief durch, kommt aber trotzdem nicht zur Ruhe. Sie streckt sich. Die Muskeln in ihren Armen und Beinen sind von der konstanten Anspannung ganz steif.

Sie sollte unter die Dusche gehen. Sollte sich unten an der Ecke etwas zu essen holen und ein bisschen Arbeit erledigen. Aber sie kann sich nicht konzentrieren. Sie hat die Kontrolle über ihre Gedanken verloren, und jedes Mal, wenn sie versucht, sie einfach der Musik folgen zu lassen, wie sie es sonst immer tut, verselbstständigen sie sich wieder. Sie denkt an ihren Vater, an Olena und an Klara Petrowa. An Thomas, der sich in ihr Leben gedrängt hat. Mit anderen Menschen zusammen zu sein gibt ihr immer ein klaustrophobisches Gefühl, aber nichtsdestotrotz hat sie die gemeinsamen Stunden mit Thomas Nyland genossen. Aus Gründen, die sich ihr nicht erschließen. Sie denkt keine zusammenhängenden Gedanken. Nur Gedankenfetzen und zerrissene Bilder und halbe Wörter. Von dem Strudel in ihrem Kopf wird ihr übel.

Sie steht auf.

Wenn diese Wohnung ihr nicht die Ruhe geben kann, nach der sie sich sehnt, muss sie zum Haus ihres Vaters. In das Zuhause ihrer Kindheit. Sie muss in seiner Bibliothek zwischen den Büchern verschwinden. Dem einzigen Ort, wo sie immer Frieden finden konnte. Daran soll auch dieser Fall nichts ändern. Andreas Petrow darf ihr nicht ihren Freiraum nehmen.

35

Sie schafft es gerade noch, in die S-Bahn nach Charlottenlund zu schlüpfen, bevor die Türen mit einem lauten Warnsignal zufallen. Es wird stürmisch, und der Wind weht winzige Tropfen Salzwasser aus dem Meer über den Hafen und gegen die Fenster der S-Bahn, an denen sie dann abperlen.

Natalja eilt über den dunklen Gartenweg, der zum Haus führt, und lehnt sich gegen den Türgriff, während sie den richtigen Schlüssel heraussucht. Als sie die Tür hinter sich schließt, drückt sie noch einmal zusätzlich nach, um sicher zu sein, dass sie auch wirklich zu ist. Sie hat nicht vergessen, was passiert ist, als sie das letzte Mal hier war.

Sie tritt sich die Füße auf der Fußmatte ab und windet sich aus dem Mantel. Hängt ihn an einen Haken. Beugt sich hinunter, um sich die Stiefeletten auszuziehen, als ihr Blick durch die angelehnte Tür zur Bibliothek fällt. Durch den kleinen Spalt kann sie sehen, dass auf dem Fußboden Bücher liegen.

Sie denkt nicht mehr daran, das Licht einzuschalten. Läuft einfach durch die Eingangshalle und schiebt die Tür ganz auf. Im Zimmer wurden die Bücher aus den Regalen geholt und zu Boden geworfen. Sie liegen überall verteilt. Seiten wurden herausgerissen und zerknüllt.

Nicht Papas Bücher, denkt sie. *Alles, nur nicht das!*

Mitten in dem Chaos fällt sie auf die Knie. Aus *Zagrobnyj mir po drewnerusskim predstawlenijam*, der Ausgabe von 1913, sind fast alle Seiten herausgerissen, und der Umschlag von *Jazytjestwo drewnej Rusi* ist aufgeschlitzt. Mit hektischen Bewegungen untersucht sie die Bücher. Sie sind fast alle zerstört. Nur wenige stehen noch unberührt im Regal. Die Regalbretter wurden aus ihren Verankerungen gehoben. Natalja kann es nicht fassen. Krabbelt zwischen den Büchern umher. Hebt sie auf, blättert sie durch und begutachtet die Schäden. Sie sind umfassend. Plötzlich hält sie inne. Dreht sich um. Geht noch einmal die Bücher durch, die sie sich bereits angeschaut hat. Streicht zerknüllte Seiten glatt.

Ein Muster, denkt sie. *Die Zerstörung hat ein Muster. Sie ist nicht willkürlich.*

Ein Geräusch zu ihrer Rechten lässt sie aufblicken. In Richtung Arbeitszimmer. Das schwache Nachmittagslicht vermag es nicht richtig zu erhellen, und das schummrige Halbdunkel scheint dem Raum die Farben und Dimensionen zu entziehen, sodass er flach wie eine Fotografie in matten Grautönen wirkt. Die Royal-Schreibmaschine steht mitten auf dem Schreibtisch. Der Bürosessel steht noch genauso da, wie sie ihn hinterlassen hat. Der Samowar. Der Phonograph. Alles ist am selben Platz wie immer.

Natalja fällt wieder der Schatten auf dem Balkon ein. Die schwarze Gestalt, die vor ihr die Arme ausgebreitet hat und sich einfach hinunterfallen ließ. Andreas Petrow. Er stand ihr an diesem Abend gegenüber. Und er muss auch jetzt im Haus gewesen sein.

Nein, denkt sie. *Nicht ›gewesen‹. Er ist immer noch hier. Er hat das Haus noch nicht verlassen.*

Ihr Herz schlägt schneller. Sie muss Thomas Bescheid geben. Sofort. Aber ihr Handy befindet sich in der Tasche ihres Trenchcoats, der draußen in der Eingangshalle hängt.

Langsam kommt sie auf die Beine. Vorsichtig. Wieder ein Geräusch. Dieses Mal hinter ihr. Sie dreht den Kopf. Nichts. Nur ein Knarren im Gebälk oder ein leises Pfeifen in den Wasserrohren. In diesem Haus herrscht nie absolute Stille. Es macht ständig auf sich aufmerksam, wie eine alte Tante, die über ihre schlechten Knie oder gichtgeplagten Finger klagt. Es stöhnt und seufzt wie alle alten Gebäude.

Natalja geht den ersten Schritt zurück in Richtung Eingangshalle. Die hohen Absätze ihrer Stiefeletten verursachen ein Klacken auf dem Fußboden, bei dem sie unmittelbar stehen bleibt. Es klingt zehn Mal so laut wie das Klagen des Hauses. Sie wird es unmöglich zurück bis zu ihrem Handy schaffen, ohne Andreas Petrows Aufmerksamkeit zu wecken.

Falls er überhaupt hier ist, denkt sie und versucht, sich zu beruhigen. Doch ihre empfindlichen Sinne trügen sie nicht. Sie spürt, dass noch jemand im Haus ist. Vielleicht hat er sie längst gesehen. Vielleicht wartet er nur auf den richtigen Moment, bevor er angreift.

Sie überlegt, ob sie die Stiefeletten abstreifen und

versuchen soll, sich leise vorwärtszubewegen, oder ob ihre Chancen besser stehen, wenn sie einfach zur Tür rennt, sich ihren Mantel schnappt und aus dem Haus verschwindet. Sie atmet langsam ein. Bis tief in die Lunge. Ballt die Hände zu Fäusten, spannt sämtliche Muskeln im Körper an und rennt los.

Im selben Moment sieht sie, wie jemand aus dem Arbeitszimmer ihres Vaters hervorschießt. Er ist schnell. Viel schneller als sie. Sein langer Mantel flattert hinter ihm her wie ein schwarzer Umhang. Sie kommt in die Eingangshalle. Aber er ist unmittelbar hinter ihr. Nie im Leben wird sie es bis zu ihrem Handy schaffen. Deshalb ändert sie die Richtung. Macht kehrt und läuft zurück zur Bibliothek. Das Handy ihres Vaters liegt im Arbeitszimmer. Vielleicht kann sie an Petrow vorbeischlüpfen und bekommt es zu fassen, bevor er sie zu fassen bekommt. Es besteht eine geringe Chance, dass der Akku im Handy ihres Vaters noch ausreichend aufgeladen ist und sie Thomas damit anrufen kann. Doch dann fällt ihr ein, dass sie seine Nummer nicht weiß. Die Nummer ist in ihrem Handy gespeichert, aber nicht in ihrem Kopf. Ein kurzer Moment des Zweifelns lässt sie zögern. Und das ist alles, was Andreas Petrow braucht. Er packt sie am Arm und zieht sie mit einem kräftigen Ruck zu Boden. Sie schaut zu ihm auf. Er hat einen dichten, verfilzten Vollbart. Das Haar hängt ihm in fettigen Strähnen über die Schultern, und er starrt sie mit wilden Augen an. Die Pupillen sind winzig.

Sie will schreien, bekommt aber keine Luft.

Dann ändert sich sein Blick, und einen Moment

kommt es ihr so vor, als läge darin etwas ganz anderes als Wildheit. Liebe? Hingabe?

Er neigt den Kopf zur Seite. Hebt die Arme und zieht sein Schwert aus der Scheide auf seinem Rücken.

Natalja reagiert mit Instinkten, von denen sie bislang nichts wusste. Sie stößt sich mit den Beinen ab. Wirft sich nach hinten, greift nach einem Buch und schleudert es nach Petrow. Es trifft ihn an der Schulter, aber er beachtet es gar nicht. Sie versucht, wieder in den Stand zu kommen, gerät jedoch ins Wanken und landet auf allen vieren. Krabbelt fort von dem Riesen, der auf sie zugesprungen kommt und sie mit einem Tritt umwirft. Er hebt den rechten Arm und rammt ihr mit voller Wucht das Heft des Schwertes in den Rücken. Mit einem dumpfen Schlag trifft sie auf dem Boden auf, sodass ihr sämtliche Luft aus der Lunge entweicht. Dann reißt er sie an der Schulter herum auf den Rücken und setzt sich auf sie. Sie windet sich, kann sich aber nicht befreien. Er legt das Schwert zur Seite. Fasst nach ihrem Haar. Hebt ihren Kopf an und schlägt ihn wieder und wieder gegen den Boden. Der Schmerz hat keine Zeit, sich in ihr auszubreiten, bevor der nächste Aufprall kommt. Wie durch einen dichten Nebel registriert sie, dass Andreas Petrow weint. Er weint brüllend und unaufhörlich. Seine Unterlippe bebt. Speichelfäden hängen ihm aus dem Mund und treffen auf Nataljas Gesicht. Legen sich ihr auf die Lippen und Wangen. Seine Hände krallen sich in ihrem Haar fest, aber jetzt schlägt er ihren Kopf nicht mehr gegen den Boden. Seine Finger sind wie Haken. Er lässt sich nach vorn fallen, und sie spürt die Schwere seines Körpers auf sich. Er schluchzt. Küsst ihre Wangen. Ihren Mund. Sein Speichel schmeckt säuerlich. Der Bart kratzt ihr auf der Haut.

»Oh Mutter«, flüstert er mit zitternder Stimme auf Ukrainisch. »Sie hat mich verhext. Ich war nicht ich selbst. Es war furchtbar.«

»Stop«, bringt sie hervor. »Ich kann nicht …«

Er küsst sie. Presst seinen Mund auf ihren, sodass sie nichts mehr sagen kann.

»Sprich nicht, liebste Mutter«, flüstert er an ihren Lippen. »Ich möchte dir etwas zeigen. Du sollst meinen Triumph mit ansehen. Meinen Sieg. Das einzig richtige Ende meiner Erzählung.«

Er richtet sich auf. Hält ihre Hüfte immer noch fest mit den Beinen umschlossen. Ergreift das Schwert und hebt es über ihr Gesicht. Die Muskeln in seinen Armen spannen sich an, als er ihr das Heft mit gewaltiger Kraft gegen den Kiefer rammt.

36

»Erste Reihe«, murmelt Martin Dahl in sein Taschentuch. Er steht am Fenster in Andreas Petrows Wohnzimmer und schaut hinunter auf das Dachfenster, das Petrow stundenlang betrachtet haben muss, während die Welt um ihn herum zerfiel. Er wendet sich Thomas zu. Hält Nase und Mund bedeckt und sagt: »Für die Vorstellung da unten hatte Petrow wirklich die besten Plätze. Wie hast du hierhergefunden?«

»Mit einem Gedicht. Kann ich dir später erklären.«

»Du brauchst mir überhaupt nichts zu erklären. Jetzt bist du wieder der Chef.«

Er zieht mit einer eleganten Bewegung einen imaginären Hut und verbeugt sich.

»Offiziell noch nicht«, sagt Thomas.

Dahl sieht sich um. »Verdammt, ist das ekelhaft hier«, sagt er angewidert. »Vielleicht können wir uns von den Technikern weiße Anzüge und ein paar Gesichtsmasken leihen, bevor wir ihn festnehmen. Wer weiß, was für Krankheiten der mit sich rumschleppt.«

Thomas brummt irritiert. Der Gestank und der Müll sind im Moment das geringste Problem.

»Was auch immer mit Andreas Petrow nicht stimmt, es ist jedenfalls nicht ansteckend«, sagt er.

»Aber der Schwarze Tod schon«, entgegnet Dahl. »Und die Spanische Grippe auch.«

Thomas kratzt mit dem Finger an der losen Tapete. Kann ohne Weiteres einen kleinen Streifen abziehen. Die Wand dahinter ist feucht. In dieser Wohnung ist höchstwahrscheinlich nie ein Fenster geöffnet worden.

»Wenn du mit deinen Witzen fertig bist, können wir ja vielleicht ins Präsidium zurückfahren und mal sehen, wie es da so läuft«, sagt er zu Dahl.

Offiziell ist Thomas immer noch krankgeschrieben, deshalb ist Dahl für das Team verantwortlich, das in diesem Moment in einem Konferenzraum im Polizeipräsidium sitzt und Petrows Leben minutiös durchkämmt: seine Akten beim Jugendamt, die Geschichte seiner Einweisungen in die Psychiatrie, seine Bankkonten. Alles. Thomas' Vorgesetzter, der Chef der Mordkommission, hat dem Fall höchste Priorität gegeben, weshalb Dahl ein paar Leute extra einsetzen und Hindrik Skulasson von der IT-Sicherheit mit Überstunden belasten konnte.

»Wann hast du zuletzt mit denen gesprochen? Also mit den Leuten im Präsidium?«

Dahl schaut auf seine Uhr. »Vor zwanzig Minuten. Einer halben Stunde vielleicht.«

»Wir können sie ja vom Auto aus noch mal anrufen und fragen, ob es was Neues gibt«, sagt Thomas geistesabwesend.

Ihm fällt auf, dass er an Natalja denkt. Den Hummerschwanz. Aber nicht so. Natürlich nicht. Sie geistert irgendwo in seinem Hinterkopf herum.

Nach allem, was wir zusammen erlebt haben, ist das vielleicht auch kein Wunder.

»Warte noch kurz«, sagt Dahl. »Ich will nur schnell ein paar Worte mit unseren Freunden von der Kriminaltechnik wechseln.«

Thomas nickt.

»Ich warte unten«, sagt er und lässt Dahl allein. Geht eine Etage hinunter, bevor er wieder frei atmet. Er holt sein Handy aus der Tasche. Gibt Nataljas Nummer ein, ohne jedoch auf die Anruftaste zu drücken. Denkt: *Sie geht ja sowieso nicht dran.*

Dann ruft er trotzdem an. Ist ein kleines bisschen enttäuscht, als sie nicht abhebt.

Aber was habe ich auch erwartet? Dass ich auf einmal eine Sonderbehandlung bekomme, nur weil wir ein paar Stunden zusammen verbracht haben? Wenn sie nie ans Telefon geht, warum sollte sie bei mir eine Ausnahme machen?

Als sie sich gestern vor ihrem Haus verabschiedet haben, meinte er, einen neckenden Unterton in ihrer Stimme wahrgenommen zu haben, als sie sagte, sie würde vielleicht nicht ans Telefon gehen, wenn sie seine Nummer erkennt. Aber möglicherweise hat er sich da geirrt. Vielleicht war das ernst gemeint. Er kennt sie schließlich noch nicht gut genug, um zu wissen, wann sie einen Scherz macht. Falls das überhaupt jemals vorkommt.

Ich will ja auch gar nichts von ihr, denkt er. *Ich wollte mich erst melden, wenn wir Andreas Petrow haben.*

Dahl kommt zu ihm herunter.

»Du bist ja noch nicht sehr weit gekommen«, bemerkt er mit einem schiefen Lächeln.

»Kann man wohl sagen«, murmelt Thomas.

Sie gehen schwerfällig die Treppe hinunter und nach draußen zu Thomas' Auto. Als Dahl sich hineinsetzt, fängt sein Handy an zu klingeln. Er geht ran. Thomas steckt den Schlüssel ins Zündschloss, während Dahl der Stimme am anderen Ende immer aufmerksamer zuhört. Sein Gesichtsausdruck lässt Thomas innehalten, bevor er den Motor startet.

Dahl nimmt das Handy vom Ohr. »Treffer«, sagt er aufgeregt. »Zwei Stück sogar. Skulasson hat das Video mit Olena auf Petrows zertrümmertem Computer gefunden. Die Festplatte war noch intakt, sodass er problemlos auf die Inhalte zugreifen konnte. Und jetzt pass auf: Petrow hat die Videos nicht nur aus dem Netz gestreamt, er hat sie sich auch runtergeladen. Sie waren auf seinem Computer abgespeichert.«

»Gute Arbeit, Dahl. Verdammt gute Arbeit.«

»Und es gibt noch mehr. Vor einem Monat hat Petrow einer Firma, die Sommerhäuser vermietet, einen ziemlich hohen Betrag gezahlt. Viel mehr, als er auf dem Konto hatte. Am nächsten Tag hat er über tausend Kronen im Supermarkt da vorn an der Ecke ausgegeben. Daraufhin hat die Bank sein Konto gesperrt. Und seitdem hat er nicht mehr versucht, Geld abzuheben oder mit Karte zu bezahlen.«

»Er hat sich einen Vorrat angelegt«, schließt Thomas.

»Ja«, erwidert Dahl lächelnd. »Er ist ins Sommerhaus gezogen.«

Thomas dreht den Schlüssel im Zündschloss. »Wir fahren sofort los. Ruf das Team an und sag ihnen, sie sollen alles stehen und liegen lassen und sich auch auf den Weg machen. Und die Spezialeinheit. Wir müssen die Spezialeinheit dabeihaben, wenn wir ihn festnehmen. Wo liegt das Sommerhaus?«

37

Als Natalja wieder zu sich kommt, kann sie nichts sehen. Sie ist von einer erdrückenden, kalten Dunkelheit umgeben. Einen Moment ist sie im Zweifel, ob ihre Augen wirklich geöffnet sind, und blinzelt ein paar Mal. Presst die Augenlider fest zusammen und lässt sie wieder auseinandergleiten. Es macht keinen Unterschied. Die Dunkelheit ist vollkommen, egal was sie tut.

Dann bemerkt sie den Lärm. Ein lautes Poltern, unterlegt mit einem rhythmischen Schlagen, das ihrem Körper Stöße versetzt. Irgendwo in diesem konstanten Getöse nimmt sie das helle Pfeifen des Windes wahr, der durch schmale Ritzen um sie herum eindringt. Sie zittert. Vielleicht vor Kälte, auch wenn sie nicht das Gefühl hat, zu frieren. Die Hände sind ihr auf dem Rücken zusammengebunden, und ein Stück Stoff steckt ihr so tief im Mund, dass es am Gaumen klebt. Der Stoff lässt die Mundhöhle völlig austrocknen und schmeckt nach Alkohol. Ihre Nase ist fast völlig mit einer geronnenen, festen Masse verstopft, vielleicht Blut. Sie bemüht sich, tief einzuatmen, bekommt aber nur ein kleines bisschen Luft, und das auch nur durch ein Nasenloch.

Sobald sie versucht, sich ein wenig zu rühren, stößt sie gegen eine Wand, und als sich der enge Raum um sie herum plötzlich bewegt, rutscht sie darin hin und her. Das müsste eigentlich wehtun, doch das Gefühl hebt sich von dem konstanten Schmerz, der ihr sowieso schon im ganzen Körper brennt, nicht ab. Der Schmerz treibt ihr die Tränen in die Augen. Ihre Nasenschleimhaut schwillt an, und der Schleim beginnt zu fließen, sodass sie keine Luft mehr bekommt. Sämtliche Muskeln in ihrem Körper spannen sich an. Sie wirft sich in dem engen Raum hin und her, aber der Pfropf in der Nase löst sich nicht. Sie versucht, Luft einzusaugen und auszustoßen, so fest sie kann. Nichts hilft.

Jetzt sterbe ich an meinem eigenen Geheul, denkt sie benommen.

Der Lärm verändert sich. Lässt etwas nach. Der Ton wird tiefer und tiefer, bis er schließlich in ein ruhiges Rattern übergeht. Die Metallwände um sie herum fangen an, im Takt des Geräuschs zu vibrieren.

Ein Kofferraum. Ich liege in einem Kofferraum.

Das Auto gibt wieder Gas. Biegt um eine Ecke.

Und dann, wie aus dem Nichts, kommen die Erinnerungen. Ein Strom längst vergessener Bilder zeigt sich ihr in vollkommen willkürlicher Reihenfolge.

Ich betrachte eine Puppe in einem hellrosa Pappkarton. Sie steht in einem Spielzeugladen im Regal. Papa fährt mir mit der Hand durchs Haar und geht neben mir in die Hocke. »Diese Puppe wünschst du dir also? Sag mir noch mal, was sie alles kann.« »Sie kann alleine Pipi machen, wenn man da Wasser reingießt, und sie kann weinen und krabbeln. Und alles Mögliche.« Ein paar Monate später bin ich wegen irgendetwas wütend auf meine Mutter. Ich heule und stampfe mit dem Fuß auf den Boden. Werfe mich aufs Bett und ziehe mir die Decke über den Kopf. »Ich will nicht mit dir reden. Lass mich in Ruhe.« Das ist das Letzte, was ich zu ihr gesagt habe. Ich spule zurück. Sitze mit Mama, Papa und Viktor in der Küche. Wir trinken Tee und essen Weißbrot mit Marmelade. Papa hat mir die Rinde abgeschnitten, weil er weiß, dass ich es so am liebsten mag. Das Brot ist diagonal in kleine Würfel geschnitten. Meine Finger und Mundwinkel kleben. Das Essen ist zuckersüß. Ich springe meiner Mutter im Swimmingpool in die Arme. »Keine Angst. Ich fange dich auf.«

Natalja spürt, dass der Wagen angehalten hat. Der Motor ist verstummt. Aber sie bekommt immer noch keine Luft. Ihr wird schwarz vor Augen.

»Siehst du? War doch gar nicht so schlimm. Das Wasser ist ganz warm.« Mama lächelt. Und dann liege ich in einem Bett, ungefähr ein Jahr später. In einem weißen Zimmer in einem Krankenhaus. Ich warte immer noch darauf, dass Mama bald zu mir hereinkommt. Ich kann mich an nichts erinnern. Der Unfall besteht nur aus Worten. Aus bösen Worten. Als die Tür aufgeht, rechne ich mit Mamas Gesicht. Ich bin mir ganz sicher, dass sie es ist. Aber sie ist es nicht. Es ist mein Vater. Er weint. Setzt sich neben mir aufs Bett und nimmt mich in den Arm.

Die Bilder verdunkeln sich. Werden unscharf. Schließlich sind sie ganz verschwunden. Ihre Muskeln lockern sich. Eine schwere, schwarze Decke legt sich über sie. Zuerst auf ihre Füße, dann über den Rest des Körpers.

Jetzt sterbe ich.

Auf der anderen Seite des Metalls sind Geräusche zu hören. Durch die schwarze Decke nimmt sie ein metallisches Klicken wahr. Der Kofferraum wird geöffnet, und sie sieht Andreas Petrow. Er streckt die Hand aus und nimmt ihr das Tuch aus dem Mund. Es fühlt sich so an, als würde er ihr dabei ein Stück Haut mit abreißen, aber das muss nur das Blut sein, das am Stoff festgetrocknet ist. Die Luft schießt in sie hinein wie ein Eimer eiskalten Wassers, der über ihrem Gesicht ausgeleert wird. Sie atmet viel zu viel auf einmal davon ein und muss husten. Dabei schmerzen ihre Bauchmuskeln und der Kiefer.

Als der Husten nachlässt, sieht sie, dass Petrow sich nicht rührt. Er steht einfach nur da und schaut sie mit zur Seite geneigtem Kopf an.

»Hoch«, sagt er ruhig.

Sie bleibt liegen. Nicht, weil sie seinen Befehl nicht versteht, sondern weil sie nicht weiß, wie sie ihn befolgen soll. Selbst mit der größten Anstrengung wäre es ihr nicht möglich, aus dem engen Kofferraum herauszukrabbeln. Sie hat keine Ahnung, wie sie das anstellen soll.

Er fasst ihr unter die Arme und hebt sie heraus. Hält sie fest, damit sie nicht zu Boden fällt. Ihr Kopf hängt kraftlos herunter. Sie kann ihn nicht aufrecht halten. In einem kurzen, klaren Moment nimmt sie wahr, dass sie nicht auf Pflaster oder Asphalt steht, sondern auf festgestampfter Erde. Sie sind nicht mehr in der Stadt. Um sie herum stehen lauter Nadelbäume, und vor ihnen befindet sich ein kleines Sommerhaus. Eine alte Holzhütte. Schwarz gestrichen und mit kleinen, weißen Sprossenfenstern.

»Komm, liebe Mutter«, hört sie Andreas Petrow sagen. »Wir halten jetzt ein großes Fest. Meine Braut wartet schon auf uns.«

38

Troldeskoven. Der Trollwald.

Das Sommerhaus, das Petrow gemietet hat, liegt mitten in einem dichten Waldgebiet, das sich zwischen Tisvildeleje und Asserbro entlang der Küste über die Hügel von Nordseeland erstreckt. In einer Broschüre würde der Name bestimmt hübsch klingen und die Fantasie der Touristen anregen, aber für Thomas verheißt er im Moment nichts Gutes. Andreas Petrow ist ein Sagenheld, eine Fantasiefigur, die sich mitten in einem Märchenwald niedergelassen hat.

Thomas hat am Steuer gesessen und gehört, wie Dahl die Einsatztruppen zusammengetrommelt hat: das Ermittlungsteam, das ohne größeren Erfolg an der Aufklärung des Falls gearbeitet hat, und zwei Streifen von der örtlichen Polizei Nordseeland, die schnell zum Sommerhaus ausrücken und es im Auge behalten können, bis Dahl und Thomas da sind. Und das AKS natürlich. Das Sondereinsatzkommando der dänischen Polizei, das zum PET, dem dänischen Geheimdienst, gehört. Diese Antiterroreinheit wurde nach dem Attentat während der Olympischen Spiele 1972 in München eingerichtet, bei dem elf israelische Athleten von der Terrororganisation Schwarzer September ermordet wurden. Die Einheit unterstützt die Polizei anlässlich von Geiselnahmen oder auch bei der Festnahme besonders gefährlicher Personen, und in diesem Fall sind beide Kriterien erfüllt.

Es darf nichts schiefgehen.

Thomas hält krampfhaft das Lenkrad fest. Sieht Zahle vor sich. Sieht, wie die Beine seines Kollegen einknicken und diesen zu Boden gehen lassen. Sieht, wie sein Kopf aufschlägt und der Körper sich unter heftigen Zuckungen windet. Er weiß nicht, ob es wirklich so aussah, als Zahle starb, oder ob diese Bilder später in seinem Bewusstsein entstanden sind, aber im Moment wird er sie einfach nicht los. Egal wie sehr er versucht, sie wegzublinzeln.

Seit Zahles Tod war er davon verschont geblieben, die Nacht im Uniklinikum in seinen Träumen immer wieder erleben zu müssen. Das Einzige, womit er zu kämpfen hatte, waren das imaginäre Blut auf der Wange und die sehr reale Narbe an seinem Bauch. Es scheint, als wäre sein Bewusstsein in der Lage gewesen, die schlimmsten Bilder einfach von ihm fernzuhalten, und so konnte er sich in Ruhe auf seine Ermittlungen konzentrieren. Aber jetzt, da er dem großen, schwarz gekleideten Mann bald wieder gegenüberstehen wird, drängen sich ihm die Erinnerungen auf.

Er sieht hinüber zu Dahl, der dasitzt und vor sich hinstarrt. Sieht auf die Landstraße, die rasend schnell unter dem Auto verschwindet, während sie Tisvildeleje immer näher kommen. Um zu dem Sommerhaus zu gelangen, müssen sie durch diesen alten Fischerort fahren, wo sich während der Sommermonate immer ein paar der wohlhabendsten Kopenhagener aufhalten. Von Bankleuten bis hin zu Künstlern ist alles dabei, vorausgesetzt, sie können sich die hohen Immobilienpreise leisten, die das Ortsschild diktiert.

Jetzt dagegen, Mitte März, liegen die schmalen Sträßchen öde und verlassen in der trüben Dämmerung, und Thomas registriert kaum, dass sie in den Ort hineinfahren. Seine Gedanken sind ganz woanders. Sie haben Zahle, wie er so im Krankenhaus auf dem Boden liegt, verlassen und kreisen nun um die Ironie dessen, dass dies der erste Fall ist, bei dem er und Dahl wirklich eng zusammenarbeiten – und zwar trotz der Tatsache, dass Thomas offiziell gerade einmal ein paar Stunden vor mehr als zwei Wochen darin eingebunden war. Er sieht eine gute Partnerschaft in dieser Zusammenarbeit herankeimen. Bis zu der Vertrautheit, die zwischen ihm und Zahle bestand, ist es zwar noch ein langer Weg, doch ihm wird auf einmal klar, dass er den trockenen Martin Dahl, der ihn trotz seiner Vorliebe für Regeln und korrekte Vorgehensweisen bereitwillig über die Ermittlungen auf dem Laufenden gehalten hat, im Grunde ganz gern hat. Und als sie auf der Bank auf dem Assistenzfriedhof saßen, haben sie sich gut ergänzt. Sie konnten Ideen austauschen und so gemeinsam ein realistisches Szenario entwerfen. Und sie dachten relativ reibungslos in denselben Bahnen.

»Was hast du vor?«

Als Dahl mit dieser Frage das Schweigen im Auto bricht, hat Thomas ein Déjà-vu. Er hat plötzlich Lust, Natalja noch einmal anzurufen, und hat bereits die Hand vom Lenkrad genommen, um sein Handy aus der Tasche zu holen, als er sich eines Besseren besinnt und die Hand zurück ans Steuer legt.

»Was meinst du?«, fragt Thomas.

»Das weißt du genau«, sagt Dahl. »Was hast du vor, wenn wir da sind?«

Thomas fährt mit der Hand durch die Luft. »Hast du etwa Angst, dass ich Probleme mache? Dass ich euch querschieße?«

»Ja.«

Er seufzt. »Verdammt noch mal, Dahl, ich will einfach nur, dass Petrow gefangen wird. Das ist alles. Ich werde schon nichts Unüberlegtes tun. Heute Abend erledigt das AKS die Arbeit. Wir sind nur Zuschauer.«

Dahl richtet den Blick wieder auf die Straße und die Umgebung.

»Wenn du es sagst«, murmelt er, aber Thomas überhört die Bemerkung.

Bald, denkt er und schließt seine Hände um das Steuer, *bald ist alles vorbei.*

39

Er schaltet die Scheinwerfer aus, als sie langsam den schmalen Schotterweg hinunterrollen, der auf das Sommerhaus zuführt. Zwei Streifen halten bereits in etwa hundertfünfzig Metern Abstand zum Haus im Schutz der dichten Kiefern am Wegesrand. Weit genug weg, dass sie in der Dämmerung von den Fenstern des Hauses aus nicht zu sehen sind.

Thomas parkt hinter ihnen und steigt aus. Er schließt die Autotür sanft, damit sie nicht laut zufällt, und ohne auf Dahl zu warten, geht er hinüber zu den uniformierten Beamten von der örtlichen Polizei, einer Frau und drei Männern, die in einem Grüppchen mitten auf dem Weg zusammenstehen. Sie nicken sich schweigend zu, und als Dahl dazukommt, hält er sich einen Schritt hinter Thomas, um zu signalisieren, dass sein Chef das Wort ergreifen soll.

»Hat man Sie informiert?«, fragt er und sieht von einem zum anderen. Sie nicken.

Er schaut sich um.

»Ist das die einzige Zufahrt zum Sommerhaus?«

»Die einzige Zufahrt, ja«, sagt einer der Beamten und betont dabei das Wort »Zufahrt«.

Thomas versteht, was er meint. Das kleine, schwarz

gestrichene Sommerhaus liegt mitten auf einer Lichtung, die von Bäumen umringt ist. Mit dem Auto wird Andreas Petrow von hier nicht wegkommen, aber zu Fuß kann er einfach zwischen den Bäumen verschwinden. Je dunkler es wird, desto einfacher wird es für ihn sein, sich im Wald unsichtbar zu machen. Vor allem, wenn er die Umgebung schon ein bisschen ausgekundschaftet hat, seit er hier ist.

Wir hätten Hunde mitnehmen sollen, geht es Thomas durch den Kopf, aber er schiebt den Gedanken beiseite. Für solche Überlegungen ist es jetzt zu spät. Das Sondereinsatzkommando wird schon dafür sorgen, dass Petrow im Sommerhaus bleibt, bis sie ihm die Handschellen angelegt haben.

»Ist bis jetzt irgendwas passiert da drinnen?«, fragt er stattdessen.

»Nein. Keine Aktivität.«

Es ist immer derselbe Beamte, der ihm antwortet. Er ist der Älteste der vier und hat offenbar die Rolle des Sprechers übernommen.

»Aber es brennt kein Licht im Haus, deshalb sieht man nicht, was da vor sich geht. Auf der Lichtung steht ein Auto mit geöffneter Heckklappe. Wenn er im Haus eine Frau als Geisel hält, dann benutzt er den Wagen vielleicht, um sie zu transportieren.«

Thomas reibt sich die Hände und tritt von einem Bein aufs andere. Die Rastlosigkeit seiner Arme und Beine steht im Widerspruch zu den Worten, die seinen Mund verlassen: »Das Sondereinsatzkommando ist auf dem Weg. Sobald sie hier sind, haben sie das Sagen. Sie wissen, wie man bei so einer Festnahme vorgeht. Bis dahin warten wir hier. Mir ist klar, dass wir nicht sehen können, was da drinnen los ist, und wir kriegen auch nicht mit, ob er aus einem der Fenster auf der Rückseite des Hauses verschwindet. Aber damit müssen wir jetzt leben. Wir halten uns zurück, bis alle da sind. Verstanden?«

Schweigendes Nicken. Einer der jüngeren Beamten hält sich die Hände vor den Mund und haucht hinein. Erst beim Anblick dieser kleinen Bewegung merkt Thomas plötzlich, dass es kalt ist. Die Luft ist schwer und klamm, und die Temperatur muss irgendwo um den Nullpunkt liegen. Trotzdem schwitzt er. Er spürt die Schweißperlen am Haaransatz, auf dem Rücken und unter den Armen, wo sein Hemd bereits feucht ist.

Er wendet den Blick ab und lässt ihn auf der jungen Polizistin ruhen. So lange, dass sie sich über die Schulter blickt, um herauszufinden, was der große, fremde Kriminalkommissar wohl so anstarrt.

»Was ist los?«, fragt sie.

Sie sieht nicht im Entferntesten wie eine alte Hexe aus. Trotzdem muss Thomas an Dobrynjas Begegnung mit Tod, der Grausamen, denken und mit dieser Hexe … *Baba-wie-hieß-sie-noch-gleich?* Wenn Andreas Petrow der Beamtin Auge in Auge gegenübersteht, sieht er in ihr möglicherweise die Frau, deren Bestimmung es ist, ihn zu töten.

Ihm kommt der englische Ausdruck »suicide by cop« in den Sinn. Davon spricht man, wenn ein depressiver oder geistig verwirrter Mensch eine Situation herbeiführt, in der die Polizei in Notwehr ihre Schusswaffen einsetzen muss, weil er hofft, dabei getötet zu werden. Thomas will nicht riskieren, dass sie an diesem Abend eine dänische Version dieses Szenarios zu sehen bekommen. Er will im Wald um das Haus keine Polizistin stehen haben, wenn die Gefahr besteht, dass der flüchtende Petrow auf sie stößt.

Andererseits wird eine Beamtin sicherlich eine beruhigendere Wirkung auf Olena haben als die uniformierten Männer, denkt er und sieht noch genau vor sich, wie das Mädchen bei seinem Anblick im Aufzug des Krankenhauses reagiert hat.

Er schüttelt den Gedanken ab. »Es besteht Grund zu der Annahme, dass Andreas Petrow beim Anblick einer Frau aggressiv reagiert. Sollte es ihm wider Erwarten gelingen, aus dem Sommerhaus zu entkommen, wenn das AKS reingeht, dann läuft er vielleicht diesen Weg hier entlang. Und dann trifft er möglicherweise auf Sie. Sie sollten sich darüber im Klaren sein, dass er vielleicht eher auf Sie als auf Ihre Kollegen losgeht. Okay?«

»Okay.«

Die Frau nickt und sieht ihn mit entschlossener Miene an. Zum Glück stellt sie keine Fragen. Thomas weiß nicht, wie er ihr die Situation auf verständliche Weise hätte erklären sollen.

»Und wenn wir Petrow unschädlich gemacht haben, will ich, dass Sie sich um das Mädchen kümmern. Um seine Geisel. Jeder mit einem Y-Chromosom wird sie unter Garantie zu Tode erschrecken.«

»Okay«, wiederholt sie mit demselben ernsten Gesichtsausdruck.

Thomas schaut zum Himmel, der allmählich immer dunkler wird, und dreht sich dann um, damit er den Schotterweg im Blick hat, über den sie alle gekommen sind. Noch sind keine weiteren Autos zu sehen. Aber die Verstärkung ist auf dem Weg.

Bald ist alles vorbei, denkt er noch einmal. *Bald haben wir ihn.*

Und dieser Gedanke erfüllt ihn mit einem Gefühl der Leere.

40

Irgendjemand stößt einen Schrei aus. Einen nicht enden wollenden, hysterischen Schrei, der durch Haut, Fett und Knochen dringt, sich in den Muskeln festsetzt und sie krampfartig zusammenzucken lässt.

Natalja öffnet die Augen, um zu sehen, woher dieser Schrei kommt, nimmt aber nur verschwommen etwas Braunes vor sich wahr, bevor ihr die Augen wieder zufallen. Sie versucht es noch einmal. Strengt sich an, die Augen offen zu halten. Ihr wird schwindelig. Der Geschmack von Erbrochenem und Blut haftet ihr an der Zunge.

Es ist eine Wand, stellt sie fest, bevor sich ihre Augenlider wieder schließen. *Eine Wand aus dunkelbraunen Holzbalken.*

Ihr Kopf hängt schwer herab, und sie kann ihn nicht heben.

Sie spürt ihr Herz schnell und kräftig schlagen, und mit jedem einzelnen Schlag nimmt der Schrei an Lautstärke zu.

Nein, das ist kein Schrei. Das kommt nicht von außen. Es sitzt in mir drin. In meinem Kopf. Ein ohrenbetäubender, heulender Tinnitus. Genau wie der, den ich nach Papas Beerdigung im Ohr hatte. So klingt der Tod. Pa-

pas Tod, der Tod der drei jungen Männer, der Tod von Thomas' Kollegen und mein eigener bevorstehender Tod.

Sie schlägt die Augen auf. Dieses Mal gelingt es ihr, sie offen zu halten. Olena liegt auf dem Boden vor ihr. Das schwarzhaarige Mädchen liegt auf dem Bauch, das Gesicht zur Seite gedreht, und bewegt sich nicht. Sie ist unheimlich dünn. Bleich, fast durchscheinend. Bei ihrem Anblick muss Natalja an die Verdeckten denken. *Zalozhnye*. Die Menschen, die vor ihrer Zeit gestorben und gezwungen waren, die Welt als Wiedergänger heimzusuchen, bis zu dem Tag, der für ihr rechtmäßiges Ende vorgesehen war. Vielleicht ist Olena schon tot. Vielleicht liegt sie da als Wiedergänger vor Natalja auf dem Boden. Bleich und kalt.

Ein Teil dieser Welt, aber nicht imstande, mit ihr in Kontakt zu treten.

Natalja will die Arme nach ihr ausstrecken, aber ihre Hände sind hinter dem Stuhl, auf dem sie sitzt, zusammengebunden. Sie will sie ansprechen, aber ihr Kiefer hängt schlaff und zerschmettert herunter, sodass sie nichts als ein feuchtes Stöhnen hervorbringen kann. Sie merkt, dass ihr der Speichel aus dem Mund rinnt. Blutige Spucke tropft ihr aus dem Mund, den sie nicht schließen kann, und hinterlässt rote Flecken auf ihrem Pullover. Und auf dem Fußboden. Der Kiefer muss gebrochen sein. Deshalb kann sie nicht sprechen.

Sie windet sich auf dem Stuhl. Sinkt in sich zusammen. Versucht, ihren Atem unter Kontrolle zu bekommen. Der Schmerz schickt ihr Hitzwellen durch Brust und Kopf.

Außer ihrem eigenen Puls und dem heulenden Ton im Ohr ist nichts zu hören, sie muss also mit Olena allein sein. Im Moment zumindest.

Sie lässt den Blick durch den Raum schweifen: Holzwände. Der schmale Stuhl, auf dem sie sitzt. Eine kleine Küche im angrenzenden Raum, wo Spüle und Arbeitsplatte mit schmutzigen Tellern und leeren Konservendosen vollgestellt sind. Das muss ein Sommerhaus sein.

Ihr Blick fällt auf die verknickten Buchseiten, die Andreas aus dem Haus ihres Vaters mitgenommen und auf dem Fußboden ausgebreitet hat. Was auf den Seiten zu lesen ist, sind nicht die Zeilen von *Dobrynja und der Drache*, sondern eine andere, grausamere Erzählung. Natalja weiß, was passieren wird. Sie weiß, wie die Erzählung endet.

Oh mein Gott.

Petrow ist immer noch Dobrynja, aber Olena ist nicht mehr Zabawa, die Nichte des Prinzen. Er hat die Geschichte gewechselt. Jetzt ist sie Marinka. Die Hexe, die ihr Bett mit dem Drachen geteilt hat und nun für ihre Sünde büßen soll. Sie soll zerstückelt werden. Hier, vor Natalja auf dem Boden. Aber zuerst wird Dobrynja Marinka heiraten, damit er Macht über sie als seine Frau ausüben kann.

Und mir kommt die Rolle von Dobrynjas Mutter zu. Der Frau, die ihm hilft, von Marinkas Fluch erlöst zu werden, und die zum Dank dafür bei seiner Hochzeit den Ehrenplatz erhält.

Sie fährt zusammen, als die Tür hinter ihr plötzlich

aufgeht. Versucht, ihren Körper unter Kontrolle zu halten, aber es gelingt ihr nicht. Sie zittert. Über dem ohrenbetäubenden Ton in ihrem Kopf hört sie langsame, schwere Schritte. Sie spürt seine Nähe. Er bleibt stehen. Er stinkt. Ein ranziger Schweißgeruch dringt ihr in die verstopfte Nase. Er legt ihr die Hände auf die Schultern. Hinterlässt blutige Abdrücke auf ihrer Kleidung.

»Mutter«, sagt er sanft.

Er geht um sie herum. Hockt sich vor sie und sieht zu ihr auf.

»Verzeih mir«, sagt er mit leiser, weicher Stimme. »Ich habe mich geirrt. Nimm meine demütigste Entschuldigung an.«

Er legt ihr die Hände auf die Oberschenkel.

»Du zitterst. Frierst du? Nein, ich weiß ja, dass du nicht sprechen kannst. Dein Kiefer. Das war keine Absicht. Ich weiß nicht, was in mich gefahren ist. Ich hoffe, du kannst mir verzeihen, Mutter. Verzeih mir für alles, was ich getan habe. Für all die Fehler, die ich begangen habe. Es lag nicht in meiner Macht. Ich habe mich mitreißen lassen und dich verletzt. So hätte ich es nicht machen dürfen.«

Er legt ihr den Kopf in den Schoß. Blut tropft aus ihrem offenen Mund auf seine Stirn, aber er bleibt trotzdem so liegen.

»Ich weiß jetzt, was ich tun muss. In den magischen Büchern habe ich meine wahre Geschichte gefunden.«

Er hebt den Kopf und wirft einen Blick über die Schulter.

»Und Marinka, die Niederträchtige. Die Hure. Jetzt ist mir klar, dass sie nicht vom Drachen entführt wurde. Sie hat freiwillig ihr Bett mit ihm geteilt. Als ich kam, um sie aus seiner Höhle zu befreien, habe ich mit eigenen Augen gesehen, wie sie sich an ihn geklammert hat. Aber in dem Moment habe ich es nicht verstanden. Sie hatte mich verhext, sodass ich die Situation nicht klar erkennen konnte. Ich dachte, sie bräuchte meine Hilfe. Sie hat sich an den Drachen geschmiegt, während er drohte, sein Feuer nach mir zu spucken. Ich habe ihr zugerufen, dass ich sie von der Bestie befreien will. Ich habe geschrien, dass da ein Drache neben ihr steht, aber sie ist vor mir davongelaufen.«

Er spuckt auf den Boden.

»Sie hatte mich in einen stummen Ochsen verwandelt, aber jetzt bin ich wieder frei. Die Worte haben sich in meinem Kopf zusammengefügt. Die falschen Worte sind jetzt durch die richtigen ersetzt.«

Er kommt auf die Beine. Umfasst Nataljas Gesicht mit den Händen. Sie spürt, dass ihr Kiefer völlig zertrümmert ist. Der Schmerz, den seine Berührung auslöst, ist so überwältigend, dass ihr schwarz vor den Augen wird. Er drückt fester zu.

»Nein, bleib hier«, sagt das Gesicht vor ihr. »Du darfst jetzt nicht entschwinden. Du bist der wichtigste Gast auf meiner Hochzeit.«

Er lässt sie los.

Sie stöhnt. Ein Schwall angestauten Bluts ergießt sich aus ihrem Mund.

»Die alte Erzählung liegt in Trümmern«, fährt Petrow fort. »Doch aus ihrem Staub ist eine neue hervorgegangen.«

Er geht zu Olena und hockt sich neben sie. Streicht mit der Hand über ihren Rücken.

»Du darfst nicht glauben, dass es mir leichtfällt. Aber ich muss es tun. Sie ist eine Blutsaugerin. In ihren Gliedern stecken Schlangen und Echsen.«

Er streichelt Olenas Gesäß. Ihre Beine. Führt die Hand wieder empor. In Richtung Schultern und Hals. Seine Finger krallen sich in ihrem Haar fest, und er reißt ihren Kopf zurück.

Einen kurzen Moment sieht Natalja Olenas zerschlagenes Gesicht. Die Haut um die Augen ist feuerrot und geschwollen, die Oberlippe aufgeplatzt. Aber ihre Augen sind geöffnet. Sie reagieren auf Schmerz. Das Mädchen lebt. Ihr Körper ist zwar schlapp, aber sie ist noch nicht tot. Es gibt noch Hoffnung.

Er steht ruckartig auf und reißt Olena mit hoch. Schleift sie hinter sich her durch den Raum.

»Marinka«, brüllt er. »Du Hure.«

Er dreht sich rückwärts im Kreis und zerrt den regungslosen Körper mit sich. In der Erzählung tanzt das Paar um eine Weide, aber in diesem Haus existiert der Baum nur in Andreas Petrows Vorstellung. Er wirft Olena zu Boden. Umfasst die Rückenlehne von Nataljas Stuhl und zieht ihn hinter sich her. Die Stuhlbeine schrammen schrill über den Holzfußboden. Ihr Kopf rollt von einer Seite zur anderen, als er sie über die Türschwelle ins Schlafzimmer hebt.

Die Bettdecke ist zurückgeschlagen, das Laken von

alten Blutflecken rot gefärbt. An den Fenstern sind massive Schlösser angebracht. Hier muss er Olena gefangen gehalten haben.

Er stellt den Stuhl mit Natalja vor dem Bett ab.

»Warte hier«, sagt er und verschwindet. Sie hört ihn im Wohnzimmer schnaufen, und kurz darauf ist er mit Olena in den Armen zurück.

Er legt sie auf das schmutzige Laken. Knöpft ihre Hose auf. Eine große, weiße Hose, die nach Krankenhausschlafanzug aussieht. Zieht sie ihr herunter über die Hüften und zerrt daran, um auch die Beine herauszuschütteln. Er ist kurz davor, das Gleichgewicht zu verlieren, als die Hose nachgibt. Die Unterhose rutscht bis zu den Oberschenkeln mit herunter. Mit einer aggressiven Bewegung zieht er sie ihr ganz aus. Legt Olenas Arme so hin, dass er ihr auch die Schlafanzugjacke ausziehen kann. Entblößt ihre weißen Brüste, bei deren Anblick er die Nase rümpft.

»Jetzt ist sie meine Frau«, brüllt er. »Ich kann mit ihr machen, was ich will. Ich kann mein Recht als Ehemann einfordern.«

Mit beiden Händen umfasst er das Heft des Schwertes in seinem Nacken und zieht es.

Natalja muss sich übergeben. Ein Schwall Erbrochenes kommt ihr hoch und ergießt sich ihr über Brust und Beine. Sie ist außerstande, es zurückzuhalten.

Mit erhobenem Schwert bleibt Petrow stehen. Sieht sie fassungslos an.

»Mutter«, keucht er. »Wie siehst du aus?«

Er legt das Schwert aufs Bett und kniet sich vor sie.

»Nein, so kannst du nicht aussehen. Deine Kleidung muss schön sein. Du bist mein wichtigster Gast.«

In Nataljas umnebeltem Geist formt sich eine Idee. In der Erzählung, der Petrow folgt, hat sie einen winzigen Riss verursacht. Sie hat seine Geschichte ein kleines bisschen verändert und ihn aus dem Konzept gebracht. Wenn sie den Handlungsverlauf, dem er folgt, durchbrechen kann, gelingt es ihr vielleicht, ihn ganz aus der Erzählung zu reißen. Aus dem Universum, in dem er sich sicher fühlt.

Sie beginnt, mit dem Stuhl vor und zurück zu wippen. Immer schneller, bis sie schließlich aus dem Gleichgewicht gerät und nach hinten fällt. Sie schlägt mit dem Kopf auf den Holzdielen auf.

»Was machst du?«, schreit er, als sein perfekter Abschluss zu scheitern droht, hässlich wird und nicht mehr zu verstehen ist. Seine Mutter ist der Ehrengast. Sie hat ihn erlöst. Doch jetzt ist sie besudelt. Sie hat sich selbst besudelt. Er packt sie an den Schultern, um sie wieder hochzuziehen, doch sie widersetzt sich mit allen ihr zur Verfügung stehenden Mitteln. Stemmt die Beine gegen ihn, damit er sie nicht richtig zu fassen bekommt.

»Hör auf zu zappeln, damit ich dir helfen kann. Oder willst du etwa das Fest verpassen?«

Sie tritt nach ihm und trifft sein Schienbein. Der Tritt ist kraftlos, aber doch so wirkungsvoll, dass er zurückweicht.

»Jetzt reicht es!«, brüllt er. »Das hier ist meine Geschichte! Ich bestimme, wie sie ausgeht!«

Er tritt ihr in den Magen, sodass sie sich krümmt vor Schmerz. Stellt seinen schweren Stiefel auf ihren zerschmetterten Kiefer und verlagert das Gewicht darauf. Sie hört es knirschen.

»Marinka ist meine Braut, und ich kann mit ihr machen, wozu ich Lust habe. Ich brauche deine Zustimmung nicht. Hast du verstanden?«

Er wendet sich von Natalja ab und nimmt sein Schwert vom Bett. Rückt Olenas Arm zurecht, sodass er ausgestreckt daliegt. Hält ihren Unterarm fest und zielt auf das Handgelenk. Dann hebt er das Schwert und lässt es hinunterrasen. Die Klinge fährt in den Knochen, kann ihn aber nicht durchtrennen, weil Olenas Arm durch den Hieb zu tief in die weiche Matratze gedrückt wird. Aufgeschreckt durch den plötzlichen Schmerz, bewegt Olena sich. Sie reißt die Augen auf, schreit und versucht, den Arm wegzuziehen. Aber Andreas Petrow hält ihn fest.

»Marinka! Du darfst nicht gewinnen«, faucht er.

Hebt das Schwert und schlägt erneut zu. Trifft mehrere Zentimeter neben dem ersten Schnitt. Schleudert das Schwert von sich und ergreift ihre Finger. Verrenkt ihr die Hand brutal in dem Versuch, sie vom Arm abzureißen. Das Handgelenk gibt ein knacksendes Geräusch von sich, wie wenn man aus einem Grillhähnchen die Keule herauslöst, aber die Hand sitzt immer noch fest.

In derselben Sekunde hört Natalja im Wohnzimmer ein Krachen, als die Tür eingeschlagen wird.

»Polizei«, ruft eine Stimme.

Andreas Petrow erstarrt. Lässt Olenas Hand los.

Eine breite Gestalt erscheint in der Dunkelheit. Füllt den gesamten Türrahmen aus. Das Gesicht ist hinter einem Visier verborgen, und der Mann hält eine Maschinenpistole in den Händen.

»Runter auf den Boden«, brüllt die Stimme hinter dem Visier. Er geht zur Seite und lässt noch eine Gestalt in Kampfausrüstung in den engen Raum. Stellt sich wie eine menschliche Mauer zwischen Natalja und Petrow.

»Runter auf den Boden«, ertönt es noch einmal. Natalja kann nicht ausmachen, von wem der Befehl kommt.

Petrow wirft einen Blick in Richtung Schwert. Unternimmt einen Versuch, vor dem Polizisten an das Heft zu gelangen, aber er ist zu langsam. Mit einer Bewegung, die so schnell ist, dass Natalja sie nicht einmal registriert, lässt der Mann im Kampfanzug die Maschinenpistole los und ergreift Petrows Arme. Verdreht sie und zwingt ihn hinunter auf die Knie. Drückt seine Wange neben Olena auf die Matratze und schiebt mit der freien Hand das Schwert weg. Dann nimmt er die Maschinenpistole wieder auf und hält Petrow die Mündung ans Genick.

»Nein«, schreit Petrow. »So nicht! So endet es nicht!«

»Wir haben ihn«, sagt der andere Polizist ruhig. »Hier sind zwei Geiseln. Sie leben beide.«

Im nächsten Moment kommt Thomas ins Schlafzimmer gepoltert. Er bleibt stehen und sieht Natalja mit einer Mischung aus Verwunderung und Angst in den Augen an, bevor er seinen hundertzwanzig Kilo schweren ostjütischen Bauernleib wieder in Bewegung setzt, über die Holzdielen stampft und sich neben ihr niederlässt.

Petrow schreit immer weiter, während sich der Raum mit schwarzen Schatten füllt. Sein Gebrüll mischt sich mit dem heulenden Ton in Nataljas Kopf. Nur wie aus weiter Ferne hört sie Thomas' ruhige, dunkle Stimme.

»Es ist vorbei«, sagt er. »Ganz ruhig, jetzt ist alles überstanden.«

Immer wieder sagt er diesen Satz, während Natalja zwischen Schmerz und Schlaf hin- und hergleitet. Zwischen dem Schlafzimmer und dem Nichts, das hinter ihren geschlossenen Augen lauert. Schließlich kann sie die Augen nicht mehr offen halten. Der Schmerz in ihrem Kopf ist zu stark, und der heulende Ton wirkt wie ein boshaftes Schlaflied, das sie unsanft in eine schwarze, traumlose Bewusstlosigkeit drängt.

41

Als Andreas Petrow weggefahren wird, sitzt er regungslos und mit leerem Blick auf dem Rücksitz eines Streifenwagens. Durch seinen Körper geht ein Ruck, als der Beamte am Steuer den ersten Gang einlegt und auf dem Schotterweg dreht, der vom Sommerhaus wegführt. Aber sein Gesichtsausdruck bleibt unverändert.

Thomas sieht die Streife gerade noch verschwinden. Es sind nur noch zwei leuchtende rote Punkte am Ende der dunklen Straße auszumachen, als er aus dem Sommerhaus kommt. Zwei Schritte hinter Nataljas Trage. Während sie auf den Krankenwagen warteten, der erst einmal hierherfinden musste, hat er über sie gebeugt im Schlafzimmer gesessen. Er hätte ihr gern die Hand auf die Schulter gelegt, um sie zu beruhigen, war sich aber sicher, dass sie das nicht gewollt hätte. Deshalb hat er sie nur berührt, um sie vorsichtig in die stabile Seitenlage zu bringen, damit sie nicht an dem Blut erstickte, das sie weder hinunterschlucken noch ausspucken konnte. So konnte es einfach seitlich aus ihrem schwer in Mitleidenschaft gezogenen Mund fließen. Der untere Teil ihres Gesichts ist geschwollen und deformiert, aber unter den dunklen Blut- und Schmutzflecken sind die Verletzungen nur undeutlich zu erkennen.

»Es tut mir leid«, sagt Thomas zu ihr, als ihre Trage in den Krankenwagen geschoben wird. Aber seine Stimme ist so schwach, dass nur er es hört. Ihm liegen noch mehr entschuldigende Worte auf der Zunge: *Wir hätten nicht so lange warten sollen. Wir hätten Petrow auch ohne das Sondereinsatzkommando überwältigen können.*

Aber die Entschuldigungen müssen warten. Die Leuchtstoffröhren an der Decke des Krankenwagens tauchen Natalja in ein grelles Licht. Sie stöhnt auf, als einer der Rettungssanitäter ihr einen Zugang legt, und dieses Stöhnen bleibt über ihr hängen wie eine kleine, graue Wolke. Thomas nimmt an, dass die klare Flüssigkeit, die ihr durch den Schlauch in die Adern fließt, Fentanyl ist. Ein Morphinpräparat, das die extremen Schmerzen, die ein Kieferbruch mit sich bringt, lindern soll.

Thomas mag gar nicht daran denken, was in dem Sommerhaus vor sich gegangen sein muss, und er begreift nicht, warum Andreas Petrow Natalja entführt und in sein Versteck mitgenommen hat. Was für eine Zwangsvorstellung hat ihn wohl dazu getrieben? Wie passt das in *Dobrynja und der Drache*?

Er muss schlucken und weiß nicht genau, ob er damit Tränen oder einen Würgereiz unterdrückt.

Aber zumindest lebt Natalja. Sie lebt. Und Olena lebt. Das ist alles, was im Moment zählt. Sie haben die Trage mit dem dünnen Körper des jungen Mädchens in den zweiten Krankenwagen geschoben, der auf dem Platz vor dem Sommerhaus hält.

Die beiden Wagen setzen sich in Bewegung und fahren hintereinander fort. Ihr grelles Blaulicht flackert kurz zwischen den dichten Kiefern auf. Ein unruhiges, pulsierendes Leuchten.

Dann verschwinden sie und sind nicht mehr zu sehen.

Danksagung

Der Name des Autors steht ganz allein auf der Titelseite des Romans, aber ohne die Hilfe der Polizei Kopenhagen sowie von Rettungssanitätern und Ärzten hätte ich dieses Buch nicht schreiben können. Dank an alle, die bereit waren, mit mir zu reden.

Ein großer Dank gilt auch Klavs Vedel, dem Sprachoffizier für Russisch, für die vielen Berichtigungen und fachkundigen Hinweise in Bezug auf die Feinheiten der russischen Sprache.